МИС

MW01698724

ciela

Книгата е отпечатана на хартия от устойчиво управлявани гори от мрежата PEFC CHAIN OF CUSTODY

София • 2009

ISBN 978-954-28-0551-9

Алек Попов

Мисия Лондон

ciela

ЗА КНИГАТА

„Мисия Лондон“ според мен е най-смешната книга в новата българска литература. Толкова смешна, че накрая на човек му се доплаква.

Георги Цанков, Вестник за жената

Това е един истински европейски комичен роман в добрите традиции на П. Г. Удхауз, Роалд Дал и Том Шарп. ... В „Мисия Лондон“ има отлично повествование, усет за детайла, свеж хумор и най-важното – чувство за мярка.

Изобщо не е пресилено твърдението на Георги Цанков, че това е най-смешната книга в новата българска литература. ... Ситуациите са български, а хуморът, с който са описани, е тънък английски. Много силно е изкушението да се каже, че по самоирония и жилеща сатира творбата на Алек Попов се нарежда до класика и негов съименник Алеко Константинов.

Христо Кьосев, в. „24 часа“

... на пазара е една книга, която лично за мен е доживяното отмъщение за всички унижения, търпяни от български граждани при съприкосновението им с българските дипломатически мисии по света. ... Гротескно и виртуозно присмехулство над нрави, които от времето на Бай Ганьо са знак за национална дипломатическа идентичност. ... Горещо ви препоръчвам тази книга – горчивият смях е единствената ни защита в този момент.

Любен Дилов-син, в. „Сега“

Онова, което превръща „Мисия Лондон“ в едно от най-приятните преводни предложения (поне) в този се-

зон, е фактът, че Попов ни дарява всичко онова, от което сръбските писатели ни лишават: романът му е истински урок или показно упражнение по комуникативно писане, без това да намалява „естетическата стойност“ (ама че гордо звучи!) на произведението; това е пример за потенциален умен бестселър; зашеметяващо заиграване с добре познатото ни нескопосано „автоевропеизиране“ на (юго)източния човек, но също така и със студеното равнодушие на богатия Запад, и с жалката наивност на нашите новобогаташи, които в търсене на мечтания имперски блясък се оставят да ги водят за носа. Попов не е особено милостив нито към „туземците“, нито към съмнителните балкански пришелци; остроумието му е не по-малко жежко и при представянето на „общите балкански места“ като например взаимното спъване на претендентите за Европа или пък маниакалният ни образ за нас самите като „най-стар народ“, свързан естествено с крепката вяра, че тъкмо ние сме пъпът (а не примерно анусът) на Европа, само дето ония пусти душмани не искат да ни го признаят. Като невероятно забавна книга „Мисия Лондон“ е прекрасен избор не само за горещите летни дни в Белград, но и докато се излежавате на някой шезлонг в Албена, Несебър или на Златни пясъци, похапвайки тахан халва или баница: ако не друго, тази книга ще ви помогне да разберете, че и там, бога ми, сте си като у дома.

Теофил Панчич, „Време“, Белград

„Мисия Лондон“ предлага не само изключително развлекателно четиво, но дава и представа за балканската действителност в началото на 21 век. С „Мисия Лондон“ Алек Попов прави блестящ романен дебют. С много хумор той представя гротескно действие, което

обаче чрез карикатурното преувеличение изостря погледа към съществените детайли.

Улрих М. Шмид, Британските Балкани, Ное Цюрихер Цайтунг

Алек Попов без колебание може да се сравнява с успели автори като Джон Ървинг или Т. С. Бойл. Вероятно българските автори се развиват в посока към интелигентен, литературно обигран хумор. На „Мисия Лондон" трябва да се пожелае успех, за да можем да се надяваме на други диаманти от тази неочаквана съкровищница.

Алфред Ошвалд, Буккритик

Докато очарова читателите си с динамично действие, богати типажи и живи диалози, в същото време Алек Попов е ироничен и критичен. И както действието на романа е многопластово, така зад изреченията се крият ирония и критика. Критичността на Попов не е едностранчива: обвинява не само западноевропейците, че не могат да приемат източноевропейците, а посочва и онзи източноевропейски или балкански манталитет, който пречи на героите му да преуспеят. Критикува едновременно скептицизма на Европейския съюз към държавите, желаещи да се присъединят към него, и България (т.е. Източна Европа), която също се стреми към това. Целият роман е обвеян от духа на желанието за взаимна измама: ту високопоставените англичани, ту лукавите българи се стремят да изиграят другия и в крайна сметка всички успяват във „военните действия"...

Ференц Винце, „Българският посланик и патките", списание „Напут", Будапеща

Тази история е изцяло продукт на въображението. Всяка прилика с действителни лица и събития е случайна.

Авторът

即使我们的工作得到了极其伟大的成绩, 也没有任何值得骄傲自大的理由. 虚心使人进步, 骄傲使人落后, 我们应当永远记住这个真理.

"中国共产党第八次全国代表大会开幕词"　毛泽东　(一九五六年九月十五日)

Дори да постигаме гигантски успехи в нашата работа, няма никакво основание да бъдем самодоволни и арогантни. Скромността помага на човек да напредва, докато суетността го дърпа назад. Това е истина, която винаги трябва да имаме предвид.

Мао Дзедун,
Приветствие към делегатите
на Осмата национална конференция
на Китайската комунистическа партия
(15 септември 1956)

1.

Коста Баничаров седеше във вътрешния двор на къщата на Хайд Парк Гейт и броеше самолетите, прелитащи над Саут Кензингтън. Беше меко пролетно утро с непостоянна облачност, форзицията в ъгъла на двора ярко цъфтеше. Коста Баничаров седеше на стълбите, бос, по дънки и потник. До крака му имаше полупразна бутилка „Бекс", а между пръстите му догаряше забравена цигара. Самолетите прелитаха приблизително на всеки две минути. Грохотът на двигателите им се влачеше дълго след като отминат, докато се слее неусетно с шума на новите прииждащи машини. Беше изброил повече от двайсет. Звукът им напомняше прибоя на море. Прозорците на къщата зееха. Течението довяваше ухание на стари фасове. Тънките пердета се мятаха като воали на пияна актриса. В трапезарията на първия етаж още личаха следите от снощния гуляй. Наближаваше единайсет, но Коста не бързаше да разтребва. Имаше цял следобед на разположение.

Междувременно бяха минали още три самолета.

Настойчив звън го изкара от блаженото равновесие. Отначало Коста си рече, че няма сила, която да го накара да отвори. После омекна, съзнавайки, че подобни настроения са грешни и вредни за трудовата му биография. Натика фаса в процепа между плочките и неохотно се надигна. Зашляпа през фоайето. Грамадното кристално огледало неприязнено отрази мършавата му фигура и побърза да я изхвърли извън пределите на позлатената си рамка. Последваха нови, кратки и резки позвънявания.

– Сега, сега – измърмори Коста и добави наум: – Да ти го начукам!

На прага стърчеше висок мрачен господин със зеленикав шлифер, с куфар в ръка. Зад гърба му едно черно лондонско такси правеше сложни маневри, за да се измъкне от тясната уличка. Няколко секунди двамата се изучаваха подозрително.

– Кого търсите? – попита Баничаров на български.

Повяхналото лице на господина се оживи от кисела усмивка.

– Аз съм новият посланик – рече той и се втренчи в босите му нозе. – А вие кой сте?

– Ами, аз такова... – заекна Коста. – Аз съм готвачът.

„Бившият готвач!“, прониза го болезнено предчувствие.

– Много добре – кимна посланикът. – Мога ли да вляза? Коста се отдръпна механично; лъхна го необясним хлад, когато мъжът мина покрай него. Плахата надежда, че това е някаква дебелашка шега, скроена от българските имигранти, с които напоследък се бе сближил, започна да се изпарява. Мъжът остави куфара си на пода, огледа се и гнусливо повдигна вежди. Готвачът почувства, че трябва да каже нещо, преди онзи да го е казал.

– Очаквахме ви след два дни – рече той с лек укор.

– Личи си – язвително подхвърли посланикът, като надзърна в трапезарията.

– Ако знаехме, че идвате днес... – поде готвачът.

– Промених плановете си – прекъсна го другият.

„Тогава се сърди на себе си, тъпако!“, помисли си Коста Баничаров.

За всички тия години, прекарани край трапезите на големците, готвачът беше развил особен психологически нюх. Той тутакси надуши, че новият му шеф спада към обширното и богато разклонено семейство на административните кретени. Но имаше и нещо друго, нещо отвъд стъкления му глупашки поглед, което го правеше непредсказуем и опасен. Изведнъж Коста си даде сметка, че тоя тип възнамерява да се засели тук. Нещо повече, сега това беше неговото жилище, а той – Баничаров, щеше да му слугува. Това му се стори безкрайно несправедливо.

Малкият син на Баничаров изпълзя нагоре по стълбите, които водеха към сутерена, обитаван от семейството на готвача. Хлапакът беше измамил бдителността на майка си, което го караше да тържествува. Гъгнейки си нещо свое, детето се изправи и чевръсто затопурка към масичката под огледалото. Върху нея се мъдреше една крехка вещ, която отдавна дразнеше първичните му инстинкти. Баничаров беше тренирал разни спортове на младини, но с времето беше загубил предишната си пъргавост. Малчуганът се вкопчи в ръба на масичката и рязко я наклони. Порцелановата кошничка, заведена под инвентарен номер 73, се разби на пода с апокалиптичен звън.

– Тък-тък! – избърбори весело малкият.

– Ще ти дам аз едно „тък-тък“! – изръмжа Коста Баничаров, като сподави инстинктивния си порив да го перне по тиквата.

Посланикът го гледаше с отровена физиономия.

– Детска му работа – измънка неубедително готвачът. Грабна детето под мишница и се надвеси през перилото.

– Норке! – извика той. Отговор не последва.

– Нооорке! – повтори той. – Ела веднага!

– Заври си го в дрисливия задник! – обади се дрезгав глас.

2.

Кметът на Провадия развъртя енергично крановете на топлата и студената вода и се остави душът да го облее от глава до пети. Водата плющеше в широкото му татарско лице, биеше по мощните му рунтави гърди и се стичаше с весели подскоци по титаническото му шкембе. Кметът на Провадия се чувстваше превъзходно въпреки тънката пелена на сутрешния махмурлук, която все още обгръщаше мозъка му. Изпълваше го съзнание за изпълнена мисия. Беше посетил този тайнствен и далечен остров, който навремето бе владял половината свят. Беше разгледал дворците и магазините. Беше опознал положението на народа. Беше си направил съответните изводи и можеше смело да каже, че вече има представа за състоянието на реформата в тази развита западна страна. Беше доволен, че не е загубил ума си пред блясъка и суетата на Оксфорд стрийт. Но още по-доволен бе, че си заминава днес за родната Провадия – град със славно минало и плодородна земя.

– Ола-ла! – провикна се той с цяло гърло. – Ла-лалаааа!

Водата шуртеше от всички страни като водопад и създаваше у кмета усещане за безметежност и душевна пълнота. Постепенно мътилката в главата му се разреждаше и добиваше кристална яснота.

– Лалаа-лала-лала-лалаа! – продължи да си припява той, сапунисвайки интензивно късата си прическа.

Той не забеляза и не можеше да забележи тънкия мокър език, който се плъзна под вратата на банята и бавно започна да се просмуква в мокета.

Посланикът взе куфара си и се запъти към втория етаж, без да отрони дума. Съдейки по зеленикавото му лице, Коста Баничаров заключи, че магията на любовта от пръв поглед не се е състояла. Перспективите изглеждаха още по-мрачни.

Беше стигнал до средата на стълбата, когато спря и се ослуша.

– Там има някой – рече посланикът, сочейки с пръст нагоре.

– А, господин кметът... – отвърна готвачът; по тона му можеше да се предположи, че става дума за домашен любимец, който обитава резиденцията от незапомнени времена.

Малчуганът се извиваше в ръцете му с неподозирана сила, дереше и хапеше. Той го стисна още поздраво и процеди шепнешком:

– Лайненце непрокопсано, на майка си се метнало!

– Кмет?! – неспокойно изрече посланикът.

– Кметът на град Провадия – уточни готвачът с известно съчувствие.

– И как е попаднал тук... този човек от Провадия? – гнусливо се осведоми онзи.

– Настаниха го – рече Баничаров. – Нямало място в хотела. Днес си заминава.

Посланикът не каза нищо. Беше вперил очи в пътеката, която подгизваше зловещо, сякаш се намираше на борда на „Титаник“. Над главата му се разнесоха шляпане и ругатни. Кметът на Провадия изникна на горната площадка, загърнат небрежно с тясна кърпица, изпод която стърчаха херкулесовските му атрибути.

– Скивай ги тъпите англичани! – развика се той. – Една дупка на банята не се сетили да пробият! Една проста дупчица! Колко му е! Дупка! Канал!

Той сви пръстите си на кръг и надзърна в отвора, за да демонстрира очевидността на този нелеп пропуск. В полезрението му внезапно попадна мрачният господин, който изучаваше с болезнено изражение мократа пътека.

– Добър ден – рече кметът и стрелна с очи Баничаров. – Нов гост, а?

– Това е новият посланик – рече готвачът без излишен ентусиазъм.

– Ха така! – гръмко избоботи кметът на Провадия. – Честито!

Господинът видимо се стресна.

– Много ми е приятно да се запознаем! – извика голият мъжага с татарско лице. – Ще ме прощавате за вида. Хубаво стана, че се видяхме. За съжаление аз днеска си тръгвам, иначе щях да ви разкажа повечко за тия лицемери. Искам да запомните само едно. Няма демокрация в Англия. Това не е истинска демокрация!

По лицето на посланика се изписа нескрита паника.

– Няма какво повече да ви обяснявам – отсече кметът. – Сам ще се убедите. И не забравяйте да им напомните за банята. Мокет сложили, а канал забравили! Още на първата официална среща. И за клозета! Старите българи са изобретили водния клозет, знаете ли? И аз не го знаех, но наскоро едни археолози идваха при мен да ми докладват. Открили го при разкопките. Цели 600 години преди европейците! В град Провадия!

Доволен от ефекта, който видимо произведоха думите му върху важния господин, кметът на Провадия се надвеси през перилата и се провикна към Баничаров:

– Братко, остана ли още от оназ вкусната пача?

– Остана – рече готвачът. – Да я притопля ли?

– Ще хапнете ли малко пача с една ледена бира? Полезно е за закуска – любезно се обърна кметът към посланика.

– Едва ли – сковано поклати глава оня. Ъгълчето на устните му злобно потрепери. – Смятам да се поразходя. Не ме чакайте за вечеря. Разтребете тази кочина! – последните думи бяха към Баничаров.

Вътна се рязко и побягна към изхода, като заряза куфара си на стълбите. Преди да прекрачи прага, се закова в антрето и пискливо изкрещя:

– 93!

– Какво му става на това момче?... – повдигна рамене кметът на Провадия.

3.

Варадин Димитров напусна резиденцията под влиянието на летлив коктейл от най-разнопосочни чувства – гняв, възторг, презрение, срам... Полузашеметен, той измина разстоянието от двеста крачки, което го делеше от оживената Хай Кензингтън стрийт, и замръзна пред потока от коли и автобуси, който течеше в двете посоки. Отсреща тревата в Кензингтън Гардънс меко зеленееше. По алеите безшумно се плъзгаха хора на ролери като същества от някаква далечна утопия. Варадин Димитров се запъти към най-близкия светофар. Облегната на металния парапет, чакаше възрастна англичанка. Без да я погледне, той изсъска през зъби:

– 74!

Жената му хвърли изумен поглед и побърза да се направи на разсеяна, следвайки точно предписанията на нашумелия джобен наръчник „How to shun upsetting acquaintances“[1]. В този момент светна зелен сигнал. Движението секна и Варадин Димитров прекоси улицата с широки, бавни крачки като пергел. Старицата го последва на разумна дистанция.

В парка тичаха кучета и малки деца. Денят беше сух, по тревата бяха пръснати хора от различни краища на света; някои вече нагъваха обедния си сандвич. Варадин Димитров пое по главната алея, покрай Кензингтън Палас – дома на покойната Даяна Спенсър. Тук-там по оградата бяха закачени букети цветя или се вееха картички с послания, оставяни от несекващите почитатели на принцесата. Той отмина равнодушно тия

[1] „Как да избягваме неприятни познанства“.

трогателни знаци на народната любов и спря за малко пред паметника на кралица Виктория. Тя му напомни поразително за една близка роднина, от която на младини бе ял доста пердах. После свърна към Кръглото езеро и тръгна по брега, осеян с птичи изпражнения. Намери свободна пейка и седна. Една пасяща наблизо гъска проточи шия към крака му и извряка пронизително.

– 55 – каза той.

Варадин Димитров остана на пейката близо половин час, без конкретни мисли в главата си, втренчен в гладката повърхност на езерото, по която се носеха бели пухчета. Гъските и патиците постепенно изгубиха интерес към него. Тогава най-неочаквано прошепна:

– 1.

И се усмихна облекчено.

„Цифровата терапия“ на д-р Пеполен наистина даваше възхитителни резултати. Като човек, изложен постоянно на нервни стресове, Варадин Димитров можеше да оцени това. Системата на Пеполен се основаваше на няколко прости принципа. Той твърдеше, че човешките емоции (подобно на земетресенията) могат да се подредят в скала от 1 до 100 в зависимост от тяхната интензивност. Регистрирането на емоциите – учеше Пеполен – е стъпка към тяхното овладяване. Той провеждаше специализиран уъркшоп с нестабилни, лесновъзбудими индивиди, като ги обучаваше да измерват степента на емоциите си. Работата се състоеше в следното: щом почувства, че губи контрол над нервите си, пациентът трябва да извика първото попаднало му число от 1 до 100. След известен интервал от време той трябва да назове друго произволно число, като условието е да бъде по-малко от предишното. Следващия път цифрата става още по-малка. И така нататък, докато се стигне до числото „едно“. В този момент, според доктор Пеполен, емоцията е напълно овладяна, капсулирана и неутрализирана, а индивидът е възвърнал психическото си равновесие.

Варадин Димитров имаше щастието да срещне д-р Пеполен по време на мандат в една скандинавска страна. Под натиска на загрижени близки той се записа в прочутия уъркшоп и вече почти три години практикуваше метода на цифровата терапия. „Работи“, беше всичко, което можеше да каже. Доказателството бе, че сега се намираше тук, а не се пържеше, да речем, в консулския отдел на посолството в Лусака. В кариерата здравите нерви бяха като въжето за алпиниста. Ако въжето не издържи, политаш надолу и шерпите събират остатъците ти с метличка. Беше свидетел на много подобни случаи. Нямаше намерение да става един от тях. Имаше само един път – нагоре.

Сега, когато мътният поток на връхлетелите го емоции се бе оттекъл, в душата му искреше само чиста радост като планински ручей. Беше постигнал целта си. Моментът на изненадата. Обичайната паплач, която населяваше посолствата по цял свят, беше хвърлена в смут. С неизразимо удоволствие си представяше трескавата шетня в резиденцията. Истеричните телефонни позвънявания. Паниката в посолството. Сигурно го очакваха да се появи там всеки момент. Отлагаха вече уговорени срещи. Разчистваха бюрата си. Беше объркал плановете на всички.

„Разрешете да доложа – изкиска се той, – първият етап от операция „Пристигане на началника“ приключи успешно!“

4.

Ще бъда, няма ли да бъда?

Натрапчиво се питаше вторият секретар Кишев, втренчен в писмото върху бюрото си. Не смееше да го отвори. Върху плика се мъдреше печатът на кралската канцелария. Писмото беше дошло тази сутрин и тутакси се бе озовало в чекмеджето му за служебна кореспонденция. Не беше нужно да го отваря, за да отгатне какво пише вътре. Имаше само две възможности. Едната щеше да го погребе. Другата – да го направи герой. Той не беше хазартен тип и вече се проклинаше, че толкова лекомислено бе поел този ангажимент. Не беше за неговата уста лъжица.

„Да би мирно седяло, не би чудо видяло“, казваше народът. Но как, как можеше да си седи мирно, когато мандатът му неумолимо изтичаше? Дните се топяха един след друг като песъчинки в пясъчен часовник. Може би затова се вкопчи в тази сламка с надежда да спечели някоя и друга червена точка, да се докара пред силните на деня. Животът на Острова му харесваше. Беше прекарал тук повече от две години и му се струваше жестока несправедливост да си опакова багажа тъкмо сега, когато този живот се бе просмукал в него. А какво го чакаше у дома? Това никой не можеше да каже. Много вода беше изтекла през тия две години. Правителството се беше сменило; хората, на които преди се беше мазнил и които го подкрепяха, сега бяха изритани от министерството – други, нови и гладни хора бяха дошли на тяхно място и сигурно вече му крояха шапката. Паникьосан от задаващата се развръзка, той изневери на здравия си бюрократичен инстинкт (който не върши нищо, той не греши!) и се впусна в трескава активност, нагърбвайки се с деликатно посредничество, което очевидно не бе по силите му. Беше си въобразил, че за награда ще го оставят в Лондон още един мандат. Или една година. Дори половин година, пак е нещо! Но какво можеше да стори един малък втори секретар срещу вековния имперски истаблишмънт? Как можеше да му въздейства? От каква позиция? С какви средства? Никой нямаше да пита. Напротив, щяха да го изкарат виновен – тъкмо него, червея.

„Прецака се, Кишев, сам се прецака!“, мислеше си той, гледайки мрачно плика. Ами ако не беше? Трябваше да мисли позитивно. Позитивното мислене лежи в основата на всеки успех. Негативното мислене е наследство от социализма. Той отвори внимателно плика и измъкна листа с треперещи пръсти.

Драги мистър Кишев,

Нейно Величество благодари сърдечно за любезната покана да присъства на културните празници, организирани от Вашето посолство. За съжаление официалната програма на Нейно Величество е твърде натоварена в този момент и тя няма да може да присъства на събитието.

Искрено ваша:

Мюриъл Спарк,
връзки с обществеността

Кишев прочете писмото още десетина пъти. В едната и в другата посока. Съдържанието оставаше същото. После вдигна листа срещу светлината и се взря във водния знак, прозиращ през хартията. Помириса я; долови онзи лек аромат на богатство и власт, който излъчваха вещите, идващи от света на висшето общество. Дълбок метафизичен страх скова сърцето му.

Лошите вестоносци ги убиват, нали?

В този момент някой почука на вратата. Една къдрава глава се появи за миг и изстреля новината с точността на професионален убиец:

– Новият посланик дойде!

Противно на очакванията на Варадин Димитров, който се оказа лош психолог, новината за неговото пришествие не порази тутакси посолството, а измина твърде дълъг и заобиколен път, следвайки по-скоро човешките закони, отколкото природните.

Коста Баничаров беше самотна отчаяна душа, на която бе чужда идеята за солидарност и взаимопомощ. На него и през ум не му мина да грабне телефона и да предупреди колегите си за грозящата ги опасност. Всъщност един готвач не можеше да има колеги. Нямаше на света по-самотна длъжност от неговата. Под готвача имаше помощник-готвач. Над готвача беше Бог или още по-страшно – Нищо, в зависимост от убежденията. Баничаров беше атеист.

Той сипа на кмета пълна чиния пача, отвори две ледени бири и седна да му прави компания. До излитането на самолета оставаха по-малко от два часа, но кметът не се тревожеше особено, по-скоро не можеше да повярва, че самолетът ще излети без такава важна фигура като него. Двамата бъбреха небрежно в кратките промеждутъци между няколко кметски залъка. Баничаров не се съмняваше, че новият посланик е изтичал право в посолството, и мисълта за това го караше да подръпва нежно края на посивелия си котешки мустак. В 15,30 на входната врата позвъни шофьорът Миладин. Кмет и готвач си стиснаха ръцете.

– Ако някога останеш без работа – рече г-н кметът, – заповядай в град Провадия. С такава пача няма да пропаднеш, мой човек!

Шофьорът, естествено, не подозираше за драматичния развой на събитията. Той научи за това от словоохотливия си събеседник, който не пропусна да го поздрави с новия началник. Миладин също бе твърде саможиво същество с притъпени социални инстинкти и реши да запази новината за себе си. В джоба му имаше мобилен телефон, но той съвсем съзнателно го изключи. След като остави кмета на летище Хийтроу, Миладин отпраши към един от известните лондонски битаци.

Останал насаме със себе си, Коста Баничаров свали маската на непукизъм и нахалство, която неизменно носеше в чуждо присъствие, и стана мрачен като селянин, следящ пътя на градоносните облаци над изкласилите ниви. Той пропусна край ушите си опяването на жена си, която, както обикновено, роптаеше срещу социалната си участ.

– Надомъкнат се от кол и въже, наплюскат се, осерат всичко, после хайде чисти след тях! – нареждаше тя, мъкнейки камара чинии към кухнята. – Всички станаха големци! Няма живот за народа!

Тя беше дребна, набита женица с големи трудови ръце и непокорна уста. Очите ѝ, вечно присвити, гледаха с упрек и недоверие окръжаващата я действителност. Като съпруга на готвач-международник тя беше изръшкала доста свят, но дълбоко в себе си вярваше, че реално съществува само родното парче земя, някъде между Искъра и Витоша. Независимо къде пребиваваше – в Париж, Берлин или Лондон, – тя подреждаше бита на семейството съобразно тази своя доколумбова представа за света, отвоювайки постепенно от западната джунгла двор за домашната си цивилизация.

Напоследък Баничаров често се питаше: защо, по дяволите, се бе оженил за нея? Или по-точно: защо, да се такова у главата, продължаваше да бъде женен за нея? От мързел, това беше истината. Домързя го да си търси жена по сърце и посегна към най-близкото. После го домързя да се развежда и ето вече 20 години се влачат заедно. Сексът не върви. По цял ден се карат. Тя го презира. Той я презира. Бяха направили две деца в голям интервал от време. Имаха малко спестени пари – твърде малко, за да бъдат поделени.

След обяд в резиденцията се обади лицето Чавдар Толоманов. Той живееше от доста години в Лондон и се представяше ту за търговец, ту за човек на изкуството, но всъщност се издържаше от нещо трето, за което избягваше да говори. От време на време Баничаров го снабдяваше с евтини цигари от дипломатическата квота на посолството и лека-полека двамата се сприятелиха. Чавдар Толоманов се появи с крайно арогантно предложение дори според занижените критерии на готвача.

– Искам да ти кажа, че съм забил страхотно гадже – осведоми го оня. – Ако щеш вярвай, истинска латиноамериканка. Искаш ли да ти се обади? Казва се Жулиет. Само че не говори български, ха-ха...

В слушалката кънтеше музика и Баничаров предположи, че Толоманов му се обажда от някакво заведение. Беше си пийнал и очевидно се забавляваше добре.

– Слушай, пич, дай да уредим една далавера... – продължи Чавдар Толоманов. – Кметът замина ли си? Добре. Виж сега, лъжем я тук тая Жулиет, че аз съм българският посланик. Става ли да я доведа в резиденцията? Само за една нощ, а?

– Не става! – отсече Баничаров. – Новият посланик вече дойде.

– Айде бе! – учуди се Толоманов. – Как така изведнъж?

– Ей тъй, довлече си задника преди два часа – троснато отвърна готвачът. – Хайде, че имам да чистя...

„Ще ми се прави на посланик!“, рече си той и тръшна телефона.

Новината обаче беше изтекла. Чаво Толоманов нямаше закалката на посолските хора. Без да прибира мобилния си телефон, с който силно се гордееше, той набра първия попаднал му номер. От другия край на жицата се обади жена на име Дафинка Закс. Закс преживяваше от рентата на починалия си съпруг и имаше славата на весела вдовица. Тя всмука жадно прясната клюка и деликатно отклони предложението на Толоманов да играе ролята на престаряла богата леля, предлагаща охотно площ за интимните авантюри на племенника си. Дафинка Закс изстреля новината в няколко посоки и мълвата тръгна, подобно на пожар, към подстъпите на нищо неподозиращото посолство, където работният ден клонеше към своя естествен завършек.

В 16,30 телефонът на секретарката звънна и един мазен глас каза:

– Моля, бихте ли ме свързали с господин посланика?

Секретарката, Таня Вандова, трепна като опарена. Познаваше този гласец и никак не ѝ беше симпатичен.

– Новият посланик още не е дошъл – ледено рече тя.

– Не го крийте! Не го крийте! – сладко пропя отсрещната страна. – Знам от отлично информиран източник, че е пристигнал днес следобед. Искам само да го поздравя с добре дошъл.

– Нещо ви е заблудил вашият източник – отвърна невъзмутимо секретарката. – Тук няма никого. Дочуване.

В действителност Таня Вандова съвсем не беше тъй самоуверена и реши да се довери на здравия си секретарски инстинкт. Последва кратък разговор с резиденцията и Баничаров бе принуден да изплюе камъчето. (Голяма черна точка за готвача!) Новината светкавично обходи кабинетите. Часът беше 17,30. След това посолството внезапно опустя като поразено от чума.

5.

Очите на чиновниците бяха пълни с тъга. Те седяха неспокойно край дългата гола маса в заседателната зала под картата на България, оцветена в студени розови и жълти цветове. Злите езици твърдяха, че тази карта е поставена тук не толкова да възбужда патриотични спазми у служителите, колкото да им напомня откъде са дошли и къде могат да се върнат отново, ако не внимават достатъчно. На практика това беше единственото, което можеше да ги стресне истински. Призракът на завръщането! Той витаеше неумолимо около тях, хилеше се грозно от всеки ъгъл и тровеше живота им със спомена за дъхавия роден чернозем от първия до последния ден на мандата им. Темата за завръщането беше тема табу, обвита с тягостно мълчание. Да попиташ някого кога смята да пътува обратно (един прозрачен евфемизъм), беше проява на лош вкус, на грубост и дори на враждебност. Никой не говореше за завръщането, никой не смееше да го спомене на глас от страх да не събуди злите сили, дремещи нейде в Министерството на външните работи. И макар всички, до последния телефонист, да бяха наясно, че това е неотменима участ, неотменима като зимата и смъртта, дълбоко в сърцето си кътаха надежда, че този скръбен час ще ги отмине, че някак си ще бъдат пропуснати или забравени в общия калабалък и грозното известие няма да ги застигне. Ала известието неизменно пристигаше, придружено със зловещата формулировка „окончателно завръщане“ – дело на отмъстителен бюрократ в далечното минало, останала непроменена в течение на десетилетия. И настъпваше сезонът на отлива, на великото привличане; осъдената душа поемаше обратно по пътя, осеян със сълзите на предшествениците ѝ, назад през Терминал 2 на Хийтроу, през Изход 7 или 9, към мрачната ладия на националния превозвач „Балкан“, призован да затръшне вратата зад гърба ѝ окончателно.

Минаваше 10 сутринта. Председателското място беше още празно. На благоразумна дистанция през няколко стола седяха дипломатите, с отворени бележници и извадени химикалки. Техническият състав се бе скупчил в другия край на масата – шофьорът, счетоводителката, радистът, готвачът и домакинът. Малко неща свързваха тия хора така, както взаимната неприязън, наслоявана с течение на годините на принудително съжителство в условията на финансова и културна резигнация. При все това, можеше да се каже, че от известно време те живееха сравнително поносимо и дори безгрижно. Всеки имаше своите малки радости, имаха и една голяма, обща радост: нямаха началник. Вече няколко месеца София се бавеше да назначи човек на този важен и съблазнителен пост. Интересите на няколко лобита се преплитаха и взаимно си пречеха. Падаше такова подливане на вода, че пътят към заветния остров бе заприличал на ледена пързалка. През това време на относително безвластие животът в посолството се организираше от само себе си върху началата на разума и прогреса, далеч от хаоса на административните разпоредби. Дрязгите между служителите бяха позатихнали, беше се породил някакъв неясен дух на доброжелателство и взаимопомощ, който влияеше благотворно върху дейността на целия колектив. Не че доносите бяха секнали съвсем, но нямаше кой да ги чете. Нямаше кой да пише черни и червени точки – София беше далеч. Ала ето, че краят на това спокойно и естествено съществуване беше ударил. Началникът беше дошъл. Беше пристигнал ненадейно, без предупреждение, което ясно издаваше враждебните му намерения. Животът на чиновниците се обърка.

След малко влезе секретарката Таня Вандова с дебела тетрадка-дневник под мишница и каза кратко:

– Иде.

Настани се невъзмутимо на стола отдясно на председателското място, отвори тетрадката и също зачака. В стаята се възцари мълчание.

Докато слизаше по стълбите, Варадин Димитров си представяше унилите физиономии на подчинените си и по лицето му плъзна усмивка. „Нека чакат, нека тръпнат!“, помисли си той. Не се съмняваше в онова, което винаги бе знаел: че има срещу себе си шайка негодници, които паразитстваха на гърба на държавата. В първия момент непукизмът и самодоволството им го изумиха, после го разяриха. Започна да крои планове как по-ефикасно да им вгорчи бита, за да им напомни, че службата не е печеливш билет от лотарията. Харесваше му да наблюдава как възвръщат обичайния си вид на наплашени зверчета. И това беше само началото.

– Здравейте! – сухо поздрави Варадин и зае мястото си начело на масата.

Химикалките бдително щракнаха, готови да записват безсмъртните му наставления. „Рефлексите умират последни“, доволно си помисли той.

После внезапно се намръщи.

– Къде е господин Кишев?

Дипломатите се спогледаха и вдигнаха рамене. Той поклати осъдително глава.

– Ще ви кажа нещо неприятно – поде Варадин, сякаш бе възможно да им съобщи нещо друго. Дългите речи не бяха по вкуса му. Говоренето го плашеше, защото издаваше хаотичната природа на ума му. Мислите му подскачаха насам-натам като скакалци, изпълзели от затворен буркан. Беше му трудно да ги прибере обратно. Затова предпочиташе да отваря уста колкото се може по-рядко.

– В София смятат, че тук цари анархия – рече той. Прибра грижливо буболечките в главата си и продължи нататък: – Посолството не е активно в изграждането на новия образ на България. Липсват контакти на високо равнище.

Мълчание. Погледи, преливащи от всеотдайност.

– Както знаете, в понеделник се открива Европейската конференция – поде той. – Ще присъства самият премиер и членове на правителството. Очаква се ЕС да обяви нова стратегия за присъединяване. Предполагам, че трябва да сте в течение.

Дипломатите енергично закимаха. По този повод между посолството и министерството бяха разменени десетки факсове. Уточняваха се детайлите на програмата, превеждаха се трескаво речи и меморандуми за намеренията на правителството в една или друга област. Програмата и речите обаче непрекъснато търпяха някакви промени и трябваше да се уточняват и превеждат отново. Беше същински ад, подправен обилно с истерия, която се носеше на облаци от кухнята на властта.

– Отсега ви предупреждавам – вдигна пръст той: – няма да търпя никакви гафове!

Гафовете – всички живееха с този кошмар, който неизменно се сбъдваше. Чиновниците бяха толкова наплашени и смазани от системата, че не смееха да взимат самостоятелни решения. Напрежението им често избиваше в апатия, граничеща с кататонен ступор, в най-решителния момент. Тогава се случваха кошмарите.

– Какво става с концерта на госпожа Селянова? – попита внезапно посланикът, след като се убеди, че е изчерпал темата.

– Работим по въпроса – обади се съветникът Данаилов с бодра интонация на електротехник, който поправя безнадеждно скъсан кабел. – Правим всичко, което зависи от нас!

– Тогава защо се отлага вече два пъти? – строго попита Варадин, присвивайки изпитателно очи.

По лицата на дипломатите се изписа паника. Техническият състав злорадо наблюдаваше инквизицията. Таня Вандова рече снизходително:

– Още не можем да осигурим представител от двореца.

– Каните ли ги изобщо?

– Естествено – спокойно отвърна Таня Вандова.

Мандатът ѝ изтичаше през лятото, така че нямаше особено какво да губи.

– Кой се занимава с това? – студено се осведоми той.

– Кишев! – гракнаха всички в хор.

– Той изобщо знае ли, че сме тук? – рязко попита посланикът.

– Не знам – сви рамене Таня Вандова. – Не съм го виждала от сутринта.

– Потърсете го! – нареди той.

„Лошо му се пише на Кишев“, помисли си тя и бързо излезе от стаята.

Възцари се тягостно мълчание.

– Профсъюзът на пощенските работници обеща да закупи 50 билета – обади се ни в клин, ни в ръкав консулът Мавродиев, навярно с плахата надежда да спечели благоразположението на началника.

Голяма грешка. Посланикът го стрелна с дълбока неприязън.

– Вие май не сте в час! – кисело отсече. – Въпросът не е да съберем хора от кол и въже. Става дума за най-отбрана публика – аристократи и светски личности.

„Какво съм седнал да му обяснявам на тоя дивак!“, ядосано си рече той. Представи си г-жа Селянова, изправена пред тълпа от пощаджии и шофьори. Dear ladies and gentlemen. Немислимо! Веднага му хрумна, че зад това привидно доброжелателно предложение може би се крие по-далечна цел: да бъде злепоставен пред силните на деня. От този миг добродушният тромав консул се превърна в очите му във Вредител Номер Едно, чието унищожаване не биваше да се отлага. С деликатните си рецептори другите тутакси доловиха, че се случва нещо лошо (опасност! опасност!), и повече не обелиха дума.

Името на г-жа Селянова всяваше трепет и смут у всички тях, включително у Варадин Димитров. Особено у него! Деворина Селянова бе съпруга на влиятелен български политик. Тя никак не можеше да се примири с второстепенната роля, отредена ѝ от историята, и жадуваше за свой собствен ореол на жена общественик.

Както често се случва с тия прости хорица, издигнали се внезапно, по волята на случая, до върховете на социалната йерархия, в главата ѝ се вихреше мътен водовъртеж от непомерни амбиции и грандиозни планове. Г-жа Селянова се стремеше неистово към ексклузивния клуб на световния елит, без да жали средства – преди всичко държавни. Мечтаеше да се види в сияйното обкръжение на знаменитостите, които браздяха светските хроники на тлъстите западни издания. В тази неравна битка за престиж Деворина Селянова имаше упорит и вездесъщ противник – собствените ѝ сънародници, обитаващи безнадеждните пространства между глада и мрака. Те сякаш не можеха, а и не искаха да проумеят колко важно е да изглеждат добре (comme il faut!) в този решителен момент. Дънеха я на всяка крачка, и то със замах, типично по балкански. Неблагодарна пасмина! Госпожата обаче не се отказваше лесно. Щом вие така – и аз така. Мизерията на широките маси беше добър повод за фините хора от цяла Европа да се съберат, да послушат музика, да похапнат. Изхождайки от тая благородна логика, тя се залови с много хъс и подсъзнателна отмъстителност да организира благотворителни мероприятия във всички позначителни столици, където имаше български посолства. Това беше тежко изпитание за състава на съответните мисии. Госпожата беше взискателна и трудно преглъщаше ограничения светски ефект от човеколюбивата си дейност. Навсякъде съзираше измяна, саботаж, конспирация. Дипломатите никъде не бяха на ниво и не взимаха присърце делото ѝ; гледаха по-скоро да отбият номера и да потънат отново в тресавището на жалкия си бит. Варадин Димитров проникновено беше доловил терзанията ѝ и бе съумял да я убеди, че не е равнодушен към тях. Месеци наред я следваше неотлъчно по петите, като ѝ внушаваше, че тъкмо той е човекът, който ще осъществи мечтите ѝ в Меката-на-всички-сноби. Тя бе съдействала до голяма степен за назначението му. Беше ѝ длъжник.

Погледът му се плъзна по лицата на служителите, но срещна единствено наведени очи. Добър знак. Добре го даваше. Виновният служител е добър служител. Кой го бе казал?...

Залисан в тържеството си над тия смачкани души, той допусна известна разсеяност и мислите му се разпълзяха в различни посоки. Доктор Пеполен нямаше цяр срещу тази напаст. Може би единственото спасение бе да насипе отрова по всички кьошета на мозъка си. Но имаше риск да умори водещата мисъл. Коя беше тя? Изглеждаха поразително еднакви. Коя да избере?...

– Прозорците не са чисти – рече той подир малко с тежка въздишка.

Лицата на дипломатите се отпуснаха едва доловимо за сметка на техническия състав. Изминаха няколко дълги, лепкави секунди. Счетоводителката Бианка Стругарева се напъна да роди някакво смислено обяснение, но не можа да каже нищо.

Таня Вандова се върна и ги информира, че Кишев изобщо не е идвал на работа. Говорила със съпругата му: имал проблеми със сърцето и го приели за изследване в болницата.

Безпомощна ярост овладя сърцето на новия посланик; той премигна бързо няколко пъти и отсече:

– Свободни сте!

6.

През този ден мнозина служители се опитваха да влязат в контакт с него, но той упорито не приемаше никого. Искаше му се да ги поизнерви; да им внуши, че знае всичко за тях и техните дела и няма намерение да слуша жалките им оправдания. Нека тръпнат в очакване да бъдат извикани!

Варадин се впусна да изучава многобройните чекмеджета и шкафчета в кабинета си: касата, гардероба и прочее местенца, където се предполагаше, че се е утаил духът на предшественика му. Не беше останало много. Хората в тази професия бяха потайни и гледаха да замитат следите след себе си, доколкото можеха. В библиотеката се мъдреха няколко прашни тома на „Енциклопедия Британика“ и справочник „Who's Who“ от 1986-а. В чекмеджето на бюрото се търкаляха три самотни кламера и изхабен флумастер. В сейфа откри полуразпаднала се гъбичка за миене на чинии. Това като че ли беше всичко. Разгледа клозета, изпробва го и седна зад голямото шефско бюро. Завъртя се насам-натам в креслото, за да усети формата му. Почувства се почти у дома си, когато звънна петолъчката.

Той се втренчи уплашено в червения телефон и вдигна слушалката.

– Здравей! – прозвуча бодър женски глас. – Вече си на работното място, а? Браво, браво!

– Благодаря! – мазно се отзова той, макар и без особен ентусиазъм.

Познаваше добре този глас и беше наясно, че не може да го прати току-тъй по дяволите.

– Нали не си забравил? – звъннаха подозрителни нотки.

– Е, как ще забравя! – искрено се възмути той.

– Ей така! Някои хора веднага забравят всичко, щом се уредят на мандатче – в слушалката звънна стаена обида.

– Не съм от тях – рече Варадин. – Познаваш ме.

– Амии, толкова съм мамена – въздъхна гласът. – Мислиш си, че познаваш някого, а като иде навън – оказва се съвсем друг човек. Неблагодарници! Въобразяват си, че са станали недосегаеми. Обаче грешат.

– Със сигурност грешат – потвърди той.

– Ти обаче не си от тях, нали? – гласът трепна обнадеждено. – Знаеш как стоят нещата. Опитен си, искам да кажа, умееш да подреждаш приоритетите си.

– Научил съм се – отсече той.

– Надявам се – гласът направи малка пауза и решително попита: – Е, как вървят нещата?

– Още не зная – рече той. – Не изглеждат на ниво.

– Не съм се съмнявала. Това са шайка катили. Ще ми докладваш всяка седмица.

– Дадено – кимна Варадин. – Не се безпокой.

– Не бъди толкова спокоен. Ти още не я познаваш. Толкова е надута! Всеки път, като минавам през Лондон, я каня най-човешки на обяд или на закуска, но тя винаги се прави на ударена. Заета била. И к'во толкова е заета, моля ти се? Да брои мангизите си, предполагам. Какво унижение съм принудена да търпя!

– Не бива да се отчайваме. Залогът е голям!

– Да, трябва да я прилъжем някак си!

– Остави тази работа на мен – авторитетно изрече Варадин.

– Ако ме предадеш значи...

– Няма, няма! – увери я той.

– Е, хайде тогава.

– Дочуване.

Първото число, което му хрумна, беше 98. Няколко мига тъпо се взираше в телефона, после тихо, ала страстно изрече:

– 73.

7.

„Борш & Сълзи“ беше известен руски ресторант, разположен в Южен Кензингтън. Стопанисваше се от потомствени белогвардейци. Важна особеност, която малцина знаеха и която упорито отсъстваше от рекламните листовки, бе, че под руския ресторант, в подземието, се помещаваше друг ресторант – български. Този български ресторант, грижливо скътан в търбуха на голямата матрьошка, съществуваше сравнително отскоро по силата на простия факт, че дъщерята на собствениците бе омъжена за българин. Предприемчив родолюбец, той беше поел риска да инвестира в носталгията, без да е запознат достатъчно с особеностите на родната ѝ версия.

Българската носталгия не приличаше на руската – сълзлива и изобилна на минерални ресурси; дебела златна жила, от която поколения наред ловки търговци на блатни миражи бяха черпили и продължаваха да черпят. Българската носталгия беше прашна и спечена като овършан харман. Хранеше се със сирене от турската чаршия край Финсбъри Парк и с испанска сланина от ASDA; тъпчеше се с боб и леща, давеше се в чаша ракия – по възможност на аванта. Нямаше амбиция да властва, лесно можеше да я натириш в някой самотен кът на душата. Беше прекалено икономична, за да бъде икономически значима. Ето защо и българският ресторант беше осъден да остане завинаги в утробата на матрьошката като незаконен, безименен ембрион, който се бои да се роди, но същевременно му се иска и драпа навън, докато не усети опъването на връвта, чрез която смуче жизнени сокове от приютилото го същество.

Руският ресторант имаше добре шлифован декадентски интериор: червени плюшени дамаски, свещи в бутилки от шампанско, някоя и друга прашна балалайка по стените, огромен декоративен самовар – всичко това, макар и чуждо на западния човек, беше донякъде очаквано и можеше да бъде разбрано с помощта на ключове от необятната руска литература. В руския ресторант свиреха руски романси, сервираха ледена водка и киевски котлет; човек можеше да си поплаче до насита, да поспори с Бога или дявола, да се влюби или да си пръсне мозъка с револвер, ако се намира в подходящо настроение.

Българският салон не предлагаше подобни романтични екстри. До него се стигаше по тясна стръмна стълбица като в Тартара. По стените висяха кукерски маски и царевични мамули, както и един щит от кована мед с изображение, напомнящо конник. Тук често ечеше свирня на кавал и гайда, думкаше тъпан, а людете, насядали плътно един до друг, сякаш вряха в общ казан. Лееше се вино и ракия, сервираха се прости, груби ястия, които по-скоро имитираха, отколкото реално възпроизвеждаха родните блюда. Но емигрантите се радваха на малко; те бяха забравили оригиналния вкус на храната и помнеха само обвивката. Не беше трудно да си въобразят, че ядат истинска домашна лютеница, докато всъщност набиваха обикновена салца с лук. Това значително улесняваше мениджмънта на кухнята, но влияеше слабо на приходите. Липсваше редовна клиентела – местните чревоугодници го подминаваха, а заблудените туристи нямаха кураж да стигнат по-далеч от руската част. Ресторантът се пълнеше главно по разни поводи – един, два пъти месечно. Тогава собственикът канеше Баничаров да подсили менюто с някоя позавъртяна гозба. Готвачът нямаше нищо против – заплатата му беше мизерна и той гледаше с четири очи да припечели някоя и друга лира отгоре.

Тази вечер нямаше особен повод и „Борш & Сълзи“ беше полупразен. Не само българската, но даже и широко рекламираната руска част. Беше сряда – пикът на деловите емоции, и лондончани пестяха енергия за подвизи на борсата. Само две или три двойки с вид на туристи от Австралия и Нова Зеландия любопитно чоплеха порциите си с надежда да изчоплят зрънце от прословутата руска душа. Унил сервитьор, поляк, ги наблюдаваше цинично, облегнат на дървената колона до стълбите. Появата на Баничаров предизвика леко раздвижване на духовете, сякаш дългоочакваният герой от романите най-сетне бе излязъл на сцената и се готвеше да извърши нещо подобаващо откачено, което да им разкрие тутакси смисъла на живота. Баничаров обаче не стори нищо впечатляващо, а кротко и тихо отмина надолу по стълбите, кимвайки на сервитьора.

В празния български салон седяха двама мъже. Бяха заели масата в дъното и Баничаров ги забеляза едва когато му помахаха. Единият, с осанка на бивш културист и рехави руси мустаци като на пропаднал шляхтич, беше Чавдар Толоманов, с когото бе разговарял следобеда. Другият беше непознат.

– Сядай – покани го Чавдар. – Това е Батьката. Батька, ето наш человек.

Въпросният Батька беше сух, висок индивид с изсечено, азиатско лице и тъмна кожа. Носеше изсулен в раменете марков анцуг, под който личеше щедро окосмена гръд. На ръката му проблясваше масивна златна верига. Баничаров го виждаше за пръв път, но тутакси заключи, че далеч по-здравословно би било, ако изобщо не беше го срещал.

Батьката имаше корава, безпощадна ръка.

– Ние тук пием водка – рече Чавдар. – Ще удариш ли за начало една глътка?

Баничаров нямаше голям избор. Водката беше ледена и мека като снежинка навръх Коледа. Той замези с парче сланина. Вкусно.

– Ну?... – басово изръмжа Батьката.

Баничаров стрелна Чавдар Толоманов.

– Спокойно – вдигна ръка онзи. – Батьката е вътрешен.

Той е човекът, за когото ти разправях. През него минава всичко.

Точно това тревожеше най-много готвача в този момент. Изведнъж си даде сметка, че се е накиснал, и то яко. Беше повярвал на Толоманов, беше се оставил негодникът да го завлече надълбоко. „Не се захващай с тия измекяри!“, гълчеше го Норка, но кой да слуша. Може да не беше дама, но не беше глупава.

Чавдар Толоманов беше бивш филмов актьор. Навремето, в самия залез на социализма, беше изиграл няколко роли, добивайки завидна популярност на местно ниво. В това се състоеше и нещастието му: тази популярност (именно популярност, а не слава!) му се струваше твърде дребна и незначителна, съпоставена със заслепяващите върхове на величието, до които се възмогваха светила от ранга на Де Ниро, Кевин Костнър, Майкъл Дъглас, та дори пикливият Брад Пит. Чавдар Толоманов естествено по нищо не им отстъпваше; работата бе, че жестоката съдба го беше лашнала на няколко хиляди километра встрани от мястото, където класяха звездите, в един друг климатичен пояс, където можеха да се родят само безформени картофели. Ето защо той реши да промени това крайно несправедливо положение, като се премести в по-благоприятна географска точка. След като, без видима причина, не получи виза за Америка, той се озова в Лондон, където, въоръжен с брилянтно CV и две демокасети, формат VHS, се зае да щурмува продуцентите и всевъзможните castings, които течаха в града. Англичаните, любезни хора, го приемаха радушно, макар и леко учудено, кимаха, явно респектирани от творческата му биография, но упорито отказваха да го ангажират. По една проста причина – непоправимият му славянски акцент. Той положи неимоверни усилия да се изцери от тази невярна болест и постигна известен напредък. Това обаче се случи в последната фаза на състезанието за ролята на зъл компютърен маниак от съветски произход, проникнал в системата за ядрена безопасност на съюзниците. Продуцентите решиха, че акцентът му не е достатъчно изразителен, и предпочетоха един стопроцентов англичанин, който го докарваше значително по-зловещо. Тежък удар за Толоманов. Оттук нататък животът на актьора придоби хаотичен облик, присъщ на хора, изгубили здрава почва под краката си. Подхващаше различни работи, които не му носеха нито достатъчно пари, нито пък друг вид удовлетворение. Залъгваше се, че това са временни занимания – процес на адаптация към новата среда. Ала теченията на живота неумолимо го отдалечаваха от призванието му, въвличайки го във все по-абсурдни начинания и комбинации, често с полукриминален оттенък. Депресията изби в лакомия, която в условията на изобилието на западния пазар не беше трудно да засити. Скоро добре поддържаното му тяло изгуби форма, напълня и погрозня. Той съзнаваше падението си, но не намираше смелост да се завърне в отечеството си, сякаш интуитивно се досещаше, че там го очаква само презрение и неприязън. Сънародниците му, като повечето източноевропейци, бяха склонни да оправдаят заминаващите, но не прощаваха на завърналите се, които рушаха мита за Запада – последното убежище на тия отчаяни души, наследили пепелищата на посткомунизма.

– Ну что? – повтори Батьката, изнасяйки въпросително (заплашително?) тялото си напред.

– Те таквоз! – изтърси готвачът, сипа си още водка и я изпи. – Новият посланик дойде!

– Значи е вярно! – възкликна Чаво Толоманов, обърна се към Батьката и кимна: – Бил дошъл.

– И още как! – потвърди Баничаров.

– Добре де – поде актьорът. – Това какво общо има с нашата работа?

– Как какво, бе?! – избухна готвачът. – Ами той сега веднага ще започне да ръчка насам-натам, да души, ще въвежда ред. Не става!

– Глупости! – прекъсна го Чаво. – Той сега още е замаян, не му е ясно за какво става дума, докато се осъзнае, ние ще сме си опекли работата. Така ли, Батька?

Батьката сухо кимна.

– Говори си ти – поклати глава Баничаров. – Не си го виждал. Откачен тип. Изтърсва се така, без предупреждение. Всичко може да му хрумне.

– Айде сега, той си има други грижи – успокои го актьорът. – Няма да тръгне да се рови по хладилниците.

– Абе кой го знае – въздъхна готвачът. – Какво да ви кажа? По-добре си намерете друго място.

– Как така се отказваш, бе! В последния момент – избухна Чаво Толоманов. – Че ние вече сме инвестирали в тоя проект! Нали, Батька?

– Хъм – мрачно свъси вежди онзи.

– Батьката е на мнение – строго поде актьорът, – че вече е твърде късно да се дава заден ход. Машината работи на пълни обороти!

Баничаров скептично се почеса по врата:

– Ще измислите нещо. Има толкова други места.

– Чтооо? – повиши тон Батьката.

– Ничего, ничего! – побърза да го успокои Чаво Толоманов.

Челото му блестеше от пот; той се обърна към готвача и трескаво занарежда:

– Слушай, Баничаров, ще загазим. Гарантирал съм за теб, а сега се дъниш!

– Ще ме върнат – отбеляза кратко Баничаров.

– Какво?

– Ако ни гепят, ще ме върнат в България с първия полет – мрачно допълни готвачът.

– Господи! – провикна се Чаво Толоманов. – Ние тука си слагаме главите в торбата, него щели да го върнат. Какъв дурак, а, Батька! Да не го върнат – само за това се грижи!

Батьката отметна глава назад и показа равните си бели зъби.

– Хо, хо, хо! – басово се изхили той.

– Слушай, Баницо такава – подхвана Чаво, – имаш две възможности: да постъпиш като путка или да постъпиш като мъж. Ако се държиш като путка, тоя тук – Батьката, лично ще се погрижи да съжаляваш, че въобще си стъпил някога в Лондон! Ако се държиш като мъж, прибираш си тлъстия дял плюс аванса и си свиркаш. Е, кое избираш?

На масата стана тихо. По стените на запотената бутилка пъплеха тънки вадички. Някакъв заблуден индивид слезе по стълбите, помота се безцелно и се настани в другия край на салона.

– Само за една седмица – въздъхна най-сетне Баничаров. – И сто лири на ръка предварително – напомни им той.

Батьката сложи ръка на рамото му.

– Молодец!

8.

Посрещна го пронизителен вой – в единия ъгъл на кабинета стърчеше сивото туловище на огромна прахосмукачка. Виещият се по пода маркуч свършваше в ръцете на някакво момиче, забило нос в мокета. Варадин смръщи вежди: намерила кога да чисти, тъпачката! Хрумна му да изчака навън, докато шумният процес приключи, но се сети за глутницата чиновници, сновяща във фоайето, и бързо промени плановете си. Промъкна се до едно от креслата и седна. Беше чувал да разправят, че ако наблюдаваш някого продължително, нещо го засърбява в мозъка и той се обръща. Но това очевидно не важеше за нея, а може би ревящият уред създаваше някакво поле, което разсейваше въпросните флуиди.

Продължи да я зяпа.

Беше снажна, с дълги крака. Правата ѝ, пепеляворуса коса падаше настрани и скриваше лицето ѝ. Носеше светлосиня къса престилка, безцветен чорапогащник, който подчертаваше мускулите на прасците ѝ, гуменки „Найк“. В движенията ѝ се долавяше неприкрита досада, но въпреки това се трудеше съзнателно. Осмука мокета от всички страни на бюрото и чак тогава изключи грозния уред. Погледите им се срещнаха.

– Извинявайте – рече тя смутено, – не знаех, че сте тук.

Той не каза нищо. В ушите му продължаваше да ечи воят на прахосмукачката. Лицето на момичето му се видя някак познато и той остана втренчен в него, повече отколкото беше прилично. Тя се изчерви и наведе очи. В същото време по устните ѝ се плъзна лукава усмивка.

– Вие сигурно сте новият посланик? – попита тя.

– Да – кимна той.

– Катерина – представи се момичето, докато навиваше шнура на прахосмукачката. – Аз ще чистя вашия кабинет, ако нямате нищо против.

Нямаше, но благоразумно го премълча.

– Ще ви помоля да не идвате в работно време – строго рече той.

– Много се извинявам за неудобството – поде тя. – Имах да пиша пейпър. Цяла нощ съм чела. Мислех, че няма да сте тука. Вече ще чистя сутрин или след шест.

– Разбрахме се – кимна той и неочаквано попита: – Какво учиш?

„Недей задълбава!“, скастри го вътрешният му глас.

– Дизайн – подхвърли тя с интонация, която би могла да се сметне за мръснишка; преметна маркуча през рамо и помъкна прахосмукачката към вратата. После спря и се обърна.

– Искате ли да забърша праха? – попита тя.

– Не, няма нужда.

Катерина обаче не бързаше да си ходи, първоначалното ѝ смущение беше изчезнало. Издължените ѝ сребристосиви очи не изглеждаха особено зачервени.

– Господин посланик, има един проблем – поде внимателно тя. – Всъщност това не е само мой проблем, а на всички, които чистим посолството.

Варадин свъси вежди, но я остави да продължи.

– Става дума за това – продължи тя, като посочи прахосмукачката. – Просто е назрял моментът да се пенсионира. Не бих ви занимавала с подобни дреболии, но някои хора очевидно не искат да приемат този факт...

– Кой факт? – заинтересува се той.

– Че тя вече не смуче! Искам да кажа, че смуче ужасно слабо. Истинско мъчение...

– Може би е задръстена – вяло предположи той. – Почиствате ли я редовно?

– Не, не е задръстена! – енергично възрази тя. – Стара е!

– И какво искате от мен? – попита той. – Нова прахосмукачка?

– Да – кимна момичето. – Счетоводителката каза, че това зависи само от вас.

Не му харесваше начинът, по който тя го гледаше: сякаш бе отгатнала мисълта, която жужеше из ума му като нагла, упорита конска муха. Това го изпълни с мрачни предчувствия за бъдещи усложнения от служебен и личен характер. Окрилящото чувство за тактическо превъзходство, добито в резултат на изненадващото му пришествие, се бе изпарило. Идваше ред на тежките стратегически решения. Даде си сметка, че преднината, която бе спечелил, е нищожна и лесно ще бъде погълната от оставащите дни със смазващия товар от грижи и неприятности, които предстояха.

– Хъм – намръщи се той, сякаш му се налагаше да обмисли важна оферта за бомбардировачи, – ще видим.

– Добре тогава – усмихна се тя, – довиждане.

Краят на сивия маркуч се провлачи след нея като злокобен хобот.

Таня Вандова почука предпазливо, ослуша се и подаде глава. Варадин Димитров седеше зад бюрото като истукан и гледаше пред себе си с немигащ, пронизващ взор.

Секретарката ужасно се стресна и побърза да затвори. Изчака няколко секунди, събра кураж и отново надзърна. Сега зад бюрото нямаше никого. Вратата към банята зееше: отвътре се носеше шум на течаща вода и някакъв особен гърлен звук, напомнящ гаргара. „Ами сега?“, прехапа устни тя. Прокрадна се на пръсти до бюрото, остави купчина писма и се оттегли.

– Стой! – сепна я гласът му почти на прага. Варадин изплува от банята с още мокро лице.

– Кишев върна ли се на работа?

– Още не – поклати глава тя. Последва кратка пауза.

– Ще ходите ли на банкета довечера? – попита секретарката.

– Да – механично отвърна той, макар че за пръв път чуваше за подобно събитие.

– Ще се обадя да потвърдя – рече тя и бързо излезе от кабинета.

Той се взря учудено в купчината кореспонденция. Явно светските институции на някогашната империя бяха подушили идването му още отдалеч – може би още преди указът за назначаването му да бъде подписан. Най-отгоре лежаха няколко покани: големи, тежки парчета със златни ръбове, подходящи за игра на пингпонг. Той взе първата попаднала му и с удоволствие прочете името си, изписано с прилежен наклонен почерк. Може би не беше твърде благоразумно да се впуска във вихъра на светския живот толкова рано, но, от друга страна, кипеше от нетърпение да направи едно пробно кръгче във висшето общество. Да отпие глътка от този пенлив коктейл, преди да се е гмурнал в него окончателно. Нямаше време за губене.

9.

Шофьорът мина да го вземе от резиденцията в 18,30. Варадин чакаше във фоайето, леко пребледнял, изтупан в смокинг и папийонка. Обувките му нервно поскърцваха. От жилището на готвача се процеждаше коварна миризма на готвено, която го караше да се чувства неловко. Докато пъплеха през задръстените артерии на града, Варадин неспокойно подушваше реверите на сакото си; беше прилепчива тази национална воня, нямаше изпиране, загнездваше се в тъканите като дрешна въшка; проникваше дори в кожата – чак до мозъка на костите, и оставаше там навеки като белег от срамна болест.

– Бъкингамският дворец – рече Миладин, без да откъсва поглед от черната задница на таксито пред себе си.

Варадин трепна. Какво си позволяваше този тъпак?! Нима си въобразяваше, че вози някаква тиква от Долно Камарци, дето си няма хабер от забележителности! Той ли не знае Бъкингамския дворец?!... Стисна устни; човъркаше го любопитство, примесено с безпокойство. Поканата беше загадъчно лаконична. Домакините бяха обозначени само с няколко витиевати инициала, които не му говореха нищо. Вечерята щеше да бъде съпътствана от лекция на тема „Новите предизвикателства пред устойчивото развитие на Европа". Дъждът обилно се лееше върху предното стъкло; чистачките го мятаха настрани с отсечени бързи движения. Колата излезе на Трафалгар Скуеър и зави по тежкарската Пел Мел.

Мрачната фасада на клуба, с тежки корнизи и малки прозорци, разположени съвсем нарядко, внушаваше усещането за скрити вътрешни обеми. Пред входа нямаше надпис, само скромна табелка с номер. Съпоставена с мащабите на зданието, вратата изглеждаше несъразмерно малка и сякаш подчертаваше ексклузивния характер на заведението. От двете ѝ страни горяха кръгли жълти лампи.

– Оттук, сър – подкани го портиерът.

Варадин остави палтото си на гардероба, мина покрай огромните портрети на куп видни деятели и се озова в залата за приеми. Присъстващите бяха главно възрастни господа, някои дори на преклонна възраст, и само тук-там се мяркаха смутени индивиди от средното поколение. Жени почти липсваха, като се изключат няколко твърде заможни и строги на вид старици, накацали в различните краища на залата като птици оракули.

Оберкелнерът откри името му в списъка на гостите и лично го отведе до мястото му. „Varadin Dimitrov, пишеше на малко листче, поставено до приборите, Ambassador, Bulgaria“ – това го накара да изпита приятен гъдел.

Мястото от едната му страна беше още празно, от другата седеше ситно старче с розово лице и тесен кафяв костюм. На листчето пред него пишеше: Дъглас Смак и някаква тайнствена поредица от букви, която напомняше на Варадин за обозначенията върху етикета на стар коняк. Мистър Смак сънливо слушаше дрънкането на една внушителна дама, чиято сбръчкана шия бе омотана с тлъст перлен гердан.

Отсреща пък седеше някакъв адски надут тип, в сравнение с когото Варадин изглеждаше направо сърдечен характер. Белите му коси бяха сресани достолепно назад като грива. Стойката му издаваше мъж в активна форма, натоварен да ръководи отговорна икономическа сфера. Носеше безупречен смокинг с папийонка, а върху гърдите му искряха ред диамантни копчета. Погледът му мина няколко пъти през българския посланик, но не намери за какво да се закачи.

„Какво търся тук, по дяволите?", запита се Варадин. На цялата дълга маса нямаше нито едно познато лице – нито един познат глас не звънна в ухото му. Беше напълно сам. Настроението му още повече помръкна при вида на мизерния ордьовър, който кацна изневиделица пред него. Две лентички червена риба, розичка от масло и лист маруля. По липса на друго занимание той започна да навива филето на вилицата си, когато до него се тръшна едър джентълмен. Беше около петдесетте, облечен в шикозен тъмносин костюм на тънки райета, с лъскава оранжева вратовръзка. Лъхаше мощно на одеколон с предизвикателно остра миризма. Имаше жълтеникава рехава коса, зализана старателно върху червеникавия му череп. Сребърен пръстен с черен камък украсяваше бялото му месесто кутре.

Той плъзна странично поглед към Варадин, прочете листчето с името му и широко се ухили.

– Мистър Варадин Димитров!? Nice to meet you! Дийн Карвър MP[2] – светкавично се представи той и протегна ръка. – Откога сте в Лондон?

– Ами, едва от няколко дни – призна си Варадин.

– How fresh indeed!![3] – ухили се Карвър, сякаш говореше за рибата в чинията си. – Аз познавам добре България. Прекрасно място! Ходил съм там няколко

[2] MP – Member of Parliament, член на парламента.

[3] Колко пресен наистина!

пъти през 86-а и 87-а по покана на вашия земеделски лидер, как му беше името...

– Петър Танчев – подсети го услужливо Варадин.

– Аха! – оживи се мистър Карвър. – Какви времена бяха! Вашите стари лидери, they got some style[4], знаете ли? Истински барони! Ще ви кажа под секрет: не всичко беше толкова зле, ха-ха!

Варадин го изгледа шокиран. Онзи си наля пълна чаша червено вино.

– За ваше здраве! – рече Дийн Карвър, като отпи голяма глътка и му смигна: – Не е лошо, нищо, че не е българско.

Междувременно важните клечки бяха заели местата си начело на масата. Някой почука с лъжичка по чашата, залата притихна. Думата взе сбръчкан старец, съвършено плешив, декориран с пищна огърлица – някой си лорд Бастърбридж, както се разбра по-късно.

– Дами и господа, добре дошли на годишната вечеря на нашето скромно общество – рече той. – Приятно ми е да ви съобщя, че сред нас е самият министър на отбраната на Нейно величество, мистър Морел.

В залата се разнесе одобрително мърморене.

Мистър Морел имаше лъчезарното излъчване на образован пролетарий, направил кариера в профсъюзите. Той благодари на присъстващите и се поклони на старчето, което очевидно бе обект на най-дълбока почит. След министъра взе думата лекторът. Някой си Джонатън Крейг – висок мургав тип с леко гърбав нос и широки възгледи за живота. Той оглавяваше страте-

[4] Те имаха известен стил...

гическо звено за международни проучвания на управляващата партия и заемаше ключова позиция в екипа от съветници на правителството. Джонатън Крейг беше ловък шарлатанин: изразяваше се сложно и използваше широк апарат от наукообразни клишета, за да грабне акъла на аудиторията. Трудът му несъмнено беше високоплатен. Представителите на неговата паразитна каста обикаляха неуморно Източна Европа и в качеството си на експерти опоскваха лъвския пай от фондовете, предвидени за съживяването на този силно проблематичен район.

Варадин остана в плен на Крейг близо пет минути, после установи, че губи нишката на речта му. Отделните думи продължаваха да имат значение, но общият им смисъл ставаше все по-неясен, докато се превърна в някаква словесна салата. Въпреки безпомощното състояние на ума си той се постара да запази израз на проникновен слушател чак до края на лекцията, като се включи ентусиазирано в хора на последвалите аплаузи.

– Това не обяснява разликите във валутните курсове – промърмори старчето от дясната му страна.

Той почувства известно неудобство, че досега е пренебрегвал тази, по всяка вероятност, твърде важна персона... Понечи да се представи, обаче Смак V.S.O.P.C.R. своевременно беше задрямал, което очевидно беше естественото му състояние.

С изчерпването на официалната част присъстващите видимо се оживиха. Дийн Карвър си наля още вино и се впусна в спомени за България. Незабравими дни! Млад просперираш лобист от левицата, дръзнал да прескочи желязната завеса... Посрещнали го като цар. Летял с хеликоптер, ходил на лов, гулял по резиденции. А какви жени само!...

– През 93-та доведох в България един арабски инвеститор – продължи той. – Искаше да строи лифт в Банско, но се отказа, като видя какво става... Оттогава не съм идвал.

Фактът, че тъкмо Карвър седеше до него, едва ли беше случаен, даде си сметка Варадин. Да подредиш гостите около масата така, че да имат общи интереси, беше истинско изкуство. Англичаните го владееха до съвършенство.

– Много ми се ще да възобновя връзките си с вашата чудесна страна... – въздъхна Карвър, отпивайки замечтано от чашата си. – Разбрах, че имате ново правителство. Как върви реформата?

Варадин отговори, без да се замисли:

– Благодаря, добре.

– А защо вестниците пишат, че ония сираци умирали от глад. Истина ли е?

Варадин направи неволна гримаса. Карвър явно бе зърнал талона, който се въртеше в британските всекидневници. На него бе отпечатана снимка на сгърчено от глад недъгаво дете, загърнато в дрипи. Талонът излизаше от името на някакъв източноевропейски фонд, който набирал средства за мизерстващите сираци в България.

– Преходът към пазарна икономика не е лек... – отбеляза нервно посланикът. Помисли малко и добави: – За съжаление често се спекулира с чуждото нещастие.

– Аха, добротворците... – въздъхна Дийн Карвър. – Няма нищо по-вредно за имиджа на една страна! Тези хуманитарни паразити са като бълхите в дрипите на бедняка. Хранят се от мизерията на другите и нямат никакъв, ама никакъв интерес от нейното премахване. Само се чудят как по-добре да я експонират, за да трогнат спонсорите. Познавам ги много добре: колкото позле си ти, толкова по-щастливи са те! Знаете ли, че бизнесът с помощи е третият по големина в света след този с наркотиците и порното?

Мозъкът на Варадин трескаво се бореше с постъпващата информация и се мъчеше да я форматира във вид, подходящ за доклад. Това не му се удаваше и той се чувстваше силно притеснен: всичко, което не можеше да се вкара в един доклад, беше или твърде опасно, или твърде незначително. Не можеше да прецени за кое от двете става дума. Нищо трето не му идваше наум.

– Ама вие нищо не пиете! – възкликна Карвър, фиксирайки неодобрително все още пълната му чаша: – Вдигам тост за българските вина. И по-специално за червените!

Той пресуши чашата си на един дъх. „Оригинален човек", помисли си Варадин, отпивайки една по-сериозна глътка от приличие.

– Всичко, от което имате нужда, е свестен пиар – авторитетно обобщи Дийн Карвър. – Някой, който да се грижи за имиджа ви. Знаете ли колко пари хвърлят другите страни за тази работа?

Варадин кимна; съществуваха подозрения, че тази сълзлива кампания е режисирана от разузнаването на съседна балканска държава, която цели да компрометира социалната политика на правителството в разгара на дискусията за разширяването на Европейския съюз.

– Напоследък правителството възнамерява да инвестира повече средства в тази област... – рече предпазливо той.

– И добре ще сторите! – възкликна Карвър. – Трябва обаче да си отваряте очите на четири. В Лондон е пълно с агенции, които предлагат услуги от такъв характер... За съжаление повечето са шарлатани. Ще ви омотаят с разни концепции и стратегии, а после ще ви тръснат такава сметка, че свят да ви се завие. Но има и истински професионалисти. Те не говорят много, но вършат чудеса.

– И кои са те? – попита плахо Варадин.

– Има една агенция... – доверително сниши глас Карвър; в дъха му се долавяше кисел привкус. – Работиха за мен по време на изборите. В момента, доколкото знам, се грижат за имиджа на една от вашите държави, май че беше Словакия. Работили са също така за страните от Близкия изток. Изключителни професионалисти! Имат връзки на най-високо равнище. И отлична репутация! Говори се, че дори членове на кралското семейство ги използват понякога...

– Имат връзки с двореца? – лицето на Варадин се изопна.

– Определено! – кимна Дийн Карвър МР. – След като ми уредиха вечеря с принц Чарлз, рейтингът ми сред по-изостаналите ментално избиратели скочи драстично. Ха-ха! Аз съм републиканец по убеждение, знаете, но какво от това!... Вие май сте заинтересуван? Мисля, че още пазя визитната им картичка.

Той затършува из портфейла си.

– Това трябва да е... Забравил съм си очилата, вижте, моля, какво пише там.

Варадин повдигна картичката: „Famous Connections. PR Agency“.

– Благодаря – кимна той.

– Не, не ми благодарете! Аз съм приятел на България. Ето, вземете и моята картичка... Винаги може да разчитате на мен.

Като каза това, Карвър изви очи към чинията си и вдигна одобрително палец. На мястото на ордьовъра сега се мъдреше строг къс месо, залят с боровинков сос. Той си доля още червено вино и се зае съсредоточено да унищожава пържолата си. Варадин не искаше да остане по-назад и също се залови за приборите, но умът му витаеше другаде. Жилавата недопечена мръвка подло се изметна от чинията и го опръска със сос. Мамка му!

– Не се дава лесно, а? – изкикоти се Карвър. – Ще трябва да свикнете с характера на тукашното печено.

10.

Катя изхвърча от банята с мокра коса, от която се сипеха пръски, и тутакси срещна завистливия поглед на Доротея Тотоманова. Очите ѝ бяха като два тъпи шиша. Момичетата деляха стая 3 х 4 и нямаше как да се обичат. Доротея, наричана още Доти, имаше пъпчиво лице и дебели глезени. Катя притежаваше всичко останало, което имаше някаква стойност в очите на доминиращия пол. „Чиста порнография", мислеше си Доти, като изяждаше с поглед различни обособени части от тялото на съкафезничката си. Понякога имаше чувството, че тези неща са откраднати от нея самата; струваше ѝ се, че би било справедливо поне да има правото да ги докосва. Една утеха, която неизменно ѝ биваше отказвана.

Катя не беше особено навита да я зяпат по въпросния начин, и то съвършено безплатно, ала съзнанието, че това нанася непоправими щети върху самочувствието на зяпащия, дълбоко я възмездяваше. Тя изсуши набързо късата си прическа, навлече чифт развлечени дънки, фланелка, яке и метна раницата си през рамо.

– Тръгвам – извести тя.

– Чао – измърмори Доти, без да става.

„Ах ти, мръхло!", помисли си Катя. Доротея Тотоманова не трябваше да работи, получаваше известна сума от родителите си и когато не ходеше в университета, обикновено се търкаляше в леглото с дебели, неподходящи книги.

– Знаеш ли, трябва да излизаш повече – рече ѝ Катя, привидно загрижена.

– Гледай си работата! – сряза я Доротея.

– Окей! Окей! – каза Катя и подхвърли отмъстително: – Тогава поне отваряй прозорците...

Вратата хлопна и Доротея остана сама. Тя се изплези и размаха среден пръст подир Катя. После измъкна една тухла, озаглавена „Насоки в радикалния феминизъм“ от някой/някоя си Стоун Джон Стоун, и стръвно започна да гълта страниците.

Както обикновено, Саманта Брик стоеше пред входа, само по кремав комбинезон и високи чехли на босо, и канеше минувачите с лъстиви жестове:

– Come on, darling! Pop in![5]

Катя намираше, че това действа по-скоро отблъскващо на клиентите, но бизнесът ревниво пазеше традициите си, а на нея, в края на краищата, ѝ беше през оная работа. Над входа, облицован с черни огледални плочки, се гърчеше неонов надпис „Baily's place“. Такива ги имаше с хиляди, пръснати по всички континенти, малки инкубатори на порока, където мъжете носеха ледените си спаружени яйца с надежда да измътят някоя и друга кекава ерекция.

– Cheers – Саманта докосна ръката ѝ.

Катя се усмихна и пъхна пръсти между нейните. Саманта беше мека доброжелателна блондинка, прехвърлила 40-те, почти без татуировки. Беше отслужила времето си на пилона и животът неотклонно я изтласкваше към периферията. Имаше какво да разкаже старата Саманта, но никой не я питаше.

Катя изтича надолу по стълбите и се мушна през една странична врата в гримьорната. Погълна я добре познатият хаос, пропит с миризма на пот и дезодоран-

---

[5] Хайде, миличък! Влез!

ти. Момичетата се суетяха полуголи, размятаха цици и задници във всички посоки. Във въздуха се носеха части от бельо и думи на различни езици. Тази непринудена атмосфера донякъде ѝ допадаше, напомняйки ѝ за предвечния биологичен бульон, откъдето бе произлязъл животът. От време на време зад завесата цъфваше къдравата глава на Камал Далали, ливанец по рождение, който менажираше цялата менажерия. На врата му се поклащаха достатъчно златни ланци, за да се обеси на тях. Камал Далали гръмко обявяваше името на момичето, чийто ред наближаваше:

– Вера! Хари ап![6] Хари ап!... Франсоаз! Хари ап!... Фен Ли! Хари ап!

Катя навлече един абсурден костюм, състоящ се от черни кожени ремъци и високи ботуши, седна пред огледалото и усилено започна да трупа грим върху лицето си. Ботушите бяха готини, защото в тях се събираха много бакшиши. Кони Делано се опита да ѝ пробута някакви прахчета, но и този път удари на камък. От другата ѝ страна, словачката Беата, която се обучаваше в престижния LSE[7], ругаеше на матерния си език; слабините ѝ се бяха изринали и това щеше да редуцира приходите ѝ. Катя я посъветва да ги наклепа с фондьотен. Камал Далали отново подаде глава:

– Кейт! Хари ап! Хари ап!

Да се кълчи около пилона и да откача една по една частите на оскъдното си облекло, не беше кой знае каква работа. Беше по-лесно, отколкото да висиш в някакъв скапан магазин или да миеш чинии, и определе-

---

[6] Побързай!

[7] London School of Economics.

но – по-доходно. Много студентки го вършеха. Катя имаше разходи: трябваше да плаща огромната такса за университета и от време на време да изпраща някакви пари на родителите си. Дължеше им го. Бяха ипотекирали апартамента си в София, за да покрият първоначалната вноска. И въпреки това Катя можеше да си позволи доста по-сносен живот, но тя предпочиташе да спести някоя и друга лира. „You never know"[8], както казваха англичаните. От друга страна, намираше нещо привлекателно в това двойствено съществуване, някаква особена тръпка на злорадство и отмъщение, която я караше да не се отказва от ролята си на отрудена, бедна студентка, готова да заложи кожата си, за да обитава дупката в посолството.

Винаги когато останеше гола-голеничка на дансинга, Катя изпитваше желание да продължи – както в онзи смешен клип – да сваля частите на тялото си и да ги хвърля на публиката, докато се отърве и от последния телесен аксесоар, а на сцената остане само прахолякът от прожекторите. Този саморазрушителен порив се пробуждаше у нея след всяко изпълнение, вероятно като реакция на организма срещу безсрамието на душата, но траеше кратко. Последно завъртане около пилона. Беше полезно за фигурата. Прясно избръснатите ѝ мишници лепнеха от пот. Сега оставаше само да мине на четири крака по пътеката между два реда мъжки муцуни, за да обере бакшишите – най-смислената част от представлението.

Но не и най-приятната! Пътеката беше топла от лампите, които грееха под нея в зелено, оранжево и бя-

---

[8] Никога не знаеш...

ло. Тя се плъзна напред като голяма пъстра котка, извивайки сладострастно гръбнака си, а мъжките ръце тикаха банкноти в ботушите ѝ. Някакъв простак забоде хартийка в задника ѝ – много оригинално, няма що! Тя изсъска предупредително. Друга хартийка докосна зърното ѝ, плъзна се надолу и кацна в ботуша ѝ. „Е, майната ви!", помисли си тя. Продължи да лази напред, обирайки парични знаци като лепкава мухоловка. В самия край на пътеката зърна някаква оцъклена физиономия. „Тоя ще си изтърси целия портфейл в ботушчето ми", хрумна ѝ. Пътеката беше топла, хартийките гъделичкаха кожата ѝ. Оцъкленият ставаше все по-оцъклен. „Аре, кихай си десетачката, задник такъв", нервираше се тя, поклащайки нетърпеливо активите си под носа му. Реакция не последва.

– Да ти го начукам! – просъска тя на роден български в лицето му и рязко се врътна.

Повече не се обърна. Обратният път ѝ се стори значително по-къс. Тя се изправи, помаха закачливо на публиката и изчезна зад кулисите.

Първата ѝ работа бе да преброи мангизите: 55 паунда. Не беше зле! Върна се в гримьорната и започна да чисти грима. Беата продължаваше да се тюхка заради обрива на слабините си.

– Наистина ли не искаш да пробваш тая stuff?[9] – подхвърли изкусително Кони: – Убийствена е!

– Не – поклати глава Катя.

Избягваше да се заседява излишно в Бейлис. И без нея гримьорната се пръскаше по шевовете. Момичетата излизаха едно след друго на сцената, изкарваха си

[9] Дрога – жарг.

номера, идваха следващите. Никога не се повтаряха. Камал Далали особено се гордееше с това разнообразие. За една вечер се изреждаха повече от трийсет парчета. Ако някоя искаше да изкара нещичко отгоре, оставаше да танцува lap-dance из сумрачните сепарета, разхвърляни по ъглите. Катерина също го беше правила, без особени скрупули, но тази вечер не се чувстваше достатъчно алчна.

От ботуша изпадна един паунд. „Абе това да не ви е спестовна касичка!“, ядоса се тя, но все пак се наведе, за да го потърси под стола.

– Кейт, скъпа! – долетя гласът на Гънтър Час. – Имам нещо за теб!

Гънтър Час беше младичък симпатичен обратен, който се грижеше за гардероба на стриптийзьорките и понякога изпълняваше дребни поръчки. Тя вдигна глава и недоверчиво присви очи. Час доприпка пъргаво, въртейки дупето си като пумпал.

– Един джентълмен желае да танцуваш лично за него – той размаха под носа ѝ банкнота от десет лири. – Чака те в сепарето. Явно си му легнала на сърцето.

Това не беше нещо ново: зяпачите често си харесваха момичета от сцената и ги канеха за индивидуални изпълнения на масата. Доходен бизнес, макар че контактът беше твърде близък. Клиентите рядко излъчваха приятна миризма в този момент.

Тя поклати глава:

– Нещо не съм в настроение. Съжалявам. Да си избере друга.

Не беше длъжна да го прави в края на краищата. Час направи гримаса:

– Много ще се наскърби, да знаеш – рече той. – Искаше специално теб!

– Не мога да му помогна!

Тя събра нещата си и ги натъпка в раницата.

– Да знаеш, че ще загубиш! Не е като другите чекиджии! Изглежда готин! – не преставаше да опява Час, вкопчен в избледняващия мираж на бакшиша си.

– Тогава ти му потанцувай. Чао! – помаха му тя.

Наистина не беше в настроение. По-точно, беше в прекалено добро настроение, за да си го разваля, търкайки задника си в чатала на някакъв лъскач. Всички бяха такива!

Наближаваше полунощ, когато излезе от Бейлис. Меката Саманта продължаваше да кисне пред входа и да мами оредяващите минувачи с вид на дрогирана сирена. Катерина се озърна за такси, но не ѝ провървя. Трябваше да излезе на някоя по-оживена улица като Шафстбъри. Всъщност нямаше нищо против и да се поразходи. Лондонските улици ѝ се струваха сигурни дори в този късен час.

Поне до този момент.

– Мис Кейт! – долетя глас близо до рамото ѝ. – Почакайте!

Тя се обърна рязко. Беше непознат мъж.

– Какво искате? – попита тя, като ускори неволно крачки.

– Не ви ли казаха, че ви чакам? – попита той с нотка на обида.

Имаше гладко дълго лице, обрамчено от остри, ниско остригани бакенбарди с ръждив цвят. Беше трудно да се отгатне възрастта му. Носеше черно кожено сако и жилетка на сребристи райета. Интонацията му силно я подразни.

– Слушайте! – сряза го тя. – Не правя това, освен когато на мен самата ми се иска! А сега се разкарайте!

– Няма проблем, не съм дошъл заради някакъв лапданс – ухили се той. – Макар че не бих отказал. Просто исках да поговоря с вас и това ми се видя най-лесният начин.

– Не ми се разговаря – отсече тя.

– Казвам се Бари Лонгфелоу – представи се той, без да обръща внимание на думите ѝ, – а намеренията ми са съвсем почтени. Ако благоволите да ме изслушате.

– Не ме интересува!

– А би трябвало – рече той, – защото имам атрактивно предложение за вас.

– Аха, ясно – кимна тя, – това пък съвсем не го правя.

– Нищо не ви е ясно! Знам какво си мислите – бързо поде той, – но грешите. Това е провинциално мислене!

Тя спря и го изгледа. Последните му думи я жегнаха.

– Най-сетне! – възкликна той и каза отчетливо: – Искам да ви предложа роля.

– Роля ли? – тя присви недоверчиво очи.

– Точно така, роля – потвърди той. – В малък, но твърде обещаващ спектакъл.

– Вие режисьор ли сте? – попита тя.

– Ммм, нещо такова – уклончиво се съгласи той. – По-скоро изпълнителен продуцент. Няма значение. В момента търсим подходящо лице за главната роля. Имах възможност дълго да ви наблюдавам. И ми се струва, че сте истинска находка!

Тази работа ѝ се струваше доста съмнителна.

– За какъв спектакъл става дума? – попита тя.

– Нашите спектакли са камерни. Но с добър бюджет – уточни многозначително той. – Няма много думи.

– А какво има? – заинтересува се тя.

– Има известен еротичен елемент – предпазливо рече той. – Но това не би трябвало да ви смущава, нали?

– Ммм, зависи от сюжета – подхвърли Катя.

– Невинен! Съвършено невинен! – увери я той.

– Хъм – замълча тя.

Струваше ѝ се странно, че води този разговор насред улицата.

– Но аз не съм актриса – рече тя накрая.

– Ще видим, ще видим – промърмори Бари.

– Освен това имам акцент – заключи Катя.

– Акцент – той махна пренебрежително с ръка: – Рускиня ли сте?

– Не, българка.

– Няма значение. Няма много думи! – повтори той настоятелно.

„Ама че лепка!“, помисли си тя.

Бари се възползва от мигновеното ѝ колебание и побърза да я снабди с визитната си картичка.

– Обадете ми се – каза той, – но не отлагайте прекалено дълго!

После направи крачка назад, обърна се и изчезна в уличния мрак.

11.

Червените стопове на микробуса горяха призрачно в нощта. Колата даде заден ход и напътствана от знаците на Баничаров, бавно потъна в черното гърло на гаража.

Батьката изключи двигателя и насочи към Баничаров мощен фенер. Готвачът заслони очи.

– Молодец! – отекна гласът на азиатеца.

Толоманов чевръсто отвори задната врата. Двамата свалиха някакъв дълъг предмет, закопчан в жълта найлонова торба. Баничаров гледаше отстрани. Въздухът в гаража вонеше на бензин и той усети пристъп на гадене. Батьката му тикна фенера.

– Ти водиш! – рече Толоманов.

Спуснаха се по стълбите и минаха през мазето. От време на време Баничаров се обръщаше и стрелваше с неприязън съдружниците си. Чуваше ги как тътрят товара си, а найлонът шумеше неприятно. Батьката ругаеше тихо на някакъв алтайски език.

Излязоха в централния коридор, завиха наляво и се озоваха пред вратата на кухнята. Тук готвачът спря и тревожно се ослуша.

– Какво има? – нервно се обади Толоманов.

– Май чух нещо вътре – прошепна Баничаров и продължи да се ослушва.

– Шубе такова! Да не оцапаш гащите – подхвърли Чаво.

Готвачът сви презрително устни, отключи вратата и светна лампата. Кухнята беше празна.

Баничаров направи знак да го последват и се запъти към дъното на помещението. В нишата до хладилника имаше огромен стар фризер, заключен с катинар. Мъждива червена лампичка сигнализираше, че съоръжението още работи. Готвачът отключи катинара и повдигна капака. От вътрешността се надигна ледена пара.

– Айде! – измърмори той, като се обърна към Чаво и Батьката.

Физиономията на готвача замръзна. Ципът на торбата зееше, в процепа се виждаше лице на млада жена. Лицето беше бяло и неподвижно като излято от парафин. Мъртво.

– Ну, познакомтесь – мрачно рече Батьката. – Даян, принсес във Уелс.

Баничаров уплашено извърна лице.

– Не бой се, бе! – обади се Толоманов: – Това е само труп. Труп, който струва сума мангизи. И тия мангизи са ни в кърпа вързани!

– Ама чакайте, бе! – отчаяно извика Баничаров. – Нямахме такава уговорка!

– Что? – смръщи вежди Батьката.

– Какви ги дрънкаш, бе? – настръхна Чаво.

– Ама това е труп бе, хора! – повтори ужасен Баничаров. – Какво ще го правите?

– Нищо! – извика Чаво. – Плащат си, връщаме им го обратно.

– Ох, гади ми се! – изпъшка готвачът.

– Какво се превземаш! Та ти си готвач! – подхвърли Чаво.

– Аз да не готвя хора бе, кретен! – избухна Баничаров. – Вижте, не сме говорили за труп. Не може да го оставяте тук!

Батьката рязко затвори ципа на торбата.

– Хватит! – строго рече той.

Мъжете уловиха торбата от двете страни и я сложиха във фризера. Батьката побърза да го затрупа с продукти. После тръшна капака и потупа отгоре с длан. Баничаров гледаше напълно безпомощно.

– Хорошо – ухили се Батьката. – Убираемся отсюда.

Нещо просветна в мозъка на готвача и той препречи пътя на двамата мъже.

– А денги? Где денги?

– Ааа! – вдигна пръст Батьката. – Сорри, забыл.

– Как така забыл?! – настръхна готвачът. – Първо ми мъкнете труп, а сега и денги забыл. Нали се разбрахме – 100 лири на ръка веднага.

– Завтра, завтра – промърмори с досада Батьката.

– Няма завтра! Сейчас! – извика Баничаров.

– Ийзи бе, мой човек – намеси се Толоманов. – Завтра ти се каза, значи завтра. Ние тук правим бизнес за милиони, няма да се лъжем за някакви стотинки, я. Нали, Батька?

– Так, так – кимна презрително оня.

– Аа, да си ебете майката! – разфуча се готвачът и тръгна да отваря фризера: – Взимайте си я! Айде!

В този миг една желязна ръка го сграбчи за гърлото. Друга ръка опря до лицето му дълъг и очевидно остър като бръснач нож. От очите на Батьката струеше отровна, проникваща радиация. Отчетливо и бавно той изрече поредица от непознати слова на родния си език. Смисълът на тия чужди думи не беше твърде сложен и се разкри от само себе си пред готвача: „Тя излиза от фризера – ти влизаш. Празно няма!“

Баничаров се събуди с жален вопъл. Жилавите пръсти на Батьката още лепнеха по шията му. Краката му, проснати върху ниската масичка пред телевизора, бяха изтръпнали. Гърбът го наболяваше. Беше спал в креслото. Звънецът в дежурната стая бръмчеше настоятелно. Мониторите, които следяха улицата и входовете на посолството, синкаво трептяха. Върху един от тях личеше ясно фигурата на Чавдар Толоманов, тъпчещ нервно пред задната врата на посолството. Готвачът се надигна с пъшкане от креслото, довлече се до бутона на автоматичната ключалка и го натисна.

Толоманов бутна вратата и влезе. Озова се в малко мърляво фоайе, където имаше втора врата. Автоматът отново избръмча и той мина и през нея. Баничаров го посрещна в дъното на коридора, сънен и блед.

– Ти що не отваряш ма, Баницо такава?! – развика се Чаво.

– Заспал бях – смотолеви готвачът. – А вие защо закъснявате?

– Кой е закъснял, бе?! – Толоманов завря часовника си под носа му: беше 1,25 след полунощ. – Звъня тук от десет минути!

Баничаров се почеса зад ухото.

– Абе сънувах една работа... – поде той и млъкна несигурно.

– Пак мадами, а? – подхвърли актьорът язвително.

– Принцеса беше – уточни готвачът. – Даяна. Поточно трупът на Даяна...

– Не думай! Ама ти яко си се извратил!

– Вие го бяхте откраднали – мрачно продължи Баничаров – и го домъкнахте в посолството. Скрихте го във фризера. Нещо като историята с Чарли Чаплин...

– Виж ти – почеса се актьорът замислено. – Не ми беше хрумвало... Късно се сещаш! Айде да действаме, че на Батьката ще му кипнат лайната – заключи Чаво делово.

– Добре – изръмжа готвачът, – чакайте ме отзад.

Той се върна в дежурната стая и хвърли поглед към мониторите: улицата и парадният вход бяха чисти, фигурата на Толоманов се мярна, притичвайки до някакъв микробус, паркиран от страната на посолството. После микробусът даде заден ход и изчезна от полезрението на камерите. Готвачът изгаси лампата, остави вратата на стаята открехната и потъна във вътрешността на посолството. Спусна се в мазето, мина през плетеница от коридори, задръстени с вехтории, и се изкачи по тясната метална стълбица, виеща се в тъмното. Употреби значителни усилия, докато се пребори с ръждивата ключалка. Най-сетне малката, ала тежка врата от пресована ламарина се отвори и той се озова в просторно помещение, пропито от миризма на машинно масло. Щракна запалка: светлината се плъзна по повърхността на дълга мазна локва. Гаражът беше празен, с изключение на камара боклуци, струпани в ъгъла. Като внимаваше да не падне в ремонтния канал, Баничаров заобиколи локвата и се добра до входа. Без да пали лампата, отключи катинара и вдигна резето. Крилата на вратата се разтвориха със сърцераздирателно стържене.

Стоповете на микробуса горяха призрачно в нощта. Колата даде заден ход и напътствана от знаците на Баничаров, бавно потъна в черното гърло на гаража.

Батьката изключи двигателя и насочи към Баничаров мощен фенер. Готвачът заслони очи.

– Молодец! – отекна гласът на азиатеца.

Толоманов чевръсто отвори задната врата. Двамата изхвърлиха навън няколко обемисти найлонови чувала. Баничаров гледаше отстрани с противното чувство, че вече е присъствал на тази сцена. Въздухът в гаража вонеше на бензин и той усети пристъп на гадене. Батьката го изгледа неодобрително:

– Ты что смотриш?!

Тикна му фенера и го накара да вземе един от чувалите.

– Ти водиш! – рече Толоманов.

Спуснаха се по стълбите и минаха през мазето. Излязоха в централния коридор, завиха наляво и се озоваха пред вратата на кухнята. Тук готвачът спря и тревожно се ослуша.

– Какво има? – нервно се обади Толоманов.

– Май чух нещо вътре – прошепна Баничаров и продължи да се ослушва.

– Шубе такова! Да не оцапаш гащите – подхвърли Чаво.

Готвачът сви презрително устни, отключи вратата и светна лампата.

Батьката подсвирна от изненада. Помещението беше огромно; можеше да се предположи, че тук се готви храна за цял полк. Впрочем това не беше съвсем далеч от истината: особено в недалечното минало, когато животът в посолството течеше на широка нога, по тоталитарному. Сега светският живот се цедеше капка по капка през иглeното ухо на пазарната икономика и в кухнята бе настъпило запустение. Част от посудата бе разграбена. Умивалниците бяха хванали патина. Плочките около тях бяха пожълтели и напукани. Баничаров бродеше като призрак между студените фурни и празните хладилници. Да готви, му се налагаше рядко, майстореше главно сандвичи и хапки от полуфабрикати. Сегиз-тогиз завърташе по някоя баница, посрещана от гостите с неизменния възглас: „Oh, banitza!“, затаил в себе си и печал, и носталгия, и надежда за нещо по-стабилно като пълна агнешка плешка например. Уви, ерата на плешките беше изчерпана, погребана дълбоко под планина от оглозгани кости. Резенче кисела краставичка и кренвирш, забодени на клечка за зъби – това беше всичко, на което можеха да се надяват.

Баничаров невъзмутимо изтърси чували върху дългата поцинкована маса. Отвътре изпаднаха десетина добре охранени патици. Вратовете им бяха безжалостно извити. Направи му впечатление, че върху крака на всяка има сребристо пръстенче.

– Тц-тц-тц, къде ги изловихте? – попита той.

– Наблизо – ухилиха се двамата мъже.

Една от птиците немощно припляснa с крило, явно не беше доубита, както трябва. Баничаров прекъсна мъките ѝ с рязък жест. Сега плуваше в свои води и това му вдъхваше самоувереност. Той измъкна две мърляви бели престилки и ги подхвърли на съдружниците. След известно колебание те ги нахлузиха и застанаха чинно от двете му страни като чираци. Готвачът им връчи по един нож и посочи към печката, където от няколко часа къкреше огромен котел с вода.

– Знаете какво да правите, нали? – попита той. Двамата мъже кимнаха и запретнаха ръкави.

– Имате четири часа – предупреди ги Баничаров. Той се върна в дежурната стая и погледна часовника си. Беше отсъствал не повече от двайсет минути. Седна зад бюрото, измъкна тетрадката-дневник и се разписа в графата „дежурен“, защото на сутринта обезателно щеше да забрави. В съседната графа „забележки“

отбеляза: без произшествия. Затвори дневника и го прибра обратно в чекмеджето.

Дежурството беше гадно, но затова пък дълго. От готвача до съветника – нямаше измъкване. Всички бяха равни в отбиването на този свещен дълг. Всеки ден, около шест следобед, човек можеше да ги види да припкат към посолството, понесли в пликче лични вещи, суха храна и чаршафи. Унижението се повтаряше три или четири пъти в месеца, в зависимост от графика. Киснеха в дежурната като паяци до сутринта: зяпаха телевизия, вдигаха телефона, отваряха при нужда вратата, пиеха, ядяха, спяха. Вардеха държавната мечка. Някои дори чукаха, но готвачът не беше сред тях.

Той се тръшна пред телевизора, изсули обувките си и отвори кутия бира. При друг случай щеше да се просне на леглото под прозореца и да закърти мигновено, ала този път се налагаше да бди. Беше нащрек и често отклоняваше поглед към синкавото сияние на мониторите, окачени върху отсрещната стена. Струваше му се, че го наблюдават, макар че функцията им беше точно обратната.

Въздухът миришеше на чорапи.

Измъкна изпод задника си олющеното дистанционно управление и включи порноканала, декодиран на ползу роду от сръчен български студент. Позяпа малко, но не успя да се съсредоточи. Мислеше само за патиците. Тлъсти парчета! Откъде ли са ги докопали?... Ако китайците не ги купят, както се кълняха Чаво и Батьката, имаше да набиват патешко цяла година. Мамка му! Много патица, много нещо!

Електронното пискане на телефона го извади от дрямката. Той вдигна слушалката и сънено каза:

– Да.

– Bulgarian embassy? – пропя далечен гласец.

– Ъхъ.

– Excuse me, would you tell me if I need a visa to Bulgaria?[10] – занарежда невинно гласът.

Последва кратка пауза. В гърдите на готвача се надигна бунт. Той не знаеше бъкел английски, но успя да схване думата „виза“, което наля масло в огъня.

– А ма, путко! – злобно просъска той: – К'ва виза в сто часа през нощта ма, да ти го начукам!!!

От другата страна се понесе ситен, подигравателен смях.

– Къртиш, а? Мама ти стара! – Чаво Толоманов рязко смени интонацията. – Баница такава!

Звънеше му по мобилния си от кухнята.

– Вие ли сте, бе? Що се ебавате? – изръмжа готвачът, като се поокопити. – Готови ли сте?

– А ти как мислиш?

– Идвам – кратко рече той.

Беше четири и десет сутринта.

Кухнята вонеше на кланица. Чаво и Батьката усилено търкаха ръце над умивалника – кръвта се беше набила дълбоко под ноктите им. Фризерът пращеше от патици. Перушината и карантията бяха натъпкани обратно в чувалите. Баничаров огледа под масите и се намръщи: налагаше се да минава с парцала. В една чиния имаше купчина сребристи пръстенчета.

– Ну, убираемся отсюда – рече Батьката, като изтръска мокрите си ръце срещу стената.

---

[10] Извинявайте, бихте ли ми казали дали се нуждая от виза за България?

Нещо щракна в мозъка на готвача.

– А денги? Где денги? – тревожно попита той.

– Ааа! – вдигна пръст Батьката. – Сорри, забыл.

– Как така забыл?! – настръхна готвачът. – Нали се разбрахме: 100 лири на ръка веднага.

– Завтра, завтра – промърмори с досада Батьката.

– Няма завтра! Сейчас! – извика Баничаров.

– Ийзи бе, мой човек – намеси се Толоманов. – Завтра ти се каза, значи завтра. Няма да се лъжем за стотинки, я. Нали, Батька?

– Так, так – кимна презрително оня.

Готвачът се опули като зомби. Вече два пъти го минаваха със същия номер. Той понечи да каже нещо, но усети, че пак ще влезе в релсите на познатия сценарий. Махна с ръка и се изплю на пода.

12.

Варадин цъфна в посолството малко след девет. По пътя бе срещнал Баничаров, който се прибираше от дежурство с найлоново пликче в ръка и угрижен гурелив поглед. Това тутакси вкисна настроението на посланика, сякаш в млякото му беше капнал неканен сопол. Поздравиха се сухо.

Зад стъклото на приемната го посрещна една не по-малко унила служителка, която медитираше над стар български вестник. Той прекоси парадното фоайе и се опита да мине през вратата, която водеше към вътрешната част на посолството. Оказа се, че е забравил кода на електронната ключалка. Няколко минути напразно се мъчеше да го налучка. Най-сетне се появи консулът, който се направи, че не забелязва затрудненото му положение (но отвътре сигурно се кикотеше!), предпазливо го поздрави и набра нужните цифри. Варадин побърза да се шмугне в асансьора и натисна копчето за втория етаж. На излизане от кабината хвърли поглед надясно, където предишния ден бе забелязал едно особено мърляво кътче върху мокета, и със задоволство установи, че вече е почистено.

Таня Вандова бе на работното си място, в преддверието на кабинета, и трескаво сортираше обичайната камара писма, която се изсипваше всяка сутрин.

– Добро утро – поздрави го тя, без да прекъсва заниманието си.

Той промърмори нещо неразбрано и хлопна вратата след себе си.

Последва кратък разговор по телефона и след малко счетоводителката долетя на галоп, помъкнала наръч папки.

– Готов ли е списъкът с наемателите? – попита той.

Тя кимна утвърдително и му подаде един лист. Варадин го разгледа обстойно и въздъхна тежко като човек, комуто предстоеше да мести огромна планина от камъни. Посолството беше доста населено, макар че през последните години щатът му бе съкратен драстично в резултат на перманентната икономическа криза. Дрехите на някогашната държава мастодонт не бяха по мярката на наследника ѝ. Природата обаче не търпеше празно място и жилищната площ бе заета до последната мансарда от разни странни субекти с неизяснени, ала осезаеми протекции, настанени по силата на балканското обичайно право. Варадин беше наясно, че това е деликатна материя, но също така знаеше, че трябва да ги разкара един по един. Жилищната площ бе мощен лост в ръцете на всеки ръководител: с нея можеше да се търгува, да се маневрира, да се балансира. Този ресурс му принадлежеше по право и единствено той трябваше да решава кой ще го ползва.

– Защо всички тези хора живеят тук? – попита скептично Варадин.

– Амии – запецна Бианка Стругарева, докато вътрешно негодуваше: какво се правиш, че не знаеш, задник такъв. – Заварено положение! – най-сетне изстреля тя, щастлива, че е намерила точната формула.

– Аха, заварено положение – повтори той с отвращение и рязко добави: – Но не могат да останат повече тук.

– Разбира се – съгласи се тя. – Особено тези, дето не си плащат наема. Като Бобеви например...

– Защо не сте ги изгонили досега?!

– Защото водят дело – търпеливо поясни тя. – Рашо Бобев, бившето търговско аташе, съди министерството. Твърди, че е уволнен неправомерно.

– И какво от това? Да си ходи в София да се съди, колкото ще! – избухна Варадин.

– Не иска да си ходи. Чакал изхода от делото. Надява се да го възстановят.

– Ще го възстановят те – сви устни Варадин. – Добре си е направил сметката. Тия дела се точат с години. Изхвърлете го!

Бианка Стругарева не каза нищо.

– Какво има? Няма ли полиция в тази страна?

– Ще се раздуха работата и пак ще се изложим – предпазливо отбеляза тя.

– Дааа, вярно. Не е добра идея – въздъхна той, масажирайки замислено основата на носа си. С какви глупости беше принуден да се занимава! Обзе го гняв: – Тогава измислете нещо друго – пискливо изрече той. – Изключете му тока. Спрете му водата. Искам да се разкара!

– Ще кажа на домакина – равнодушно кимна тя.

– Действайте!

Точно така, един по един; щеше да ги вади от кацата с меда като малки гадни насекоми – с пинцета. Тази красива визия го накара да скръцне със зъби от кеф. Сипа си чаша вода и пусна вътре шумяща таблетка, която тутакси оцвети течността в отровно жълто. Погълна я и слабо се уригна.

В този момент един от телефоните на бюрото му започна яростно да звъни.

– Альо, ти ли си? – прозвуча капризен женски глас.

– Аз съм – рече той без капчица ентусиазъм. – Радвам се да те чуя.

– Не се радвай толкова! – сряза го тя. – Мислех, че мога да разчитам на теб.

– Естествено, че можеш!

– Не мога, там е работата – прекъсна го тя. – Защо криеш от мен?

– Какво крия? – адреналинът му рязко скочи.

– Не ме прави на луда! Всичко зная – извика тя и добави съкрушено: – Получен е отказ!

– Боже, ти затова ли се косиш?! – възкликна той. – Изобщо не бери грижа, ситуацията е под контрол.

– Не се притеснявам, бясна съм! Оня плужек, Кишев, ме мотае вече половин година! – избухна тя. – Трябва да го накажеш!

– Ще го накажа, я! – побърза да се съгласи той. – Хубавичко ще го накажа.

– Дано вече не е прекалено късно. Кой знае какви ги е надробил – въздъхна тя. – Може би нарочно е нарушавал етикета, за да я дразни; да я отврати завинаги от нас. Саботьор! И ти го прикриваш!

– Не го прикривам! – енергично възрази той.

– Не искам да се мярка пред очите ми, като дойда пак, чуваш ли!

– И без това му изтича мандатът – утеши я той, – няма да види следващ.

– Така му се пада – измърмори тя. – А какво ще правим ние при това положение?

– Мисля да ангажирам специална агенция за тази цел – поверително рече той.

В слушалката отекна подозрително пращене. Хрумна му, че може би ги подслушват. Не разискваха нещо особено секретно, но въпреки това се почувства като глупак.

– Каква агенция? – попита тя.

– Пъблик рилейшънс[11].

– Оооо! – в гласа ѝ трепна боязън, сякаш ставаше дума за някакъв изключително сложен домакински уред.

– Утре имам среща с директора. Изглеждат печени, но засега не мога да ти кажа повече – добави предпазливо Варадин.

Мисълта за подслушването не му даваше мира.

– Кога ще я докарат? – попита безцеремонно тя.

– Абе това да не ти е теле! – гневът му изби през всички предпазни клапани.

– Не ме интересува! – извика тя. – До два месеца да е на линия! Дължиш ми го, по дяволите!

– Ще направя, каквото мога – изпъшка той, полузадушен от злоба.

– Ще бъде по-добре за всички ни!

Връзката прекъсна. „Първо частно посолство!“, процеди наум. Ала на глас изрече само: 100.

Няколко секунди остана съвършено неподвижен. Вътрешният телефон звънна няколко пъти, но Варадин не реагира. На вратата се почука и Таня Вандова подаде глава.

– Майор Улав чака да го приемете – извести притеснено тя.

– 48 – каза безизразно той. – Да влезе.

Дългата фигура на майора изникна над дребничката секретарка.

– Seventy seven! – изкрещя майор Улав, нахлувайки в стаята като хала с протегната напред десница.

---

[11] Връзки с обществеността.

– Какво? – сепна се Варадин.

– Nice to meet you! – майорът силно стисна ръката му: – Нямам време за губене. Приготвил съм ви 77 кашона с хуманитарна помощ, които трябва незабавно да заминат за България. Там хората измират! – патетично заключи той.

Варадин го разгледа с известна боязън. Майор Улав беше пенсиониран колониален офицер, който излъчваше неизтощимо желание да напляска някой непослушен абориген. Беше кокалест, дълъг старчок, доста над шейсетте, с гладък гол череп и сив четинест мустак. Носеше тъмносин костюм без вратовръзка и лъснати до блясък чепици – сякаш не му се налагаше да ходи пеша по улиците, а се придвижваше от кабинет в кабинет като привидение. На врата му висеше карта на благотворителната организация, която представляваше.

Майорът се тръшна на канапето и заизважда разни брошури от чантата си. Варадин се настани предпазливо срещу него. След малко се появи и Таня Вандова с поднос с кафе.

През първите десет минути майорът несвързано бърбореше за своята организация, като изброяваше патетично имената на разни знаменитости, които фигурираха в списъка на настоятелите. – Като натрупа достатъчно титли и гербове, за да стъпи върху тях, той погледна отвисоко посланика и го попита защо българите по принцип са толкова неотзивчиви към хуманитарната помощ.

– Какво имате предвид? – повдигна вежди Варадин.

– Какво имам предвид?! – саркастично повтори майорът. – Ами ние се трепем тук, събираме разни полезни вещи, но на кого му пука!

Варадин тактично замълча.

– Имам информация, че по-голямата част от тази безкористна помощ отлежава в складовете на посолството. Така ли е? – рязко попита бившият военен.

– Нямам представа – повдигна рамене посланикът. – Аз съм тук само от седмица.

– Казва ни се, представяте ли си, че ние сами трябвало да се погрижим за транспорта! Сякаш нещата, които изпращаме, не си струват разходите за пътя – възмущаваше се майор Улав. – Смятам, че по този начин вие обиждате цялата благотворителна общност. Една цивилизована страна не постъпва по този начин. Помислете за имиджа си!

– Новият имидж, това ще бъде първата ми грижа! – увери го посланикът, докато се бореше с първите признаци на мигрената.

– И добре ще сторите! – възкликна майорът. – Не бих искал моите седемдесет и седем кашона да мухлясват в някой склад.

Варадин реши, че ще направи добро впечатление, ако покаже известна съпричастност към темата, и любезно се заинтересува:

– А какво има в кашоните?

Груба непредпазливост. Майорът трепна като ужилен:

– Питате какво има вътре! Какво има в моите кашони! Oh, my Lord! – вдигна ръце той и ги отпусна безсилно. – Oh, Jesus! – повтори той със същото движение, изразяващо дълбока покруса пред наглостта и безочието на аборигена. – На митничари ли ще си играем? Или подозирате, че ще ви изпратим разни боклуци, а?!?

– Не съм казал подобно нещо! – уплашено възрази Варадин.

Мигрената вече вършееше из мозъчните му клетки.

– Но вашето гнусливо любопитство издава точно това, нали! – сряза го майор Улав. – Все едно, аз не се срамувам от съдържанието на моите кашони! Вътре ще намерите само прости и здрави неща, които са служили дълго и честно на моите compatriots и ще служат също толкова дълго и честно на вашите изпаднали denizens![12]

– Не се съмнявам! – побърза да се съгласи Варадин.

– Докажете го! – възкликна майорът. – Тези кашони трябва да достигнат предназначението си час по-скоро.

– Лично ще се ангажирам!

– Чудесно! Защото после ще ви изпратя още сто кашона – тържествуващо заяви майорът – подлоги!

– Какво?! – бързо премигна посланикът.

– Приютът Сейнт Куентин в Северен Хемпшиър беше закрит неотдавна – поде радостно майор Улав, – разпродават всичко, а подлогите даряват на нас. Ние пък ще ги дарим на вас. Ако заслужавате, of course! – закани се той шеговито с пръст.

– Наистина, не знам как да ви благодаря – измънка Варадин.

– Благодарността и благотворителността са две лица на една монета – мъдро заключи майорът и рязко стана. – За съжаление не мога да остана нито секунда повече. Лейди МакБиготъм ме очаква. Експедираме десет тона зимни дрехи за Бомбай.

---

[12] Обитатели.

Той разтърси ръката на замаяния посланик и излезе с твърда решителна походка, сякаш маршируваше по опънат конец.

Варадин потъна обратно в креслото; отпусна глава на облегалката и затвори очи.

– 95 – произнесе тихо той.

Но не изпита никакво облекчение. Черепът му болезнено пулсираше, гумен и мек като забравен на слънцето плондер. Беше едва пладне. Предстоеше му обяд във Френското посолство, който се очертаваше да бъде твърде формален и студен поради всеизвестната неприязън на французите към всеки, който не говори езика им. Следобед го очакваше поредица от срещи с чиновници във Форин офис. Вечерта трябваше да бъде на прием в хотел „Карлтън" по повод на нещо, което мозъкът му категорично отказваше да запамети. Улови се натрапчиво да мисли за студентката, която почистваше кабинета му. Очевидно нямаше проблем да я изчука. Въпросът беше, какво щеше да му струва?

13.

Докато се носеше с метрото към Бейлис, Катерина се улови да мисли за новия посланик. Тази сутрин бяха разговаряли. Той ѝ съобщи, че е разпоредил да се купи нова прахосмукачка. Тя му благодари, но ѝ се стори, че Варадин остана малко разочарован от реакцията ѝ. Може би я намираше твърде суховата. Може би очакваше нещо повече? Да има да взима! В края на краищата прахосмукачката не беше само за нея. И все пак това беше жест на добра воля. Ако не и на нещо повече... Но българските дипломати по принцип не я интересуваха. Истината бе, че от тях можеха да се очакват повече неприятности, отколкото реална подкрепа.

Green Park. Във вагона се качи семейство индийци и се настани на отсрещната седалка. Жените носеха ярки сарита, а мъжът – висока тъмновиолетова чалма. Стрелна я с бялото на очите си, нищо повече.

Следваща спирка – Piccadilly.

Бейлис вреше и кипеше, изпускайки остра миризма на потни тела. Катя потърси костюма си, но не го намери на мястото му. Забеляза в дъното Беата с пъпчивите слабини, която се мъчеше да навре топузите си в ботушите ѝ. Отиде и дръпна ботуша от ръцете й:

– Това е мое, ако случайно не знаеш! Тя премигна тъповато и рече:

– Мистър Далали каза да ги сложа.

В този момент се появи Гънтър Час с виновна усмивка и закачалка в ръка. На нея се полюшваше ефирно златисто одеяние.

– Имам нещо за теб, Кейт. Нещо ново! – мазно пропя той.

Тя направи гримаса.

– Ти ли ми спретна туй костюмче?

– Време е за промяна – измънка Гънтър. – Тъй заръча мистър Далали. Готино парче, вика, ама... трябва малко да я разнообразим.

За Камал Далали всички мадами бяха „парчета“.

– Разнообразие им се приискало... – измърмори тя, оглеждайки критично творението на Час: – Изглежда глупаво. Тия дантели ще ми пречат да танцувам.

– Облечи го, облечи го! – настоя той.

Беше безсмислено да се спори. Тя въздъхна, стрелна с неприязън Беата и отиде да се преоблече. Върна се с вид на жрица на разпуснат източен култ. Другите я изгледаха със завист, но Катерина далеч не беше очарована. Материята беше лигава като медуза, изсулваща се при всяко по-рязко движение. Изглежда, това беше и целта, но явно никой не беше помислил за нея. Ако не искаше костюмчето да отхвърчи след първите пет секунди от изпълнението, трябваше драматично да промени стила си. Което беше свързано с финансови рискове...

– Секси си – успокои я Гънтър, като ѝ подаде два клипса, украсени със звънчета.

Тя го изгледа въпросително. Той посочи гърдите ѝ. Изведнъж ѝ стана смешно.

– Сложи ги ти!

– Благодаря... – кимна Час.

Разтвори клипсовете и внимателно ги закопча върху изпъкналите ѝ розовеещи зърна.

– Уауу! – изписка тя и рязко се дръпна назад. „Зън-зън-зън!“, пропяха нежно звънчетата.

– Ах, че прелест!!! – възкликнаха в хор момичетата.

Катя обаче не споделяше възторга им. Клипсовете се впиха болезнено в чувствителните окончания на гърдите ѝ като хищни насекоми.

– Риск! – простена тя, докато се мъчеше да ги откачи.

– Тина, хари ап! – прозвуча гласът на Камал Далали.

– Еби се в главата!!! – благослови го тя на български.

– Нещо не е наред? – разтревожи се Час.

– Ти си ги носи! – изсъска тя, като го замери с клипсовете.

– Ей, я по-спокойно! Слагал съм ги, ако искаш да знаеш – каза Час.

– Само че аз не съм мазохистка – извика Катя.

– Хари ап! – изграчи повторно Камал Далали.

– Хайде, само за десет минути – подкани я Гюнтър Час.

– Не става! – отсече тя.

– Хари ап!!!

– Няма да ги сложа и толкоз – заинати се тя. – Убиват ми. Измислете нещо друго!

– Мистър Далали, имаме проблем! – провикна се Гюнтър.

Ливанецът дотърча начаса, като бършеше лицето си с копринена кърпа. В устата му стърчеше угаснала пура, която продължаваше да изпуска сладникава воня. Гюнтър го осведоми за ситуацията. Той се намръщи.

– Слагай звънците! – заповяда Камал Далали.

– Виж какво ми направиха! – рече тя, хващайки зачервените си зърна.

– Нищо им няма на шибаните ти зърна!

– Болят ме! Виж колко са зачервени!

– Я стига глезотии! – ядоса се ливанецът. – Бягай на сцената!

Час ѝ подаде отново клипсовете, като ги разклати закачливо под носа ѝ. Зън-зън! Катя блъсна ръката му. Далали ѝ отпра яка плесница.

– Кучка! – процеди той.

– Asshole![13] – изкрещя Катя в лицето му, като триеше бузата си. – Кирлив манаф! Свиня!

– Марш! – ревна Камал Далали. – Омитай си гъза оттук и повече да не си се мяркала пред очите ми! Час, погрижи се да разкараш тая курва, чуваш ли!

Катя се изплези подире му и се тръшна на стола. Момичетата отново се заеха с тоалета си, като мърмореха недоволно. Гюнтър Час се засуети край нея.

– Хич да не ти пука. Ще му мине. Познаваш го.

– Писна ми от вас! – въздъхна тя.

– Нина! Хари ап! – обади се Камал Далали нейде иззад кулисите.

„Майната ти!“, прошепна Катя.

С рязко движение тя изхлузи лигавата дрешка, без да си прави труда да я вдигне от пода. Грабна раницата и се залости в една от тоалетните. На вратата беше лепнат надпис: „Пушенето на трева забранено!“. Тя се настани върху чинията и измъкна мобилния си телефон, купен само за двайсет паунда преди две седмици. Извика номера на Бари Лонгфелоу върху дисплея и го набра. Отговориха ѝ почти веднага.

– Обажда се Кейт – рече колебливо тя. – От Бейлис. Предложихте ми роля във вашия спектакъл.

---

[13] Буквално преведено: „дупка на задник“. Твърде разпространено ругателство.

– Роля?! – гласът звучеше странно далечен. – А да, спомням си. Вече си мислех, че сте се отказали.

– Не съм – каза тя.

– Добре. Утре вечер в хотел „Атинеум“, стая 165. Елате точно в 11 вечерта.

– Окей – рече Катя.

Искаше да попита още нещо, но Бари затвори телефона. „Това се казва делови подход“, помисли си тя. Някой завъртя безрезултатно дръжката на вратата. Катя се ухили злорадо. После набра друг номер. Този път се наложи да изчака повече.

– Татко? – рече тя, когато от другата страна се разнесе глас.

Обикновено се обаждаше в събота или неделя, когато тарифите бяха значително по-ниски. Днес беше четвъртък. Наближаваше полунощ. Баща ѝ се разтревожи:

– Добре ли си? Защо се обаждаш?

– Ами просто така. Исках да ви чуя – каза тя. – Как е мама?

– Спи. Добре – отвърна лаконично той като човек, който мислено пресмята секундите в пенита.

– А ти какво правиш?

– Телевизия.

– Гледаш телевизия? – попита тя недоумяващо.

– Да де, да! Виж, ще изхарчиш сума ти пари... – нервно поде той.

– Не се безпокой, какво дават? – нехайно продължи тя.

– Глупости – рече той и млъкна.

Тя също замълча. Линията пращеше леко. Катя си даде сметка, че родителите ѝ винаги разговаряха с нея по този абсурден и откъслечен начин, независимо кой плащаше сметката. Най-често – тя, но за тях беше все едно. Скъпите думи сякаш парализираха говорните им способности. Мълчанието обаче не излизаше по-евтино и тя усещаше терзанията на баща си от другата страна на слушалката. Не биваше да го мъчи повече.

– Радвам се, че те чух – рече тя накрая. – Предай на мама много поздрави. Чао.

– И аз се радвам, миличка – езикът му внезапно се развърза: – Дочуване!

Дръжката на вратата отново се завъртя. Катерина остана втренчена в дисплея на телефона, докато прозорчето му угасна.

„Никога няма да се върна!“, скръцна със зъби тя. Дори клипсовете бяха за предпочитане пред унижението да търпиш онова там.

Тръгвайки си от Бейлис Плейс, Катя усети известна тъга. Беше преживяла редица весели мигове в тази дупка, но най-важното – тук бе спечелила свободата си. Беше свалила не само дрехите от тялото си, но и онези миризливи одежди, които обгръщаха девствения разсъдък на людете, надошли от Изток. Тук бе усетила за пръв път вкуса на финансовата независимост. Беше добила познание за тялото си и беше научила как да го управлява.

Почувствала се бе господар на съдбата си.

На изхода Роуз докосна нежно ръката ѝ – спомен, който тя отнесе надолу по улицата. Въздухът бе пълен със ситни капчици. Светлините на Сохо ярко блестяха върху влажната настилка. Катя пресече Шафстбъри и слезе надолу към Чайна Таун. Хлътна в едно от многобройните ресторантчета, където човек можеше да се натъпче до пръсване в рамките на десет лири, и си поръча хрупкава печена патица – любимото ѝ ястие. Докато наблюдаваше малкия китаец, който сръчно разчепкваше месото с лъжица, тя си помисли, че животът продължава и си струва да бъде изследван докрай.

14.

– Екселенц! – възкликна Робърт Зиблинг още от прага. – Не мога да ви опиша колко поласкан се чувствам от тази покана!

Изпълнителният директор на Famous Connections пое бледата ръка на посланика и здраво я стисна. Беше среден на ръст, малко над четирийсетте, с буйна червеникава коса. Модни тесни очила с жълти стъкла минаваха през лицето му. Носеше строго едноредно сако, закопчано чак до врата му като куртка.

– Заповядайте – рече вдървено Варадин и кимна към тежката кожена гарнитура, изпълнила предната половина на кабинета му.

Той изчака Таня Вандова да сервира чай на госта и поде предпазливо:

– Получих отлични препоръки за вашата агенция от Дийн Карвър.

– О, да! – кимна енергично Зиблинг. – Той е наш редовен клиент. Много оригинален човек. Неуморим фантазьор!...

Варадин премигна учудено.

– Мистър Карвър сподели, че вашата агенция разполага с контакти на най-високо равнище – продължи колебливо той. – Няма да скрия, че това силно ме заинтригува. Виждате ли, моите контакти са предимно официални, което налага редица ограничения... Разбирате, нали?

– О, да... – закима Зиблинг.

– Възможността за един по-неформален стил на общуване винаги ме е привличала – допълни посланикът. – Понякога тези връзки може да се окажат много по-плодотворни от официалните...

– Така си е – съгласи се Зиблинг и попита лукаво: – А в каква сфера по-точно са вашите интереси?

– Моля?

– Нашите контакти са твърде широки – подхвана Зиблинг. – Затова са групирани в различни категории. Например звездите от шоубизнеса: Спайс Гърлз, Елтън Джон, Бой Джордж, Мистър Бийн, Бени Хил.

– Чакайте! – прекъсна го Варадин: – Бени Хил не е ли умрял?

Зиблинг го изгледа стъписано, сякаш искаше да каже: „И какво от това?".

– Извинете... – сконфузи се Варадин.

– Аристократите, разбира се, са в друга обширна категория – продължи Зиблинг, – както и политиците: лейди Тачър, Горби. Имаме също така някои много ефектни контакти по католическа линия.

– Във връзка сте с лейди Тачър? – попита Варадин, тръпнещ от респект.

– Постоянно! – възкликна Зиблинг. – Знаете ли, тя е изключително търсена жена. Такъв стил, такава желязна ръка!

– Не се и съмнявам.

– Графикът ѝ е запълнен до дупка – бързо продължи той. – Естествено, винаги може да се намери пролука, но все пак предимство имат постоянните ангажименти.

– Предполагам, че това не е евтино? – Варадин примижа, изплашен от собствената си дързост.

– Добрите инвестиции никога не са евтини! – поклати глава Зиблинг. – Какво да си кривим душата: тези неща остават за цял живот!

– Така е – кимна свенливо Варадин. – И все пак, колко?

– Драги мой, та това не са ви марули в супермаркета! – скара му се закачливо Зиблинг. – Зависи преди всичко от характера на ангажимента. Както и от продължителността му: час, два, цяла вечер. Личността на клиента също не е без значение. Изобщо, всяка оферта е индивидуална.

– Разбирам – кимна посланикът.

– Вижте, ние не искаме да печелим от хаотични, мимолетни връзки! – поде вдъхновено Зиблинг. – Когато изграждаме даден контакт, винаги се стараем да гледаме в перспектива. Затова връзките, установени с наша помощ, обикновено са стабилни и траят дълго. Понякога с години.

– Впечатляващо – прошепна Варадин.

– И така, лейди Тачър?

– Всъщност не – рече посланикът. – Става дума за двореца.

– Аха, значи дворецът... – кимна Зиблинг. – Какво пък, ние често работим с тях.

– Организираме благотворителен концерт – поде скромно Варадин, – и бихме желали Нейно величество да ни удостои с присъствието си.

– Нейно величество? – повдигна вежди Зиблинг.

– Именно!

– Интересен избор – той сплете замислено пръстите на ръцете си, – дързък. Може да се уреди, разбира се, не че не може... Обаче този концерт малко ме смущава. Какво по-точно имате предвид?

– Ами благотворителен концерт, нали разбирате – обърка се посланикът. – В полза на българските сираци.

– Сираци? – разтревожи се Зиблинг. – Имате предвид малолетни...

– Ммм, да – кимна посланикът, видимо затруднен, – предполагам, някъде до 18 години...

– Не мога да им позволя да участват в спектакъла! – възрази енергично Зиблинг.

– Няма да участват, разбира се! – съгласи се посланикът. – Нали са в България. Вижте, това е само поводът... Искаме да съберем най-отбрана публика. Висшето общество, така да се каже.

– Аха – кимна Зиблинг успокоен. – Добре. Имаме известен опит с мероприятия от такъв характер. Очертава се като твърде амбициозен проект.

– Така е – потвърди Варадин.

– Ще трябва да разработим предварителен сценарий – рече Зиблинг. – Имаме си специален човек, който се занимава с това. Ще ви се обади в най-скоро време. Казва се Томас Мънроу.

„Това се казва делови подход“, рече си Варадин. Тоя Карвър май ще излезе прав.

Робърт Зиблинг напусна кабинета в приповдигнато настроение. Той дори подхвърли някаква закачка на Таня Вандова, която му се стори твърде угрижена.

Варадин реши, че трябва да се възползва от този кратък момент на частично удовлетворение (удовлетворението никога не беше пълно, затова пък траеше кратко) и да се опита да уреди някои семейни дела, зарязани в бързината около отпътуването. Трябваше да се обади на жена си. Това беше една тема, за която той избягваше да мисли, откакто бе стъпил на британска земя. Но нямаше начин да я изличи от съзнанието си, пък и не му се щеше да го прави. Още не! Може би има надежда? Погледна часовника си: сега в София трябва да беше към десет сутринта. Добро време, реши той, набра номера и зачака. Дали още се излежава? Кога ли си е легнала? Какво е правила толково до късно?

– Ало – обади се решителен мъжки глас.

Варадин зяпна от ужас, но не каза нищо. Нито затвори.

– Ало – повтори гласът с подозрителна нотка.

Варадин слухтеше напрегнато. Оня също започна да слухти и няколко секунди се чуваше само пращенето по линията. После и двамата затвориха почти едновременно.

„Грешка“, каза си Варадин, неособено убеден.

Набра отново. Този път се обади сънен женски глас.

– Ало, Надя, събудих ли те? – попита той с облекчение.

– Здравей, почти... – рече тя. – От Лондон ли се обаждаш?

– Как мислиш? – язвително подхвърли той.

– От Лондон, иначе щеше да се изтърсиш право вкъщи, познавам те. Защо се обаждаш?

– Искам да дойдеш – строго поде той. – Нуждая се от теб. Надявам се, че си размислила.

– Да, доста мислих – рече гласът. Последва кратка пауза.

– Значи ще дойдеш?

– Не, естествено, че не.

– Става дума за Лондон, ако случайно си забравила – кисело подхвърли той.

– Става дума за българското посолство в Лондон – уточни тя. – Има значителна разлика.

– Какви ги дрънкаш! – тихо просъска той.

– Добре ме чу! – отсече Надя. – Не ми харесва средата и туйто! Като си спомня предишния мандат, ми се повдига. И по-предишния! Всички тези дупки вонят еднакво, независимо къде се намират. И преди, и сега: нищо не се е променило и няма да се промени, защото скапаната държава си е все същата. Чаткаш ли за к'во става дума?!

– Надя, Надя....

– А, не разбираш, значи?! Мислиш си, че си хванал Господа за брадата, но всъщност той теб те е хванал, знаеш ли къде? За ташаците, за топките, за яйцата! И бавно ти ги мачка. Мачка, мачка – вече петнайсет години. Не си същият човек, за когото се омъжих навремето. Сега си като някой, дето му е минал валяк между краката. Всички ставате такива, като се повъртите някоя и друга година в тая мелница!... Аз обаче нямам намерение да ставам част от това. Няма да бъда една от онези мизантропични женици, които придружават мъжете си по коктейли, а през останалото време се мъкнат на дамски партита и организират благотворителни вечеринки, финита ла комедия!

– Ще киснеш там, значи! – злобно заключи той.

Вече му се щеше да не се беше обаждал.

– Няма ТИ да ми кажеш къде ще кисна! – озъби се тя. – Ще замина за ОАЕ.

– За къде?

– Уж си дипломат, трябва да знаеш: Обединените арабски емирства.

– Какво ще правиш там? – наежи се Варадин.

– Намерила съм си работа в една клиника.

– Ще работиш като лекар?

– Точно така, това ми е професията. Заминавам след два месеца. Ще трябва да ми пратиш малко пари.

– Дума да не става!

– Тогава ще изпратя стария ти партиен билет, където трябва.

– Старият ми партиен билет? Няма такъв.

– Ще ти се, ама аз го прибрах от боклука. Мога да ти го пратя по куриер, ако ти ми изпратиш 500 лири. Ще ми трябват за адвокат.

– Кучка!

– Не ме ядосвай, човече! Звъниш по никое време, будиш гаджето ми, будиш и мен, говориш глупости. Казах ти: всичко свърши. Ще продам апартамента и ще ти дам половината пари. Какво повече искаш?

– Кучка!!! – безсилно повтори той.

– Ха-ха-ха! – бликна ехиден кръшен смях от другия край на слушалката. – Добре ме разсъни ти; айде чао засега!

Връзката прекъсна. Варадин разклати слушалката, за да я изтръска сякаш от полепналата отрицателна енергия, и я сложи на мястото.

– 100! 100! 100!...

Д-р Пеполен не разрешаваше на емоциите да излизат от рамката на числата между 1 и 100 – това беше желязно правило. Нямаше обаче категорично становище дали цифрите не могат да се повтарят и Варадин често се изхитряше да излива душевния си смут на малки порции по 100, изстрелвани като картечница, докато изчерпеше кладенеца на безпокойството си. Д-р Пеполен и не подозираше за тази иновация, иначе може би щеше да я осъди.

15.

По случай откриването на Европейската конференция в Лондон се изсипа значителна част от правителството, предвождано лично от министър-председателя. Местната преса се отнасяше твърде скептично към въпросното събитие, прокрадваха се дори нотки на цинизъм, но за изтормозените от прехода правителства на Източна Европа това беше същинска манна небесна, опияняваща прелюдия към евентуалното им членство в клуба на заможните побратими от Запад.

През тези три дена, изпълнени със суматоха и дълги речи, с възторг и недотам прикрито разочарование от мъглявите цели на конференцията, Варадин се мъчеше единствено да оцелява. Окръжаващата действителност се мержелееше пред очите му като пейзажа зад прозореца на високоскоростен влак; различаваше ясно само препятствията, грапавините и капаните, които трябваше да избягва. Непосредствената близост с премиера го ужасяваше; този суров и властен политик, изплувал от първичния хаос на посткомунизма, имаше вид на човек, който закусва всяка сутрин крехки чиновнически съдби със сос от хрян и чесън. Варадин имаше основания да смята (беше подочул отнякъде), че той не е във възторг от номинирането му за този пост, и трепереше да не стори нещо, с което да потвърди първоначалните му резерви. От друга страна, като истински кариерист, изпитваше патологично влечение към хората, облечени с власт, и се стремеше неистово към тях с всички рискове на подобна опасна близост. Сега обаче трябваше да внимава да не бъде заслепен единствено от сиянието на премиера, защото със сигурност щеше да си навлече омразата на другите двама министри, а те лесно можеха да му навредят. Налагаше се да държи под око и служителите си, които се суетяха като хиени край силните на деня и само дебнеха удобен момент да го злепоставят. Задачата не беше никак лесна.

Конференцията се провеждаше в Ланкастър Хаус – най-представителната част на двореца Сейнт Джеймз. Мястото спираше дъха с пищната си украса и определено не допринасяше за душевния комфорт на държавниците от Източна Европа. Под тежко позлатените тавани на някогашната кралска резиденция витаеше усещане за победа и поражение. Победа, в която всички участваха; поражение, за което никой, поне видимо, не скърбеше. Но ако победата беше обща, тогава защо плодовете ѝ бяха обрани само от едната страна, а за другата бяха останали само дръжките?... Това се мъчеха да проумеят лидерите на младите демокрации и вътрешно негодуваха срещу новото разделение на Стария континент. Между тях самите обаче бяха останали твърде малко братски чувства. Простият и очевиден факт, че бяха толкова подобни, че можеха да се оглеждат едни в други, ги вбесяваше. Дразнеше ги собственото им недодялано отражение и предпочитаха да се оглеждат в богатите си западни роднини с аристократични навици и благородно поведение. Бяха ревниви и подозрителни един към друг, склонни да приемат напредъка на съседа като свой личен неуспех и обратното. Драпаха отчаяно да излязат от общия кюп, без да гледат къде стъпват. Голямото състезание за Европа беше започнало. Страните фаворити тържествуваха, че са излезли с едни гърди пред бившите си съюзници, но радостта им бе помрачена от съзнанието, че между тях и развитите европейски държави лежат още много мили. Изоставащите, сред които попадаше и отечеството на Варадин, бяха щастливи, че изобщо са допуснати до състезанието. Не си правеха труда да се сравняват със Запада, защото в подсъзнанието им битуваше сентенцията на неизвестен балкански мъдрец, че „и срещу нас да тичат, пак няма да ги стигнем“. Гордостта им се подхранваше от факта, че има още по-тежки случаи, като Молдова или Югославия, които така и не бяха намерили място на „масата за преговори“.

Западните дипломати гледаха с неохота този недотам бистър коктейл от водка, палинка и гроздова, който им се налагаше да погълнат. Щеше им се в крайна сметка, ако могат, да го изхвърлят тайно под масата, без никой да ги забележи. Но не можеха: погледите на всички бяха втренчени в тях и едно погрешно движение рискуваше да доведе до непредвидими последици. Нямаше измъкване!

За Варадин конференцията беше повод за официални контакти на всевъзможни равнища: от чужди посланици и висши служители на Форин офис до външни министри и държавни глави. Той обаче не се оставяше да бъде подведен от лекотата, с която се осъществяваше това общуване. Беше нащрек и се опитваше да анализира възможностите, които откриваше пред него всеки контакт. Ала винаги оставаше разочарован от ниския хоризонт и тясната перспектива на очертаващото се развитие. Цялата отчайваща безплодност на тези мимолетни запознанства сега му изглеждаше очевидна като припламване на запалка без газ. В тях нямаше дълбочина, нито ресурс за пълноценна връзка. Имената им тутакси се изтриваха от паметта му още щом сложеше визитната им картичка в джоба си. Разговорите с тях изискваха не повече от триста думи и той за пръв път в кариерата си се усъмни, че един добре трениран имбецил би могъл лесно да го отмени в тази функция!

Дали пък тъкмо той не беше този имбецил?

Той вдигна поглед, изпълнен с безпокойство, към премиера. Дали не беше прочел мислите му? Хората във властта обикновено развиваха силна интуиция спрямо подчинените си. В момента обаче цялото внимание на Първия бе погълнато от речта на председателя на Европейската комисия. Микрофончето със синхронния превод бръмчеше усърдно в ухото му, но дали казаното изобщо достигаше до слуха му? Беше невъзможно да се прецени. През последните години Варадин бе наблюдавал хората начело на държавата отблизо и бе доловил процесите, които неумолимо протичаха в тях, почти без изключение. Властта ги изсмукваше отвътре като стриди: лицата им прилепваха върху черепите, очите им ставаха кръгли и неподвижни, готови да изскочат навън като сачми. Сетивата им също се променяха: старите атрофираха, на тяхно място се появяваха нови, които напомняха по-скоро сетива на гущери и насекоми. Първо губеха способността да слушат, сякаш вече не вникваха в смисъла на думите, а после преставаха и да виждат – гледаха през хората, като че ли са от стъкло. Доверяваха се единствено на вибрациите, които разпращаха във всички посоки, за да се завърнат при тях, отразили информация за околния свят.

Вибрациите на властта бяха универсални, не се нуждаеха от преводач; те опипваха бдително всяко срещнато тяло: изследваха формата и състава му, проверяваха го на твърдост и цвят, търсеха грапавини и пукнатини, отчитаха силата и степента на собствените му вибрации, при положение че имаше такива. После докладваха. Телата бяха одушевени или неодушевени. Одушевените се деляха на подчинени и неподчинени. Неподчинените – на враждебни и неутрални. Враждебните – на силни и слаби.

Със силните трябваше да се внимава!

Председателят на ЕК беше силен, макар че изглеждаше мек и добре огладен – беше консистентен, без пукнатини; вибрациите му бяха ниски и приглушени, ала в тях се таеше мощ. Не толкова мощ на характера, колкото на институцията, която представляваше. Не беше за подценяване и министър-председателят беше нащрек: студен и неподвижен, с вдигната глава – жичката на микрофона, увиснала безжизнено от ухото му, – издаваше го само бавното движение на гръкляна. Напред-назад. От другата му страна седеше външният министър и прилежно си водеше записки в луксозен тефтер с позлатени кантове. Той също бе натикал микрофон в ухото си, макар че не се нуждаеше от превод, очевидно за да демонстрира солидарност с началството. Варадин хвърли поглед в собствения си тефтер и с ужас установи, че е надраскал само едно самотно човече с крайници като клечки в най-долния ъгъл на страницата. Той се впусна да наваксва загубеното, но точно тогава речта на председателя някак неочаквано свърши. Настъпи известна суетня, докато думата не взе някакъв друг лидер. В този момент премиерът наклони глава към Варадин и прошепна:

– Готова ли е речта ми?

Посланикът инстинктивно кимна. Всъщност не беше сигурен. Ставаше дума естествено за английския превод на речта, който трябваше да раздадат на всички присъстващи. Въпросното произведение бе редактирано неуморно чак до последния момент и едва тази сутрин служители на посолството бяха започнали трескаво да го превеждат. Той се надигна безшумно от мястото си и се спусна към един от дипломатите, които придружаваха делегацията.

Съветникът Данаилов си бъбреше небрежно с могъщия министър на индустрията и още неколцина висши чиновници от правителствения антураж. Тази гледка предизвика киселини в стомаха на посланика. Той го дръпна настрани и попита готова ли е речта на премиера. Данаилов погледна часовника си и спокойно каза:

– Вече трябва да са я донесли. Ще ида да я взема.

Варадин с облекчение проследи фигурата му, която напусна залата за преговори, после мигновено се присъедини към групичката.

Данаилов излезе от Ланкастър Хаус с походка на добре похапнал човек, прекоси двора с паркираните лимузини и отиде до портала. Там вече го чакаше и се озърташе неспокойно стажантът Никола Пуйчев. Той нямаше пропуск за конференцията, задачата му беше просто да донесе преведената и размножена на ксерокс реч от посолството.

– Как си, момче? – потупа го Данаилов по рамото.

– Получихте ли я? – попита стажантът. Изглеждаше объркан и притеснен.

– Какво да сме получили?

– Ами речта – каза той.

– Не я ли носиш? – учуди се съветникът.

– Преди малко ви я пратих по един човек – рече стажантът и побърза да се оправдае. – Страхувах се да не стане късно.

– Чакай тук. Ще ида да проверя – каза съветникът с внезапно помрачнял глас.

След малко се върна още по-мрачен.

– Няма я – рече той, почесвайки се зад ухото. – Защо не ме изчака бе, умник?

– Чаках – проплака стажантът. – Нямаше ви и се притесних. Помолих един човек да извика някой отвътре, но той предложи сам да я занесе.

– Какъв беше тоя човек? – попита подозрително Данаилов.

– Ами – запъна се младият Пуйчев. – С шлифер и очила. Беше много любезен.

– И ти му даде речта на премиера? – повдигна вежди съветникът. – Всичките екземпляри?

Стажантът кимна съкрушен.

Данаилов набързо разпита охраната. Ченгетата потвърдиха, че Пуйчев дал копията на някакъв висок джентълмен със зелен шлифер. Мъжът идвал час по час на портала, носели му разни документи, а той ги отнасял навътре. Май че бил от румънското посолство, но не бяха сто процента сигурни. Край входа постоянно имаше навалица.

Данаилов заряза стажанта да се пържи в собствен сос и чевръсто се отправи към зданието, като се озърташе на всяка крачка за зеления шлифер. Варадин го дебнеше, скрит зад една колона във фоайето.

– Къде е речта? – попита той, блед като платно.

– Ама още ли не са я донесли? – изненада се Данаилов, но не твърде сполучливо.

– Не! Не! Не! – отсечено повтори посланикът.

– Тоя Пуйчев я дал на някакъв румънец – рече съветникът. – Оня обещал да ни я предаде.

– Мръсен идиот!!! – Варадин удари с юмрук по колоната.

– Може пък да я донесат – подхвърли Данаилов.

– Надявай се ти! Ами ако не я донесат?

Съветникът благоразумно замълча. В очите на посланика заискри безсилна омраза.

– Трябва да намерим тоя тип на всяка цена! – озърна се панически той. – Премиерът ще говори след десет минути. Ще ни обесят!

„Тебе ще те обесят", рече си опитният Данаилов, но се постара да си придаде загрижен вид. Описа, доколкото можа, предполагаемия румънец и двамата хукнаха да го дирят в различни посоки.

Цифрите летяха в главата на Варадин като топчетата в сферата на тотализатора. Зеленият шлифер бе потънал вдън земя или бе оставен на гардероб, защото никъде наоколо не се мяркаха лица с връхни дрехи. „Мамка му! Мамка му! – нареждаше си той, подтичвайки в транс. – Знаех си аз, че нещо ще се случи! Знаех си! Тия капути!" Старите британски политици от портретите го наблюдаваха с отсянка на презрение.

Внезапно той спря на място като закован, осенен от зловещо подозрение. Дали не го пързаляха с този митичен румънец? Не ставаше ли дума всъщност за българин? Тая лисица Данаилов! Или подмолният Пуйчев – само се прави на ахмак! А може би двамата – престъпно съдружие с цел да го провалят? Той се върна обратно в залата; беше почти сигурен, че съветникът вече се е лепнал за делегацията и го топи за случилото се. Там обаче нямаше никого. Варадин си отдъхна за секунди, после паниката отново го пришпори: премиерът вече не слушаше другите лидери, а съсредоточено преглеждаше собствената си реч. Готвеше се да вземе думата.

Варадин се впусна да търси румънците. Тяхната делегация се намираше чак в другия край на залата. Излезе, заобиколи и пак влезе. Натъкна се на групичка дипломати, които му кимнаха учтиво, ала хладно. Никой от тях не носеше шлифер. В същия миг се появи и Данаилов. Той сканира набързо присъстващите, после плъзна очи върху купищата документи, разхвърляни по масите. Погледите на двамата мъже се срещнаха. Данаилов разпери ръце.

– Питай ги! – просъска посланикът.

– Ще ни се смеят – прошепна съветникът.

Прав беше, по дяволите!

Двамата отново се разделиха и продължиха да търсят. Сега Варадин надничаше на всякакви щури места: зад пердета, вази, кресла, включително в кошчетата за боклук. Имаше вид на агент, който търси бомба със закъснител в последната минута преди взрива. Охраната следеше действията му с нарастващо безпокойство, докато най-сетне един млад мъж с дискретна слушалка в ухото решително се приближи до него.

– Can I help you, sir? – попита той безцеремонно.

Варадин се втренчи диво в гладкото му розово лице.

Можеше ли да му помогне наистина? В този миг от залата долетя името на министър-председателя като грозен удар на гонг, отбелязващ Второто пришествие. Той се олюля. Агентът лекичко го подхвана за лакътя.

– Ваше превъзходителство! – уплашено възкликна той, очевидно вече бе успял да прочете баджа на ревера му.

Варадин запази героично равновесие и каза това, което бе редно и се казваше в подобни сложни ситуации:

– 99.

– Beg you pardon, sir?! – повдигна вежди агентът.

– 99.

– Ah! – засмя се той, щастлив, че е схванал смисъла на чуждите думи по мимиката на лицето. – The toilet! This way, please – той посочи към дъното на коридора.

Варадин тръгна механично в указаната посока. Агентът поклати глава и бавно изрече:

– Деведесетидевет.

Чуждите езици бяха голяма работа.

Какво беше това странно и хубаво място, чудеше се Варадин, оглеждайки се с любопитство. Как беше попаднал тук? Тясната кабинка го караше да се чувства защитен. Стените, плочките, таванът блестяха от чистота. Беше топло и ухаеше приятно. Водата нежно ромолеше под капака на седалката. „Аз съм в клозета!“, хрумна му. Точно преди минута беше казал благословената цифра 1. Сега беше спокоен. Внезапно погледът му бе привлечен от дебел наръч листа, поставен върху казанчето. Нямаше вид на хартия за тоалетни нужди. Прочете заглавието. Адреналинът отново го шибна в мозъка.

Речта на премиера!

Шибаният превод на шибаната реч в 50 шибани екземпляра – тук, в кенефа!

Вратата на кабинката широко се разтвори и в рамката ѝ се очерта внушителният силует на възрастна дама. Грижливо фризирана, с красиво, жестоко лице. Тя се намръщи и строго сви устни като възпитателка във викториански девически колеж.

– You naughty boy![14] – закани му се тя с пръст и тръшна вратата.

„Това не беше ли лейди Тачър?“, запита се той с увиснало до колената чене.

Непослушно момче!

С няколко чевръсти скока Варадин се озова в коридора, притиснал скъпоценните екземпляри до гърдите си, и се втренчи болезнено в обувката върху вратата на тоалетната. Беше влязъл в дамската.

Той забърза към залата. На входа го пресрещна Данаилов.

– Значи се намериха! – възкликна той, като пое услужливо тежкия наръч.

– Аз ги намерих! – сряза го Варадин.

---

[14] Непослушно момче!

– Тъкмо навреме!

– Какво?! – сепна се Варадин. – Още ли не е започнал да говори? Стори ми се, че съобщиха името му.

– Съобщиха, че ще говори след паузата – уточни Данаилов.

Тия думи сякаш погалиха душата на посланика с ангелско перо. Беше най-хубавото, което му се случваше през тези два дни. Дори коварният Данаилов му стана симпатичен, съвсем за кратко, разбира се.

– Погрижете се да раздадат речта на премиера! – рече той, когато усещането за ненадейна и незаслужена благодат попремина.

Изпъчи гърди, отърси се от последните прашинки малодушие и се включи в делегацията с грацията на обигран светски лъв.

16.

Хотел „Атинеум“ се намираше в долния край на Пикадили, срещу Грийн Парк – съвременна постройка, притисната между викториански мастодонти. Наблизо имаше пицария, от която долиташе джаз. От другата страна на улицата се възправяше мрачният колос на „Риц“. Катя не беше влизала там, както не бе припарвала и до хотел „Атинеум“, но ѝ се струваше, че ако „Риц“ се сгромоляса, значи устоите на света са се продънили. В „Риц“ със сигурност не щъкаха стиптийзьорки.

Няколко мраморни стъпала водеха към входа. През стъклените врати се виждаше момичето на рецепцията, обляно в мека жълта светлина, фоайето изглеждаше пусто. В сумрака се мяркаха силуетите на няколко охранени декоративни растения. Портиерът я стрелна с известно недоумение, но я пусна да влезе, дори ѝ кимна, докосвайки небрежно ръба на цилиндъра си. Момичето зад полирания махагонов плот вдигна лице и се втренчи в нея. Косата ѝ лъщеше като руло медни нишки. На ревера имаше табелка с името ѝ, Мери Джейн. Зад нея се виждаше масивно табло с ниши за ключове. От години в нишите лежаха само магнитни карти.

– Стая 365 – рече Катя и зачака какво ще се случи.

Мери Джейн очевидно бе инструктирана за появата ѝ.

Вдигна телефона и набра няколко цифри, без да я изпуска от очи.

– Дамата е тук – равнодушно информира тя.

Последва кратко нареждане.

– Качете се – каза служителката и кимна към асансьора.

Сърцето ѝ бързо затупка. Беше излязла на финалната права. Спря за миг пред грамадното огледало, инсталирано до рецепцията, и се втренчи в отражението си. После се насочи към асансьора. Цифрите над вратата бързо се сменяха. Кабината се движеше между етажите. Спря на трети, качи се до шести, после тръгна надолу. Вратите безшумно се отместиха. Асансьорът беше празен.

Дебелият мокет убиваше звука от стъпките ѝ. Катя вървеше по коридора, хипнотизирана от лъскавите номера на вратите. В края на краищата не беше длъжна да го прави. Още можеше да се върне. Но не се върна. 361, 363, 365. Вратата не беше по-различна от останалите. Тя постоя няколко секунди пред нея, сякаш очакваше да се отвори от само себе си. Никакъв знак. Никакъв звук. Почука. Нищо. Завъртя топката и влезе.

Стаята беше мебелирана семпло, но с вкус, който издаваше класата на редовните посетители. Бежовите тапети създаваха усещане за топлина. Нощната лампа светеше.

Мъжът седеше в креслото, кръстосал небрежно крака, и четеше вестник. Носеше черни панталони с остър ръб. Отвън долиташе приглушеното ръмжене на уличния трафик. Беше точно 11.

– Здрасти – рече тя. – Аз дойдох. Бари свали вестника.

– Здрасти.

Не бързаше да каже нещо. Само я гледаше.

– Е? – тя се усмихна неловко.

Изведнъж ѝ хрумна, че това може би е клопка. Беше налапала въдицата като последен шаран. Обзе я страх.

– Слушай добре, Кейт – поде неочаквано той. – След един час трябва да напуснеш хотела. Има два начина да го сториш. Единият е да си отидеш, както си дошла – като обикновено момиче. Другият е да си тръгнеш като принцеса. Ти избираш.

– Какво се иска от мен? – попита тя.

– Като начало да облечеш дрехите, които висят в гардероба – рече спокойно Бари.

Тя сви рамене. Да се облича, да се съблича – значителна част от живота ѝ беше минала в тези дейности. Не беше кой знае каква работа, но явно се плащаше добре. Сега тя се почувства още по-сигурна, защото ѝ се струваше, че нещата са взели обрат, който съответстваше донякъде на очакванията ѝ. На закачалката висеше семпла черна рокля. Неразпечатан пакет чорапи и черни обувки на висок ток допълваха комплекта. Тя се облече и веднага разбра, че роклята струва сума пари. Сякаш не беше създадена просто за обличане, а за носене – като манифест на идеята за всеобщото неравенство. За пръв път слагаше такава рокля. Обувките я направиха по-висока с няколко сантиметра. Изведнъж се почувства неловко, сякаш беше влязла в чуждо тяло без позволение. Придвижи се вдървено до средата на стаята и застана пред клиента, както мислено го наричаше вече.

– Добре – кимна той и посочи стола пред огледалото: – Седни.

Извади от джоба си перлена огърлица и я закачи на шията ѝ, без да проявява излишна чувственост. Зърната бяха хладни.

– Трябва да те гримирам – рече Бари, отвори някакъв сак и се върна с кутия гримове. – Нали нямаш нищо против?

Тя не каза нищо. Очевидно той знаеше какво върши; беше делови и точен като професионален гримьор. Подсили определени черти, замаскира други или ги изтегли на заден план. Придаде златист загар на кожата ѝ, какъвто имаха само хората от висшите съсловия, и наля руменина в бузите ѝ, повехнали от обикновената храна и лошия въздух.

– Ей, ама ти да не си и дизайнер! – не се стърпя тя.

– Аха, главният гримьор на Ройъл Шейкспиър Къмпъни – небрежно отвърна той.

– Да, бе! – подхвърли тя.

Бари я огледа с видимо задоволство и каза:

– Затвори очи.

Тя стисна клепачи.

– Няма да гледаш – предупреди я той, – иначе ще развалиш ефекта.

– Няма, давай – успокои го тя.

Бари внимателно прибра косите ѝ в мрежичка, после ѝ сложи някаква перука – усещане, което тя не можеше да сбърка никога и което определено не ѝ допадаше. Натъкми я оттук-оттам и каза:

– Вече можеш да ги отвориш!

Тя извика уплашено. Инстинктивно понечи да свали перуката, но той я хвана за китките и леко, почти нежно ги натисна надолу.

– Чудя се – рече Бари, – никой ли досега не ти е казвал колко приличаш на покойната лейди Даяна Спенсър?

Катя се втренчи тъповато в новото си лице.

– Не – промълви тя.

– Аз ти го казвам!

– Чувствам се ужасно – призна Катя. – Тя е мъртва.

– Вече не съм толкова сигурен – поклати глава Бари.

От другата страна на огледалото ликът на Уелската принцеса ги наблюдаваше изумено, с отсянка на погнуса, сякаш отказваше да приеме факта на това евтино възкръсване.

– Стани! – нареди ѝ той с неочаквано властен тон.

Катя се изправи.

– Върви!

Тя започна да ходи от единия до другия край на стаята. Чудото се бе случило.

– Вземи – рече Бари, като ѝ подаде плоска черна чантичка: – Една дама не ходи с празни ръце.

После внезапно направи кисела физиономия:

– Свали го!

– Защо? – изненада се Катя, поглеждайки симпатичния си пластмасов часовник с голям циферблат.

– ТЯ не носи такива неща – отсече Бари. – Принцесата има само най-фини вещи.

„Ууу, откачено копеле!“, помисли си тя; измъкна ръката си през ластичната каишка и го остави да закопчае върху китката ѝ изящно златно часовниче. Беше се погрижил за всичко!

– Така е по-добре – въздъхна Бари.

Толкова ли нямаше истински британски момичета за тази цел, чудеше се Катя, докато той я съзерцаваше с нямо възхищение. Сега ще си извади оная работа и ще започне да мастурбира – опита се да предугади хода на събитията тя. Това обаче не се случи и тя продължи да стърчи неловко пред него, стиснала елегантната чантичка. Наистина, защо никой досега не беше забелязал тази прилика, защо беше убегнала на самата нея? Сляпа ли е била? И как, за бога, Камал Далали беше пропуснал да се възползва от този шанс: да покаже принцесата без дрехи?!

– Време е да тръгваме – рече Бари делово и плясна с ръце. – Хайде!

– Къде? – попита тя уплашено.

– Ще се поразходим малко с кола. Обичаш ли да се возиш?

– Не мога да изляза така! – възпротиви се тя.

– Ще сложиш това – той ѝ подаде тънък черен шал и тъмни очила.

Катя неохотно се подчини.

– Господи, всеки ще ме познае! – възкликна тя, като се погледна в огледалото.

– Теб?! – повдигна вежди Бари. – Че кой изобщо те познава теб?

– Исках да кажа нея – сконфузи се Катя.

– Добре е, че се вживяваш – ухили се той. – Иначе всичко отива по дяволите. Не забравяй: той чака принцеса, а не някоя проскубана мръхла.

– Кой? – трепна тя.

– Босът – отвърна невъзмутимо Бари. – Виж, това е само кастинг. Той ще прецени дали те бива за ролята, или не. Прави, каквото ти казва. Според мене ставаш, но той решава. Искам да знаеш, че независимо от резултата ще получиш 100 лири за изпълнението.

– Много мило – рече тя. – А моите дрехи?

– Аз ще ги взема, не се бой – каза Бари, като събра набързо партакешите ѝ и ги натика в големия черен сак.

Катя прекоси малкото фоайе на хотел „Атинеум“, следвана неотлъчно от Бари с големия сак през рамо. Няколко души се обърнаха подире ѝ. Челюстта на пиколото глупаво увисна. Пред входа чакаше дълъг черен линкълн. Шофьорът, в безлична сива униформа, държеше вратата отворена. Тя се шмугна в тъмното купе. Придружителят ѝ се настани на предната седалка.

Щом очите ѝ посвикнаха със сумрака, тя установи, че не е сама. В другия край на седалката седеше някакъв странен индивид с бомбе и дълго черно палто. Изпод шапката личеше кръгло жизнерадостно лице с червени бузи.

Той завъртя глава към нея и палаво се ухили.

– Йоррр роял хайнес – високопарно произнесе той. – За мен е чест да ви предложа гостоприемството си. Ще пийнете ли малко шампанско?

Той се пресегна, измъкна от барчето запотена бутилка и я подаде на Бари. После извади две високи чаши и кутия черен хайвер. Сега тя забеляза дългия жълт нокът на кутрето му – беше като чаена лъжичка. Тапата на бутилката излезе с предпазлива въздишка. От гърлото ѝ се изви бяла струйка дим.

Перденцата на лимузината бяха плътно спуснати. Катя нямаше представа накъде пътуват. Колата често спираше и тръгваше, което я караше да мисли, че продължават да се движат по централните улици. Но тя обичаше да знае винаги къде точно се намира и подобна неизвестност я дразнеше. Беше помолена най-учтиво да свали роклята си и тя се подчини. Чувстваше се глупаво: чисто гола, само по чорапи и обувки, с чаша шампанско в ръка. Не беше кой знае каква новост за нея да се подвизава в такъв вид, ала въпреки това изпитваше неудобство. Може би фактът, че се намира в центъра на трафика, разделена от външния свят само от една врата и едно перде, я караше да се чувства по този начин? Ами ако им хрумнеше внезапно да я изхвърлят навън? Не изглеждаше обаче да имат подобни намерения – поне на този етап. Нещо повече, интересът на боса към нея сякаш бе отслабнал от мига, когато тя остана без дрехи. Сега приличаше повече на заможен съпруг, който откарваше жена си на някакво светско парти. От време на време спираше разсеяно поглед върху нея, повдигаше чаша и я подканяше да хапва от хайвера.

„Трябва да го изядеш целия!", беше ѝ заявил в началото.

Кутийката съдържаше 150 грама. Изглеждаше малко, но с всяка следваща лъжичка тя се убеждаваше, че това не е така. Беше възтопъл, мазен и тежък. Нямаше чувството, че поглъща деликатес, а някакво лекарство, целящо да смаже и разхлаби вътрешностите ѝ. Тя отпи солидна глътка шампанско. Няколко зърна се отрониха от лъжичката и полепнаха по гърдите ѝ. Той я гледаше: не толкова похотливо, колкото с любопитство. Нямаше салфетка и никой не ѝ предлагаше. Тя обра черните зрънца с пръст и го облиза. Майната ви!

Топлите въздушни потоци облизваха тялото ѝ като тънък воал, задвижени от невидимия вентилатор на климатика. Беше замаяна, а може би – смътно възбудена. От известно време стояха на едно място – сигурно бяха попаднали в задръстване. Тя открехна пердето, за да види къде се намират. Мярна се парапет на мост, сетне изплуваха кафявите вълни на Темза и още един мост в далечината.

– Какво правиш? – извика босът. – Дръпни веднага пердето!

После се отпусна назад, втренчен в тапицерията над главата си.

– Имаш още хайвер. Дояж си го! – добави по-меко.

„Е, сега вече разстройството ми е в кърпа вързано!“, помисли си тя, огребвайки дъното със сребърна лъжичка. Бутилката също бе празна. Мъжът изглеждаше погълнат от мислите си. Бяха прекосили моста (може би Ватерло?) и сега се движеха по южния бряг на Темза. Тук трафикът не беше тъй натоварен и шофьорът караше по-бързо. Катя имаше чувството, че се носят по широка права отсечка с много платна. После внезапно завиха. Колата намали ход и спря. Босът погледна към нея и се усмихна:

– Беше ми приятно да се возя с вас, ваше височество. Доскоро – кимна иронично той, изскочи чевръсто навън и захлопна вратата.

Бари го последва и двамата размениха няколко думи.

– Къде да те оставя? – попита я той, когато се върна в колата.

– Челси – кратко отвърна тя.

При потеглянето Катя залитна назад. Седалката изведнъж ѝ се стори огромна. Тя се просна по цялата ѝ дължина, като изпусна чашата на пода.

Той се обърна и стовари сака до нея.

– Хайде, преоблечи се!

– Провалих се, нали? – дрезгаво попита тя.

Бари ѝ подаде един плик. Тя го отвори и преброи банкнотите лежешком: 500 лири. Стомахът ѝ се развълнува, сякаш от хайвера се бяха пръкнали хиляди малки рибки.

– Ние ще те потърсим. Може би в началото на следващата седмица – рече сухо той, когато колата я остави на Фулъм, недалеч от Челси Бридж.

Наближаваше полунощ. Катя отново беше в старите си дрехи. Косата ѝ беше сплескана от перуката като гнездо на блатна птица. Мислите ѝ бяха горе-долу в същото състояние. Той я гледаше изпитателно, сякаш преценяваше дали е в състояние да се прибере сама.

– Не съм сигурна, че ще има следващ път, Бари – каза Катя изненадващо ясно.

– Трудно ли ти се вижда? Или парите са малко? – попита той с безпокойство.

– Не ми харесва – поклати глава тя.

– Но вече си в играта. Независимо дали ти харесва – спокойно отбеляза той. – Ти избра ролята на принцеса. Ще трябва да я довършиш.

– Ами ако кажа не? – заинати се тя.

– Значи си решила да се върнеш там, откъдето си дошла. Рано или късно в посолството ще узнаят за втория ти живот – той повдигна вежди. – Не мисля, че ще се церемонят с теб, Кейт. Това е твърде консервативна среда. Ще останеш на улицата.

– Знаете доста за мен, а? – рече тя.

– Малко предварително проучване – подхвърли той. – Добре дошла на борда.

Рибките в стомаха ѝ неспокойно мърдаха. „Трябва ми клозет!“, панически си помисли тя. Бари остана да гледа след нея, подпрян на покрива на лимузината.

17.

Днес беше голям ден.

Парадният вход на посолството зееше широко, а по стълбите още съхнеха следи от усърден парцал. Служителите шетаха възбудено из фоайето, нагласени в най-празнични одежди; от време на време някой изтърчаваше до входа, поглеждаше към горния край на улицата и се връщаше разочарован при другите.

– Идват ли?

– Не идват – отговаряше той, – още не.

Каляската трябваше да пристигне точно в единадесет часа. Дотогава имаше още доста време, но служителите бяха неспокойни. Такова събитие рядко се случваше два пъти за един мандат и те желаеха да го изживеят в цялата му пълнота – като сватба, като изпращане на войник. Бяха надошли дори близките им, въоръжени с фотоапарати и камери, за да запечатат това небивало зрелище.

Церемонията по връчването на акредитивните писма.

Последният жив свидетел на предишното връчване бе призован обратно в родината преди шест месеца, но разказите му бяха оставили неизгладими впечатления във въображението на служителите. Известно време те живееха с надеждата, че ще бъдат включени в делегацията по връчването на писмата, докато най-сетне стана безпощадно ясно, че няма да има никаква делегация, а посланикът възнамерява да се яви в двореца сам. Това беше голям удар за дипломатите. „Срамува ли се от нас, що ли?“, шепнеха си язвително те. Техническият състав тайно злорадстваше. Ала въпреки тия противоречиви чувства, които ги измъчваха, днес всички бяха оживени, дори приятно възбудени. Обидата бе отстъпила на заден план. Сега Варадин въплъщаваше, тъй да се каже, националната идея. Той беше „нашият човек“. Нашият човек щеше да бъде приет от британската кралица с всички подобаващи почести. Каляската щеше да го преведе през сърцето на града до Бъкингамския дворец – на отиване и на връщане. Всички щяха да видят Нашия човек! Това беше вълнуващо.

Появата на Варадин във фрак, декориран с някакво лъскаво отличие от неизяснен произход, погъделичка сладостно и най-скептичните духове. Какъв юнак! Какъв хубавец! Сърцата преливаха от гордост. Вездесъщият страх от началника се бе изпарил. С нечувана досега дързост служителите и техните половинки кръжаха около него и се фотографираха за спомен, сякаш бе туристическа атракция – восъчна фигура в музея на мадам Тюсо или кралски гвардеец на пост. Варадин се чувстваше безсилен пред тази празнична еуфория – не му оставаше друго, освен да пристъпя от крак на крак, глупаво усмихнат, и да се мъчи да запази присъствие на духа.

Точно в единайсет кортежът се зададе от горния край на улицата и се спусна към посолството. Той се състоеше от две каляски, открита и закрита, теглени от огромни породисти коне. Съпровождаха го полицейски мотоциклети. На входа дежуреше домакинът Станойчо в приятен тъмносин блейзър, светли панталони и сребриста вратовръзка на точици, напомняща голяма умряла риба. В ръката му димеше цигара, а погледът му се рееше безцелно по преминаващите коли. Личеше си, че го мъчи някакъв труден въпрос, нещо от сорта: „Как съм попаднал аз тук? Защо съм тук? Тук ли съм всъщност, или не съм тук?“ Чаткането на копитата го изкара от носталгичния унес. Лъхна го миризма на пресни фъшкии. Едно от животните звучно изпръхтя; Станойчо се втренчи в кралските гербове върху вратичките на каляските.

В откритата каляска седеше маршалът на двора, сър Дъстин Глоу, с жезъл, ослепително бяла фуражка и пълна парадна униформа. Единият от лакеите пъргаво скочи на земята и му отвори вратичката. Маршалът слезе и важно се огледа. Висок, едър като мечок, с кръгла глава и малки палави очички, той напомняше поразително на покойния Бени Хил, чийто дом се намираше само на стотина метра от посолството.

Станойчо го зяпаше опулен като динен фенер. Той нямаше представа кой е Бени Хил, макар че всеки ден минаваше покрай паметната плоча пред къщата му, но бе тъй поразен от вида на кралския пратеник, че съвършено забрави да извести за височайшето му пристигане. Маршалът също се втренчи в Станойчо, не по-малко впечатлен.

„Това – каза си той – трябва да е българският маршал.“

Цигарата догаряше между пръстите на Станойчо; той се сепна и захвърли фаса през парапета. Двамата маршали се здрависаха.

– Добър ден – рече Станойчо на чист български, изчерви се до ушите и покани знатния гостенин с широк славянски жест.

Дъстин Глоу леко се поклони. През дългата си вярна служба той беше изтърпял какви ли не туземни ритуали и вече нищо не беше в състояние да го смути.

Първа го забеляза жената на готвача. Тя зяпна от изненада и го посочи с пръст. Варадин светкавично се отърси от подчинените си и се завтече към пратеника на кралицата. Останалите се юрнаха навън, за да видят каляските. На улицата вече се бе насъбрала внушителна тълпа – минувачи и туристи. Дипломатите се подредиха чинно в полукръг, а при вида на втората карета физиономиите им внезапно се оживиха. Може би сърцето на началника се беше обърнало в последния момент? Или го налагаше кралският протокол? Кой от тях щеше да бъде избран?

Тази мимолетна надежда беше попарена още в зародиш. Лакеят ги уведоми, че закритата каляска е резервна – в случай че внезапно завали. Дипломатите видимо посърнаха. Горчивината се завърна в душите им с цялата си отровна сила. Вече нямаше съмнение, че са отрязани най-хладнокръвно от церемонията като ненужен и срамен апендикс. Макар и привикнали на всевъзможни унижения, тази последна обида им се струваше съвсем незаслужена. Най-нещастен несъмнено бе военният аташе, полковник Владимиров. Специално за случая той бе облякъл новата си парадна униформа с лампази, която по негова преценка с нищо не отстъпваше на тази на кралския маршал. Нима посланикът се срамуваше и от него, стария ветеран?

Междувременно един японски турист успя да се намърда чевръсто в каляската и да се снима няколко пъти, преди да бъде прогонен от ченгетата. Дипломатите си размениха криви усмивки – нямаха дори този шанс.

Маршалът и посланикът слязоха по стълбите, следвани неотлъчно от Станойчо, към когото сър Дъстин проявяваше дразнещо и напълно необяснимо за Варадин внимание. Дузина камери и фотоапарати се насочиха към тях. Посланикът обгърна с поглед рехавото си войнство и прочете огорчението по лицата на дипломатите. Така им се падаше! Нима наистина очакваха да ги помъкне при Нейно величество за единия сеир?! Провери обувките им: бяха лъснати грижливо, с изключение на прашните, разшерватени мокасини на проклетия стажант. Сигурно пестеше всяко пени като обезумяла катерица.

Сър Дъстин Глоу потупа Станойчо по рамото като стар приятел и му подаде ръка:

– Very nice to meet you, indeed!

Станойчо се напрегна да измъдри нещо подходящо.

– Досвидание! – топло изрече той на единствения чужд език, който поназнайваше, преди Варадин да му затъкне устата с поглед.

Гръм и мълнии! Дипломатите ехидно се разхилиха, с изключение на полковника, който тихо страдаше, забил очи в земята. Маршалът разгледа униформата му с интерес. После вдигна поглед към небето и след като се увери, че няма да вали в близките 20 минути, покани Варадин да се качи в откритата каляска.

Големите колела се затъркаляха по асфалта.

Два часа по-късно същите големи колела го върнаха обратно пред посолството. Приемът по случай акредитацията бе започнал и домакинът отново стърчеше на стълбите, за да посреща гостите. Зървайки посланика, Станойчо веднага си каза: тоя човек вече е друг човек! Какво точно се бе случило с Варадин през тия два часа, трудно можеше да се прецени, но цялото му същество излъчваше усещане за някаква необратима и важна промяна. Той мина покрай сащисания домакин, без дори да го погледне, и изкачи парадното стълбище с бавна тържествена походка, сякаш крепеше върху главата си огромна ваза. В голямата зала имаше двайсетина души, които си бъбреха небрежно с чаши в ръка – чиновници от Форин офис, дипломати от бившите братски страни, представители на българската общност, както и няколко странни птици, долетели незнайно защо и как. Приемът беше в началото си. Внезапно разговорите секнаха, всички погледи се насочиха към портала, където сега стоеше Варадин с бледо лице и влажни пулсиращи слепоочия, а аурата на новопридобитото му достойнство струеше изобилно през наетия за 18 лири фрак. Присъстващите се втурнаха да му честитят.

– Екселенц, искам да ви пожелая много успехи по сияйната пътека на дипломацията! – Дийн Карвър MP разтърси енергично ръката му. Лицето му весело пламтеше от виното.

– Мистър Карвър! – възкликна посланикът. – Наистина се радвам да ви видя!

– Вашето внимание ме трогна. Старите връзки не трябва да ръждясват!

– Какво говорите, толкова съм ви задължен! – възрази Варадин.

– Нима? – повдигна вежди Карвър.

– Агенцията, която ми препоръчахте – услужливо го подсети Варадин, – мисля, че ще свърши чудесна работа.

– А, моля ви се, няма за какво – великодушно промърмори той, като остави празната си чаша върху подноса на минаващото момиче и си взе нова. – Cheers!

– Мистър Зиблинг, тъкмо говорехме за вас! – извика посланикът.

Карвър механично завъртя глава, физиономията му стремително се изпразни от характер и съдържание, сякаш в основата ѝ бе зейнал широк сифон.

– Джентълмени – поздрави ги невъзмутимо Зиблинг, – за мене е чест да споделя тази изискана компания.

Носеше обичайното сиво сако с маоистка кройка, бежови панталони и обувки с изразителни бомбета. Този път стъклата на очилата му бяха сини.

– Какво търсите тук? – прошепна Карвър.

– Ха-ха, изненадан ли сте? – доволно отбеляза Варадин. – Не си губим времето, а? Караме право в целта! Ще ме извините ли за минутка? Налага се да обърна малко внимание и на другите гости.

– Забележително хладнокръвие! – поклати глава Зиблинг, после се обърна към Дийн Карвър: – А от вас ще излезе чудесен рекламен агент!

– Не разбирам за какво говорите! – просъска онзи.

– Хайде, хайде, препоръчали сте ни на Негово превъзходителство, нима това е малко? – благо рече Зиблинг.

– Не си спомням такова нещо! – възрази енергично Карвър.

– Дори сте му дали визитната ми картичка! – продължи Зиблинг. – Нямах представа, че още я пазите! Кога успяхте да се сближите толкова? На колко чашки бяхте?

Кръвта нахлу в лицето на депутата.

– Какво си позволявате?! Станала е ужасна грешка!

– Никаква грешка, драги! – увери го Зиблинг. – Негово превъзходителство бързо се ориентира. Разбрахме се от половин дума. Той знае какво иска за разлика от някои други. Амбициозен проект! Тези хора се целят високо, знаете ли? Може да нямат стил, но имат мащаб!

– О, да! – унило се съгласи Карвър. – Старите им лидери знаеха как да живеят. Бяха същински барони!

– Значи сте в течение?

– Не ме забърквайте в това! – рязко се отдръпна депутатът. – Не искам да знам нищо!

– Услугата си е услуга – прошепна Зиблинг, прислямчвайки се отново към него. – Получавате 50% намаление за следващия път. Новото ни Бритни направо е страхотно!

– Изкусител такъв! – простена Карвър. – Добре, ще ви се обадя по-нататък. Сега трябва да тръгвам, извинете ме пред посланика. Гудбай!

Той се озърна неспокойно и бързо се отправи към изхода.

Зиблинг се помота безцелно, после се залепи до една от масите. Взе си парче баница от подноса и предпазливо отхапа. Кимна одобрително.

– Banitza! – ентусиазирано възкликна някой зад гърба му.

Към масата се устреми висока суха жена. Костеливата ѝ ръка лакомо се стрелна към подноса.

– A national pie[15] – поясни тя, срещайки изумения поглед на Зиблинг.

– Ba-ni-tza – повтори той след нея, ухили се и си взе още едно парче.

Варадин изникна до него и каза с леко неудобство:

---

[15] Национален пай.

– Надявам се, че не скучаете. Къде е мистър Карвър?

– Неотложни ангажименти... – неопределено махна с ръка Зиблинг и добави загрижено: – Екселенц, налага се да поговорим! Веднага!

– Да не би да има проблеми? – попита Варадин.

– Напротив! – увери го Зиблинг. – Предстои ви незабравимо преживяване! Тъкмо затова исках да ви помоля да бъдете по-дискретен.

– Моля? – повдигна вежди посланикът.

– Дис-крет-ност! – повтори настойчиво онзи. – Това е нашият основен принцип. Не бива да изтича информация за събитието, иначе ангажиментът ни автоматично се прекратява!

– Така ли?... – трепна Варадин.

– Точно така! Вижте, оценявам вашия открит стил, но обществото на Острова е много по-консервативно, отколкото предполагате – сниши глас Зиблинг. – Дойдох специално, за да ви предупредя. Ако медиите подушат... Просто край!

– Медиите винаги виждат само лошите неща... – намръщи се посланикът. – А успехите премълчават!

– Именно! – съгласи се Зиблинг. – Радвам се, че мислим еднакво, формалните и неформалните контакти не бива да се смесват за нищо на света! Това са две паралелни вселени. По принцип избягваме подобни ситуации, но във вашия случай правим изключение.

Варадин премигна недоумяващо. До тях изникна една студентка с голям поднос сандвичи. Внезапно подносът застрашително се наклони на една страна.

– Ууупс! Внимавай! – възкликна Зиблинг.

Катерина овладя баланса, но погледът ѝ остана прикован в него. Трудно щеше да го забрави. Това беше той!

Малоумникът, дето ме натъпка с хайвер до козирката! Какво търси тук?!

– Здравей! – безгрижно рече Зиблинг. – Тук ли работиш?

– Да – наведе очи тя.

– Познавате ли се? – неспокойно попита Варадин.

Зиблинг пропусна въпроса край ушите си. Взе си сандвич, огледа го критично и каза:

– Тези сандвичи ви отдалечават от Европа.

Варадин се втренчи в кулинарното изделие на Баничаров и бе принуден да признае (дълбоко в себе си!), че е възгрубичко.

– Аз не съм сноб – поклати глава Зиблинг. – Макар и да съм израсъл в добро семейство, ценя добродетелите на простия живот. По отношение на сандвичите обаче има някои свещени за тази страна стандарти, с които вашият готвач е по-добре да се съобразява. Радиусът на един сандвич обикновено отразява положението на домакина в обществото – охотно продължи Зиблинг. – Ще забележите, че в колкото по-изискани кръгове навлизате, толкова по-малко става това разстояние. Периферията се отстранява спиралообразно, докато остане само сърцевината – ядката, така да се каже, която понякога е толкова малка, че не може дори да се хване с пръсти, а се набучва на клечка. Има и такива места, естествено, където сандвичите просто изчезват, т.е. витае само идеята за сандвич, а в действителност се поднася единствено сухо шампанско в мнооого! тесни чаши. Аз обаче не ви препоръчвам този вариант – побърза да уточни Зиблинг, – не бива да се забравя, че сандвичите съответстват на общественото положение, а не обратното. В този смисъл едни необмислено дребни хапки могат да се изтълкуват погрешно – като проява на стиснатост или парвенющина, затова не се осланяйте прекалено на усета на готвача си! Донасяйте при всяка възможност проби от други коктейли – ако не вие лично, то възложете на някой служител; измервайте ги, сравнявайте ги, класирайте ги по групи, записвайте си – така неусетно ще започнете да схващате логиката на един или друг сандвичен формат, ще се ориентирате какви да бъдат и вашите собствени сандвичи.

Зиблинг погълна грозния сандвич на две хапки и го поля с вино. Устата на Варадин глупаво зееше. Чувстваше се безсилен да отсее истината от подигравката. Наоколо кръжеше рояк от гости, а в тавата на Катерина бяха останали само листата от марулята.

– В началото на този век – подхвърли Зиблинг – някой си посланик Емилио Барбареску изучавал английските сандвичи в продължение на два последователни мандата. Трактатът му, озаглавен „За йерархията на диаметъра“, никога не бил публикуван, но се разпространява апокрифно сред дипломатическите кръгове. Ако ви попадне случайно, прегледайте го на всяка цена!

Като каза това, той се сбогува церемониално и си тръгна.

18.

Дейл Ръдърфорд отговаряше за фауната в Ричмънд Парк. Това беше приятна длъжност, свързана с много разходки на открито и общуване с дивата природа. Дейл Ръдърфорд обичаше животните и особено малките стада от патици, които гнездяха край бреговете на Пен Пондс. Затова остана силно озадачен, когато една сутрин, наминавайки към езерцата, не чу веселото им крякане.

„Бедните глупачета – рече си той с умиление, – къде ли са отишли?“

В парка имаше още няколко по-малки езерца, където пернатите понякога отиваха да поплуват за разнообразие. Най-близкото се наричаше Овчи крак, но там нямаше и помен от любимците му. Разяждан от смътна тревога, Дейл се спусна бързо по пътеката за яздене до плантацията Изабела, където сред орхидеи, лаврови храсти и други декоративни насаждения се гушеха и три гьолчета. Тук обаче също го чакаше разочарование, като изключим един ленив лебед, който царствено разчепкваше перушината си. Вече сериозно обезпокоен, Дейл напусна плантацията Изабела и се насочи към една малко известна локва с мрачното име Бесилката. Там плуваха три гъски, които закрещяха враждебно, щом го видяха. Изведнъж му се стори, че цялата природа е настръхнала, готова да се отбранява срещу нежелани посегателства. Дърветата си шепнеха, затворени в себе си, а по ливадите се стрелкаха уплашени сърни, които сякаш разнасяха тревожни новини от единия до другия край на парка.

Дейл извади мобилния си телефон и позвъни на Рей Соло, началникът на охраната.

– Рей – каза той с отпаднал глас, – имам основания да предполагам, че се е случило нещо ужасно...

– Какво има? – прозвуча неспокоен глас.

– Патиците са изчезнали – изхлипа Дейл. – Малките ми патенца!

Рей Соло тъкмо посягаше към пакета с бисквитки, които обичаше да топи в сутрешното си кафе. Новината го накара да забрави временно за бисквитките и той механично потопи двата си пръста в горещата течност, димяща под носа му.

– Мамка му! – изкрещя от болка Рей.

Денят започваше зле.

След като преодоля първоначалния стрес, управата на парка предприе някои твърде енергични мерки. Уведомиха начаса полицията, откъдето изпратиха внушителен екип. Бяха мобилизирани всички налични служители, които под ръководството на детективите претърсиха парка до последния квадратен метър. Резултатът от тези мащабни действия обаче не беше кой знае колко ползотворен. Шепа перушина и следи от груби гумени ботуши бяха открити в калта по десния бряг на Пен Пондс. Със сигурност бе потвърдено единствено, че почти цялата популация от патици се е изпарила. До вечерта грозната вест обиколи целия Ричмънд, разнесе се из Туйкъм и Кингстън над Темза, та стигна чак до Тедингтън.

Патиците от Ричмънд Парк бяха изчезнали!

Силният обществен резонанс принуди управата да свика спешна пресконференция. Залата на кафетерията, където се провеждаше събитието, пращеше по шевовете: журналисти, членове на управата, общински съветници, представители на природозащитни организации, както и редица обикновени граждани настояваха час по-скоро да узнаят какво всъщност се е случило с птиците. Тук беше и цял клас от местната гимназия, който бе поел патронажа над дивите патици в Ричмънд Парк през последната година. Тук бе, естествено, и Дейл Ръдърфорд. Личеше си, че не е мигнал цяла нощ. Изпит и бледен, той седеше мълчаливо до Рей Соло на първия ред, но в очите му светеше гневен пламък, вещаещ възмездие.

Председателят на управата Джерамая Каас откри пресконференцията със скръбен вид:

– Граждани на Ричмънд, уважаеми гости! Поводът за тази среща вече е добре известен – уви, лошите новини летят бързо. Засега мога само да потвърдя онова, което всички знаете: патиците в Ричмънд Парк са изчезнали и до този момент остават в неизвестност. Предполагам, че имате купища въпроси. Тук, сред нас, са Дейл Ръдърфорд, който отговаря за дивите животни в парка, Рей Соло, началник на охраната, както и детектив Нат Колуей от Скотланд Ярд, който ръководи разследването. Сигурен съм, че тези джентълмени ще да задоволят любопитството ви в много по-голяма степен, отколкото аз. Господа, моля, заповядайте!

Джерамая Каас дискретно отстъпи назад и после, когато тримата мъже заеха местата си, тихомълком се смеси с навалицата. „Старата лисица знае да изчезва навреме!“, промърмори наум Рей Соло, който изглеждаше най-унил от всички.

– Мистър Ръдърфорд! – тутакси подскочи едно малко човече в зелен костюм: – Кенет Боул, „Туйкъм Стар“. Носят се слухове, че дивите патици са били отровени от хранителна смеска с изтекъл срок на годност. „Туйкъм Стар“ има основания да предполага, че телата на птиците са заровени в близката околност с цел да се предотврати гафът.

Завистта и омразата на туйкъмчани към благородния състоятелен Ричмънд бяха добре известни, но този път наглостта им прехвърляше всякаква допустима мярка.

– Категорично възразявам срещу подобна инсинуация! – рече той с треперещ от негодувание глас. – Лично надзиравам храненето на птиците и мога да ви уверя, че никога не им е било давано нещо с изтекъл срок на годност. Мога да го докажа с документи!

– Сюзън Типър, „Ричмънд Прес“ – изправи се късо подстригана блондинка с пепеляв оттенък и стилно бежово сако. – Мистър Ръдърфорд, възможно ли е патиците да са мигрирали внезапно в резултат на влошена екологична обстановка?

– Силно се съмнявам – хладно рече Дейл. – Имам известно основание да претендирам, че познавам характера на тези птици по-добре от всеки друг. И мога да ви уверя, че те се чувстваха съвършено уютно в своя хабитат.

– Детектив Колуей, каква е версията на полицията за инцидента? – светкавично последва нов въпрос.

Нат Колуей свъси плътните си вежди и каза някак уморено:

– Мисля, че се касае за кражба.

Не беше по дългите приказки, а прекомерният интерес към случая допълнително го изнервяше. Определено не смяташе, че е изтеглил печелившия билет от лотарията.

– Колко патици липсват?

Детективът премигна безпомощно. Дейл му се притече на помощ:

– Четиридесет и пет.

В залата се разнесе осъдителен подмолен шепот, напомнящ скърцането на ледена кора. После се извиси гневен глас:

– Как е възможно да бъдат изловени толкова много патици, без охраната да забележи?

Погледите се насочиха към Рей Соло, който благоразумно се спотайваше досега. Гъста руменина заля широкото му лице. Той се усмихна глуповато и разпери ръце. В този миг се намеси Нат Колуей:

– Според нас патиците са били упоени предварително. Това, най-вероятно, е станало след затварянето на парка. Похитителите са чакали, скрити в гъсталаците на ботаническата градина край Пен Пондс. После са събрали патиците в чували и са се измъкнали под прикритието на нощта.

Неочакваното разкритие имаше ефекта на бомба. Журналистите се впуснаха да записват. Нат изгледа аудиторията с горчиво чувство на превъзходство. Заключенията му се потвърждаваха от факта, че край езерото бяха открити пшенични зърна, напоени с лидокаин. Налагаше му се обаче да спести тази пикантна подробност в интерес на следствената тайна.

– Какъв според вас е мотивът за подобен мерзък акт? – проплака възрастна дама с шапка, наподобяваща подозрително патица.

Нат Колуей се изкашля в шепа и каза безсърдечно:

– Сигурно да бъдат изядени.

– Изядени! – тя зяпна ужасено, закривайки уста.

Присъстващите се спогледаха гнусливо, сякаш изричането на подобна идея беше само по себе си аморално и кощунствено, фигурата на инспектора внезапно потъмня; от нея вече не струеше упование, а душевна грубост и подмолно злорадство, присъщи за низшите съсловия. „След като може да го каже, може и да го направи!“, с боязън си помислиха по-чувствителните. И тогава прозвуча ясен младежки глас, разкъсвайки булото на сивата безнадеждност като камбанен звън:

– Мислите ли, сър, че извергите ще бъдат разкрити скоро?

Този глас принадлежеше на безстрашния малък скаут Тод Робинс. Присъствието на младата му преподавателка по френски с кобилешки задник го опияняваше и той желаеше страстно да блесне с дързост и благородство.

– Да – лаконично отрони инспекторът.

Усещаше, че публиката е петимна да чуе още нещо, но изведнъж се почувства съвършено изчерпан. Сякаш бе изтръскал и последното пени от кесията си. Нямаше повече. Рей Соло мълчеше с наведена глава.

– Няма да се измъкнат толкова лесно – неочаквано се обади Дейл Ръдърфорд. – Ние също сме им подготвили малка изненада. Която едва ли ще им хареса.

Нат Колуей реагира мигновено: сграбчи Дейл за лакътя и просъска в ухото му:

– Искате да провалите всичко?!

– Какво имате предвид, мистър Ръдърфорд? – рипна тутакси Кенет Боул от „Туйкъм Стар“.

Дейл се овладя с усилие на волята и рече:

– Всяко нещо с времето си.

19.

Готвачът прекара неспокоен ден. Когато нямаше кулинарно мероприятие, той беше сравнително свободен и можеше да се размотава, колкото си иска. Това очевидно се зловидеше на посланика. Варадин му възложи да боядисва клозета и банята в резиденцията. Готвачът силно негодуваше срещу тази несвойствена задача, но нямаше особен избор. От време на време намираше повод да отскочи до посолството, за да нагледа фризера. Олющеният сандък глухо бучеше в дъното на кухнята, примижал с единственото си червеникаво око. След като се увереше, че всичко е наред, готвачът заключваше кухнята и се връщаше при четката. Вечерта пробва да се обади на Толоманов, но телефонът му даваше свободно. Мобилният му пък беше изключен. „Укрива се копелето недно!", рече си той. Знаеше, че когато нещата започнат да се проточват, работата върви към провал. Тая далавера с патиците му се виждаше съмнителна още от началото, затова беше поискал своя дял предварително. Бяха го преметнали. Сега имаше патици, но нито лира в джоба си. Заплатата му беше свършила преди два дена. Живееха с остатъците от последния прием и жалките спестявания, които Норка все пак успяваше да откъсне от доходите им.

Толоманов се обади чак на следващия ден следобед. По гласа му си личеше, че не го прави по собствено желание, а поради някаква крайна причина. Беше притиснат до стената. Звучеше уплашено.

– Трябва да се видим веднага! – рече бързо той.

– Какво има? – попита Баничаров с всички лоши предчувствия накуп.

– Ще ти кажа, идвай! Аз съм в бара на „Консорт“. Нали го знаеш?

Хотел „Консорт“ се намираше точно срещу посолството. Беше собственост на един сърбин, при когото Чаво бе работил известно време, а после бяха станали приятели. Хотелът не изпъкваше с нищо особено в редицата от добре поддържани фасади от тази страна на улицата. Отвътре беше също така безличен, макар и добре поддържан; в него отсядаха предимно туристи средна ръка и представители на балканските етноси, попаднали в Лондон по различни причини. Имаше славата на шпионско гнездо и дипломатите обикновено го подминаваха. Но това не важеше за персонала. В „Консорт“ човек можеше да поработи на черно, да продаде някоя и друга дребна стока, въобще беше ценен източник на доходи.

– Здраво, Симич! – махна Баничаров на бармана, който бъркаше някакъв коктейл зад масивния плот.

– Добър дан! – кимна Симич.

Беше здрав синеок сърбин с конско лице. Носеше риза с къси ръкави и черна папийонка и си играеше с шейкъра като с ръчна граната. Говореше се, че тоя Симич бил издирван заради някакви престъпления в Босна, но това не пречеше на готвача да го снабдява с евтини цигари от посолството. Симич винаги плащаше в брой.

Чаво седеше на една масичка до прозореца. Заведението беше полупразно. Готвачът се приближи, мрачен като буреносен облак. Ръцете му бяха изцапани с боя.

– Носиш ли мангизите? – попита той.

– Сядай! – кимна Чаво.

Готвачът приседна с неохота, но въпросът в очите му остана. Актьорът изглеждаше блед и разтревожен. Той се озърна и каза ниско:

– Пречукали са Батьката!

– Каквоо? – облещи се готвачът.

– Пречукали са го – повтори Толоманов.

– Откъде знаеш? – усъмни се онзи.

– На, виж! – Чаво измъкна някакъв вестник и го разгъна пред готвача.

– Хъм... – измърмори той; надписите не му говореха нищо.

Чаво посочи снимката в горния ъгъл на страницата и прочете съпътстващия текст: „Вълна от престъпност залива Запада след падането на Берлинската стена. Вчера към 18,30 на излизане от ресторант „Водка“ беше прострелян бившият гражданин на СССР Азис Николаевич Асадуров. Асадуров е дължал пари на руската мафия и се е укривал във Великобритания, твърдят от полицията.“

Лицето на снимката поразително приличаше на техния общ познат. Но Баничаров не беше убеден:

– Сигурен ли си, че е той?

– Сто процента! – развълнувано поде актьорът. – От два дена не мога да се свържа с него. Потъна сякаш вдън земя. Знаех си, че има нещо. Беше толкова потаен.

Това беше самата истина. Личният живот на Батьката тънеше в дълбока мъгла. Чаво нямаше представа къде живее, нито как е истинското му име. Бяха се запознали в руския ресторант. Мобилният телефон беше единствената връзка помежду им.

Докато се спотайваха в ботаническата градина, той разглеждаше изсеченото лице на съдружника си и се питаше защо се е захванал с този кокошкарски бизнес, когато очевидно бе призван за по-велики дела. Но после, докато събираха натрършканите по брега патици и ги тъпчеха в чувалите, той си даде сметка, че за Батьката няма принципна разлика дали обира Банк ъв Инглaнд, отвлича Транссибирския експрес, или бракониерства в обществен парк. Беше познал Празнотата отвъд закона. И нищо друго не го интересуваше.

– Какво ще правим сега? – обади се готвачът. Чаво прелисти вестника и му показа друго заглавие:

– Тук пише за нас!

– Какво пише? – попита неспокойно готвачът.

– ВАРВАРСКИ НАБЕЗИ В РИЧМЪНД ПАРК!

– Тц-тц-тц...

– Не се коси! Пише, че „разследването буксува“.

– Абе, не знам – въздъхна Баничаров. – Накиснахме се. Носиш ли парите?

– Какви пари, бе! – избухна Толоманов. – Батьката каза, че ще вземе капаро от китайците. Обаче каква я мислихме, каква стана!

– Вземи ти!

– Не ги познавам. Те бяха негови хора.

Готвачът инстинктивно сви юмрук. Прииска му се да прасне Чаво през лицето.

– И к'во ще ги правим сега тия патици, бе, да ти еба майката! – просъска злобно той. – Ти си виновен!

– От къде на къде! – възмути се актьорът. – Нали няма опасност да се развалят?

Не могат да стоят вечно там! – извика Баничаров.

– Ще ги шитнем бе, човек! – успокои го Чаво. – Полека-лека, на тоя, на оня.

– Сърбина няма ли да ги купи? – рязко попита готвачът.

– Ще поговоря – кимна актьорът. – Ти виж в нашия ресторант.

– Е, поне няма да умрем от глад – изсумтя Баничаров със скрита закана.

Чаво му хвърли изплашен поглед.

– Ей, пич, нали такова, още сме партньори?!

Готвачът не каза нищо. Внезапно бе усетил прилив на сила. Контролираше положението. Държеше и патиците, и ножа. Шибани актьори!

20.

– Заповядайте, господин Мавродиев – рече посланикът с измамно ласкав тон.

Едрият мъж пристъпи тромаво към бюрото му. Консулът идваше от нощно дежурство: беше брадясал, а вратовръзката му беше разхлабена. „Мърльо!“, рече си Варадин.

– Предполагам, че сте запознат с този материал? – той повдигна гнусливо вестник „Ийвнинг Стандард“, който лежеше върху бюрото му. В горния край на страницата с жълт маркер бе оградена неголяма статия, придружена от снимка в епичен формат. На нея се виждаше измъчено четиричленно семейство, увито в спални чували, със свещи в ръце. Кадърът мигновено извикваше асоциация със страданията на босненските бежанци с тази разлика, че бе заснет в апартамент в центъра на Лондон.

Заглавието не се нуждаеше от коментар: „Българския дипломат, забит в каменната ера“. Репортажът разкриваше драмата на семейство Бобеви, които от две седмици се мъчеха да оцелеят без електричество. Варварската мярка била предприета от новия посланик Димитров с цел да изхвърли семейството на уволнения по политически причини дипломат на улицата. Никой няма право да спира тока на абонатите без знанието на Националната електрическа компания – коментираше вестникът.

Материалът бешс излязъл вчера. Варадин долавяше тайното злорадство на подчинените си и го измъчваше подозрението, че нарочно са го оставили да се изложи.

– Какво ще правим? – попита разтревожен консулът.

– Защо питате мен? Това е по вашата част.

– Няма да го извадим лесно – поклати глава Мавродиев.

– Да му спрем и водата, а? – подхвърли посланикът.

– Ако наредите... – колебливо се съгласи консулът.

– Вие явно искате да ми съсипете имиджа – заключи Варадин със зловещо спокойствие.

Вратът на Мавродиев се зачерви от напрежение.

– Това искате всички, знам! – внезапно избухна посланикът. – Защо сте казали на журналистите, че той не ще да се върне в родината си, защо?

– Че нали затова е целият цирк, за да остане тук – объркано рече консулът.

– Иска да остане тук не значи непременно, че не иска да се върне! – ядно отбеляза Варадин.

– Защо няма да иска да се върне, ако не иска да остане?

– Защото иска да остане! – тропна с крак посланикът: – А не: иска да остане, защото не иска да се върне, както вие твърдите.

– Значи иска да остане, защото иска да остане!

– Точно така! Иска да си остане, бе – харесва му. А като кажеш „Не иска да се върне!“, човек започва да се пита, аджеба, защо? Защо, по дяволите, някой няма да иска да се върне в родината си? Ами много просто: защото веднага ще го уволнят и после няма да си намери работа. Но дори да си намери, пак ще умира от глад!

– Не съм казвал такова нещо – въздъхна тежко Мавродиев.

– Но се подразбира.

– Е, че то всеки го знае! – не се стърпя едрият мъж.

– Нямате право да мислите така! – кресна посланикът. – Ние сме европейци!

– Тогава да му пуснем ли тока? – изтърси консулът ни в клин, ни в ръкав.

– От къде на къде? Нали вече ни плюха. Нека се мъчи, като е толкова инат – заключи Варадин. Нещо щракна в ума му и той рязко попита: – Защо си държите ръцете в джобовете?

– Ами аз такова... – запелтечи консулът.

– Не сега, а на приема – нетърпеливо продължи Варадин. – Видях ви, не отричайте! Това не е европейско поведение!

– Съжалявам, ако... – поде онзи.

– Искам да го разкарате без повече шум! – прекъсна го Варадин, като почука с пръст по вестника. – Иначе ще разкарам вас. Свободен сте!

Той сгъна грижливо страницата и я прибра в чекмеджето си. Не държеше особено материалът да попада в прегледа на печата, макар че беше почти сигурен, че някоя услужлива ръка вече го е пратила по факса до София. И какво от това? Варадин разтри слепоочията си. „Простотии! Простотии на всяка крачка!“, изстена той. Погледът му попадна върху някакво боклуче до крака на бюрото. Той го вдигна и го пусна в кошчето. Не беше чистено от няколко дена.

Мамка му! Тая повлекана – трябваше да я разкара. Разумът му го подсказваше. Обаче в този случай разумът беше безсилен. И то по съвсем проста причина: не беше правил секс от няколко месеца, а като се сетеше за Катя, веднага му ставаше. В един по-добър свят проблемът лесно можеше да се реши с кратко отскачане до банята. Но той беше продукт на жестока система: въпреки политическите промени през последните години, идеята, че някой зорко го наблюдава, беше заседнала здраво в подсъзнанието му и нищо не можеше да я изличи оттам.

Беше с вързани ръце.

Оставаше му да се надява, че нещо наистина можеше да се случи. Това му се струваше по-малко наказуемо и далеч не толкова компрометиращо. Беше готов да поеме този риск, но за целта Катя трябваше да се мотае наблизо. Дотогава всяка друга утеха беше забранена.

Той вдигна поглед от кошчето и забеляза глуповатата физиономия на Пуйчев, който надзърташе през вратата. Не го беше чул да чука.

– Какво има? – попита той. – Влезте, де!

– Получи се факс... – поде стажантът, като му подаде листа.

Варадин го зачете с досада.

„Изх. 34500456
Общински съвет гр. Провадия

Уважаеми господин посланик!

От 24.05. до 24.06., по покана на Британския музей, в Лондон ще гостува уникална експозиция „Хигиената по българските земи“, в рамките на която ще бъде изложен първият воден клозет (WC) в историята на човечеството. Същият бе открит неотдавна при археологически разкопки в землището на град Провадия и датира от 680 година. Автентичността на находката бе потвърдена от учени с международно значение, като проф. д-р Ван Майс от Холандия и д-р Чарли Риидс от Оксфорд. Смятаме, че популяризирането на това достижение на древните българи ще бъде от полза за новия европейски имидж на скъпата ни родина. Изложбата ще бъде открита от кмета на гр. Провадия г-н Първомаев. Молим посолството да окаже съдействие за настаняването му и да се включи активно в подготовката на мероприятието."

– Каквооо? Да се занимаваме с някакъв клозет!... – Варадин вдигна поглед от факса и се втренчи с омраза в стажанта: – Че това съвпада с концерта на госпожа Селянова! Давате ли си сметка?

– Няма ли начин да се съчетаят? – простодушно предположи той.

– Концерт и клозет ли?! – подхвърли саркастично Варадин. – Ами опитайте...

– Все пак, такова откритие!

– Вижте какво – рязко го прекъсна посланикът. – Имаме приоритети! И клозетът на г-н Първомаев не е сред тях.

– Какво да отговоря?

– Засега нищо – отсече той. – Защо си държите ръцете в джобовете?

– Моля? – стажантът учудено повдигна ръце.

– Не сега! – уточни нервно посланикът. – Одеве, на приема. Видях ви да се разхождате с ръце в джобовете като някой директор. Вие и оня, консулът. Това не е европейско поведение!

„Е, майната ти!“, рече си стажантът. Договорът му изтичаше след два месеца и нямаше изгледи да бъде продължен.

– Че то и англичаните си държат ръцете в джобовете! – подхвърли той.

– Вие англичанин ли сте? – извика посланикът. – Като станете англичанин, тогава ще говорите!

Стажантът мълчаливо тръгна към вратата. Варадин се втренчи отново във факса. Само това му липсваше – тоя кретен от Провадия! Госпожата със сигурност щеше да побеснее. Концерт и клозет. Абсурд!

– Чакайте! – извика той, преди стажантът да излезе. – Вижте дали е съгласувано с Министерството на културата. И с нашето министерство също!

Прониза го остра болка в тила. Струваше му се чудовищна несправедливост, че докато той се рее свободно в най-висшите сфери на обществото и твори външна политика, тия насекоми продължават неуморно и безнаказано да плетат паяжината си от битов идиотизъм. Беше невъзможно да излезе на глава с тях, можеше единствено да ги държи на разстояние – по кьошетата и дупките, където им беше мястото. Това, виж, наистина можеше!

– 88 – мрачно каза той.

21.

Радистът Рачо зяпаше островърхата камбанария на църквата Сейнт Джордж и пафкаше цигара след цигара. Металните капаци на прозорците зееха, отвън повяваше свеж ветрец. Радистът си мислеше, че ако забучат една антена на камбанарията отсреща, връзката с Центъра значително ще се подобри. Сеансът беше приключил едва преди десетина минути. В ефира имаше смущения и емисията продължи по-дълго от обикновено. Графиката на сигнала се люшкаше като пияна в прозорчето на осцилоскопа, а информацията се процеждаше със скоростта на лепило през иглено ухо. Въпреки това той успя да обработи постъпващите материали от София и да изпрати прегледа на печата заедно с две къси грами. Беше свършил работата си за днес освен ако не изникнеше някоя спешна шифрограма. Но вероятността за това беше малка. В кутията „Марлборо" оставаха още три цигари. В стека върху масата имаше още седем кутии.

Рачо излезе от апаратната, като остави вратата отворена, и зашляпа по пустия бял коридор, осветен от неонови лампи. Беше висок отпуснат тип с физиономия на непукист, зад която се спотайваше пресметлив тарикатски ум. Той се отби в малкия бокс, зареди кафемашината и продължи по коридора. Другият край на секретния сектор гледаше към улицата. Радистът открехна един прозорец, отправи празен поглед към преминаващите коли, после се върна, като прибра пътем димящата чаша кафе.

Секретният сектор беше оборудван по времето на студената воина: няколко изолирани помещения, защитени срещу подслушване и всякакъв род нежелано проникване. Прозорците бяха снабдени с метални капаци, а външните стени бяха подсилени. Тук се намираха комуникационният център на посолството и сейфовете с поверителна документация. Според инструкциите в случай на вражеска атака личният състав трябваше да се залости вътре и да унищожи всички следи от дейността си. За целта в централното помещение беше монтирана огромна метална пещ за изгаряне на документи. Някога тази пещ бе пламтяла весело, поглъщайки тонове взривоопасна информация. Сега всичко бе мъртво. Единственият постоянен обитател бе Рачо Радиста. Той гореше от време на време в печката разни боклуци, за да се топли. Напоследък обемът на оперативната работа рязко бе намалял, а Рачо имаше твърде малко странични занимания. Ето защо можеше да се посвети изцяло на дебелите каталози с освободени от мито дипломатически стоки, които получаваше най-редовно. Поради факта, че живееше предимно в секретния сектор, радистът разполагаше с известни средства, за които дипломатите можеха само да сънуват. Тук липсваха съблазните на големия град и свързаните с тях разхищения. Животът беше прост и здравословен като в монашеска обител. Всички столици бяха различни посвоему, ала секретните сектори навсякъде си приличаха.

Радистът отпи гореща глътка кафе и се залови да бърника един малък уред, който бе открил неотдавна в прашния сандък със специално оборудване, завещан му от предшественика. Апаратът, съветско производство, служеше за откриване на подслушвателни устройства, като засичаше вълните им, но не беше работил поне десет години. Рачо имаше слабост към електрониката, освен това си правеше сметката да го пласира на някой битак при удобен случай. И без това никой не се интересуваше от него. Тази сутрин го беше включил към зареждащото устройство, за да провери изправността на батерията му. Стрелката сочеше, че зарежда. Това обаче не беше достатъчно. Той разкачи уреда от зареждащото, сложи си слушалките и го включи. В началото апаратът произведе куп хаотични шумове, сякаш се прочистваше от многогодишното мълчание. Радистът регулира нивото на звука и нагласи антената. Постепенно шумовете се изчистиха, остана само един упорит сигнал, който писукаше в далечината като скакалец под похлупак.

„И таз добра!“, възкликна той.

Споменът за отминалите дни на студената война, изпълнени с напрежение и съзидателен труд, се събуди в паметта му. Обзелата го носталгия обаче скоро премина в тревога. Звукът в слушалката напомняше сигнала на действащо СРС[16]. За всеки случай той изключи всички уреди в апаратната, които можеха да бъдат източници на вълни. Но сигналът не изчезна, дори стана още по-ясен. Нима в посолството имаше „бръмбар“?

Той обиколи секретния сектор с уреда през рамо, но не установи никаква промяна в параметрите на сигнала. Бръмбарът явно не беше тук. Това го накара облекчено да въздъхне, понеже сваляше от плещите му тежка отговорност. Оттук нататък го гризеше по-скоро любопитство. Къде си, майка ти стара?!

---

[16] Специално разузнавателно средство.

Той слезе на долния етаж, където сигналът чувствително се усили. Тук се намираха повечето кабинети, включително този на посланика, а достъпът беше значително по-лесен. Влизаха и излизаха всякакви вагабонти: от техниците на „Ксерокс“ до журналисти и съмнителни бизнесмени. Нямаше да се изненада, ако СРС-то беше закачено някъде наблизо. Мина по коридорите, но не успя да засече нищо по-конкретно. Натъкна се на стажанта Пуйчев, който го изгледа със страхопочитание. Не беше длъжен да му дава обяснения, но все пак реши да изпита невежеството му, като го информира, че „измерва електромагнитния фон заради смущенията в ефира“. Пуйчев кимна разбиращо, поласкан от оказаното му доверие.

Колкото по-надолу слизаше, толкова по-интензивен ставаше звукът в слушалките. Рачо провери залата за приеми, както и прилежащите към нея помещения, но не откри нищо. Във фоайето се сблъска с господин Кишев, на когото пробута старата лъжа за „електромагнитния фон“. Той я прие, без да се замисли. Нещо друго тежеше на душата му.

Баничаров шеташе неспокойно около печката, когато вратата на кухнята се отвори и радистът влезе, въоръжен със слушалки на ушите и странен уред през рамо. Готвачът нито го очакваше, нито му се зарадва.

– Ей, какво става? – попита той нащрек.

Радистът сложи пръст на устните си и пристъпи напред. Баничаров се изпречи на пътя му, но Рачо го отмести с решителен жест. Коленете на готвача омекнаха. С безпогрешен усет на магнитна стрелка радистът се ориентира към фризера.

– Какво има вътре? – попита той.

– Нищо – каза Баничаров с последните остатъци на твърдост в гласа си.

– Отвори го! – нареди радистът.

Готвачът се засуети край фризера, като ровичкаше неохотно из джобовете си.

– Ох, май съм загубил ключа – измънка той.

– Слушай, Баницо! – сряза го Рачо. – Не знам какво криеш, но предполагам, че не желаеш цялото посолство да научи за това, нали? Хайде, отваряй фризера!

– Нищо няма бе, човек! Какво си се заял!?

– Значи да докладвам на посланика, а?

– Какво ще докладваш? – сгърчи се готвачът.

– Виждаш ли тази машинка? – поде заплашително Рачо: – Тя ще докладва, не аз!

22.

В претъпканания с електроника бус беше задушно и Нат Колуей излезе да изпуши една цигара на открито. Чувстваше се отчайващо безполезен на този етап от операцията, което иначе му се случваше рядко. Дейл Ръдърфорд остана да следи жадно радара заедно с още двама мъже от специализираното звено за електронно проследяване, формирано през последните 24 часа. Бусът беше спрял пред входа на Ричмънд Парк, готов да потегли тутакси щом спътникът „Интелсат-2“ засечеше сигнал от патиците.

Рей Соло се присламчи до полицая и боязливо попита:

– Как върви?

– Чакаме – кратко отвърна Нат.

Соло беше временно отстранен от поста си до окончателното изясняване на инцидента. Полицията работеше и по версията, че в кражбата може да е замесен човек от охраната.

– Само да ги пипнем тия мръсници! – закани се Рей.

– Откъде знаете, че не е един? – реагира инстинктивно детективът.

– Не знам – смотолеви той.

Вратата на микробуса се отвори и Дейл подаде глава. Очите му трескаво горяха.

– Колуей! – възбудено извика той. – Има сигнал!

Проектът „Пачи крак“ бе лансиран преди две години по инициатива на самия Дейл след сходен инцидент. Бяха изчезнали две патици. Дирите им се губеха мистериозно, въпреки че бяха маркирани по изпитания стар начин с пръстенчета, указващи точно произхода им. Така и не се намериха. Дейл го преживя тежко, но мобилизира цялата си енергия, за да убеди настоятелството на парка да инвестира значителна сума в една качествено нова система за проследяване на пернатите. Той четеше много и се интересуваше от последните новости в тази област. Проектът беше творческа разработка между неговия отдел и водеща оксфордска лаборатория, специализирана в сферата на биотехнологиите. Питомците на Дейл бяха подложени на фина интервенция. В тялото на патиците беше имплантирай микрочип, който се активираше след критична промяна или спиране на жизнените функции. Имплантантът изпращаше радиосигнал в продължение на няколко дни, който можеше да бъде засечен от спътник. Спътникът пренасочваше сигнала към подвижна радарна станция, която локализираше точното местоположение на източника. За съжаление проектът скоро изчерпа отпуснатия му лимит и авангардният микрочип бе имплантиран само на десет патици. Една от тях бе открита лани по течението на Темза, заплетена в някакви тръстики. Дейл естествено скърбеше, но имаше повод и за известна гордост. Системата работеше. Оставаха му още девет високотехнологични патици.

– Къде са? – попита Колуей още щом вратата се тръшна зад гърба му.

– Ето ги! – тържествуващо посочи Дейл към екрана.

Детективът се втренчи скептично в бледата пулсираща точка.

– Не трябва ли да са повече? – попита той.

– Сигурно са някъде накуп. Бедните патенца! – прошепна Дейл.

Той завъртя някакво копче и от колоните рукнаха сърцераздирателни звуци.

– Можем ли да ги локализираме? – делово се заинтересува Нат.

– За съжаление сигналът е доста слаб – отбеляза единият от мъжете. – Но ще се опитам.

Пръстите му зашариха по клавиатурата. Върху екрана изникна зеленикава координатна мрежа.

– В Лондон са – заключи той подир малко.

– Така си знаех! – възкликна Дейл.

– Лондон е голям – охлади го Нат.

– Уест Енд – уточни операторът. – Това е всичко засега.

– Да тръгваме! – изкомандва Колуей. – Към Фулъм!

Той се свърза с останалите коли, които дебнеха в различни части на града, и им нареди да се прегрупират в западния му край. Нат Колуей беше доста озадачен от този резултат. Той очакваше, донякъде подсъзнателно, птиците да бъдат открити в някой краен квартал, населен предимно с имигранти и други социално слаби индивиди, които не познаваха (или по-скоро не признаваха!) културните норми на цивилизованото общество, фактът, че патките се обаждаха от тежкарския Уест Енд, го накара ехидно да се подсмихне. Самият той беше отрасъл в Ийст Енд, недалеч от Уайт Чапел, на уличката, където Джак Изкормвача бе извършил второто си убийство. (Убитата му се падаше дори някаква прапрародннина...) Независимо че отдавна се бе откъснал от корените си, Нат беше съхранил живеца на класовото си съзнание, което му помагаше да се ориентира в лабиринта на подземния свят. Затова сега се чувстваше объркан. Единственото логично обяснение му се струваше патиците да са попаднали в кухнята на някой китайски ресторант. Китайците не подбираха средства да направят дъмпинг на цените, а патицата – ароматна, печена, хрупкава, по пекински – беше крайъгълният камък на менюто им. Елементарно, Уотсън!

Микробусът напредваше бавно по Фулъм. Въртящата се антена върху покрива му привличаше вниманието на минувачите.

– Кензингтън! – обяви внезапно Дейл. – Съвсем наблизо сме! Дръжте се, патенца!

Колата свърна наляво в посока Кромуел Роуд. Нат Колуей отново раздаде напътствия на колегите си по радиостанцията. Спомни си за малък китайски ресторант около Хай Кензингтън стрийт с подозрително евтино меню. Седем манджи за четири лири или нещо подобно. Обзе го известно съжаление, защото самият той се беше отбивал там, за да се натъпче до насита по време на дежурство. Но сега нямаше право да се размеква. Пръстенът се затваряше.

23.

– Я, колко пилета! – възкликна Рачо, когато ледената мъгла под капака на фризера се разсея.

– Не са пилета – поправи го мрачно Баничаров. – Патици са.

Радистът се почеса по главата. Звукът в слушалките продължаваше упорито да пулсира.

– Извади ги! – нареди той.

– Защо? – недоумяваше готвачът.

– Защото си загазил – мрачно каза Рачо.

Готвачът започна да вади патиците една по една. Радистът ги прослушваше внимателно с уреда като доктор. Действията му бяха непонятни за Баничаров и го изпълваха с ужас. Замразените патици бяха хлъзгави. От допира с ледените им тела пръстите му скоро се вкочаниха. Стана несръчен. Една патица се изплъзна от ръцете му и се изпързаля под масите. Той запълзя след нея на четири крака, като ругаеше злобно.

Рачо продължаваше да слухти невъзмутимо. Повечето пациенти мълчаха, но от време на време едно издайническо гласче пробиваше мембраната на слушалките и се впиваше в тъпанчето му като оса. Радистът отделяше пеещите патици настрана. Така се оформиха две купчини – голяма и малка. В малката имаше осем патици.

– И какво сега? – попита глупаво Баничаров.

– Ти ще кажеш – хладно рече радистът.

Той взе една патица от малкия куп и я разгледа от всички страни. Беше студена и твърда като камък. Погледна в дупката между краката, разклати я – нищо.

– Дай нож! – обърна се той към готвача.

Баничаров домъкна огромен касапски нож. Рачо сряза мазната жълтеникава трътка и с върха на ножа измъкна сребриста шайбичка, подобна на батерия за часовник.

– Какво е това? – уплашено попита готвачът.

– Изглежда някакъв предавател... – отвърна замислено радистът. – Откъде си взел тия патици?

– От борсата, откъде... – измънка неубедително готвачът.

– Лъжеш, Баницо! – сряза го Рачо. – В борсата не мушкат предаватели в гъза на птиците!

– Ъъъ... ами таковата... – запелтечи онзи.

– Отмъкнал си ги, а? Гнидо крадлива! Откъде, бе?!

– Не съм аз! – извика бедният готвач.

– А кой?

Наложи му се да разкаже цялата история. Като узна за произхода на патиците, радистът внезапно стана нервен. Нямаше време да слуша по-нататък. Взе ножа и бързо изчопли останалите предаватели.

– Чудя се как още не са ги засекли – рече замислено той, като подхвърли бръмбарите в шепата си. – А може и да са...

– Да ги унищожим! – предложи смело готвачът. – Имам тук един голям хаван...

– Не! – поклати глава радистът; той беше възпитан в любов и уважение към техниката и подобно неинтелигентно решение на въпроса го отвращаваше. – Но ще трябва да ги разкараме оттук веднага – добави той и неочаквано попита: – Да ти се намира хляб?

– Хляб ли? – облещи се Баничаров. – Защо?...

– Действай! – пришпори го Рачо.

Десет минути по-късно двамата мъже влязоха с нехаен вид в Кензингтън Гардънс през входа откъм

Глостър Роуд. Те поеха по широката алея към Кръглото езеро и започнаха да хвърлят хляб на патиците и лебедите, които плуваха край брега. Птиците лакомо се нахвърлиха върху едрите трохи. Няколко нахални гъски също се бяха присламчили към угощението, но твърде късно. После врявата утихна изведнъж и птиците кротко се разотидоха. По лицата на мъжете се изписа ехидно задоволство.

В същия момент по главната алея, откъдето бяха дошли, се зададе микробус с плоска въртяща се антена на покрива. Иззад дърветата от другата страна на езерото изникнаха високите шлемове на десетина полицаи.

– Виждаш ли! – каза радистът. – Отърва се на косъм, глупако!

– Не знам как да ти благодаря! – въздъхна Баничаров.

– Аз ще ти кажа – потупа го Рачо по рамото и добави: – Хайде да се махаме!

Дейл Ръдърфорд изскочи от микробуса и се затича към езерото.

– Моите патенца! Малките ми патенца! – крещеше той.

Нат Колуей го последва крайно озадачен. Скоро цялата оперативна група се събра край брега на езерото. Локализираха източниците и започнаха да ловят птиците с големи мрежи. Дейл не можеше да повярва на късмета си. Ръкомахаше възбудено и се пречкаше в краката на всички. Заприижда многобройна публика.

– Какво правите! Спрете веднага! – прогърмя гневен глас.

Дейл се обърна рязко. Зад него, с ръце на кръста, стърчеше едър мъжага в униформа на служител от парковата охрана. Лицето му беше червено като домат.

– Сър, вие ли ръководите това безобразие? – страшно скючи вежди той.

– Какво безобразие!? – настръхна Дейл. – Та това са патиците от Ричмънд Парк, които изчезнаха преди три дена!

– Така ли? – подигравателно изкриви лице онзи. – И да не би да са се превърнали в лебеди?

Той посочи голямата бяла птица, която пърхаше, оплетена в мрежата.

– Ей, вие там, не можете ли да различите патица от лебед! – развика се Дейл на полицаите, които се бореха с птицата.

– Локализирахме имплантанта, сър – докладва единият.

– Каквоо? – Дейл помръкна изведнъж.

Междувременно се появиха още служители от охраната на Хайд Парк, а след малко дотърча и самият интендант на Кензингтънския дворец. Двете групи застинаха враждебно една срещу друга. Нат Колуей подуши задаващия се грандиозен скандал и внезапно му се прииска да види всички патици на света, увиснали с главата надолу зад витрината на някой китайски ресторант.

– Слушайте – миролюбиво поде той, – защо просто не сравните номерата на пръстенчетата?

Беше извършено начаса. Дейл Ръдърфорд прие поражението с каменно лице. Полицията задържа само птиците, в които незнайно как бяха попаднали микрочиповете от ричмъндските патици. Три лебеда, четири патици и един гъсок. Деветият микрочип изобщо не беше открит.

– Значи какво излиза? – обади се някой. – Патиците от Хайд Парк изяли патиците от Ричмънд.

Думите му бяха тутакси подети от пресата.

„Патици от Хайд Парк изяждат патици от Ричмънд“

„Екстремна проява на патешки канибализъм“

„Патици и патицояди“

„Чудовища с човки в центъра на Лондон“

„Кой изяде грозното пате?“

„Човки – нов сюжет от Хичкок“

Готвачът и радистът не четяха английски вестници, нито гледаха BBC. Затова не можаха да добият пълна представа за ефекта от своите бойни действия. Но те не бяха суетни хора. Стигаше им, че тази вечер вкъщи бе необикновено тихо, а вечно намръщените им съпруги се суетяха радостно край фурните, където нежно позлатяваше по една тлъстичка патица.

В самотната си квартира Чаво Толоманов отвори една котешка консерва и я излапа заедно с последните трохи от гордостта си. Наемът за предишния месец беше изсмукал финансовите му сокове и сега го чакаше мрачно бъдеще. Батьката го нямаше вече и нищо не вървеше, както трябва. Сърбина не искаше и да чуе за патиците, без да са минали санитарно-хигиенна инспекция. Баничаров се държеше странно, а вестниците публикуваха небивалици. Консервата му се стори изненадващо вкусна.

Дейл Ръдърфорд остана равнодушен към агнешката яхния, сервирана в апетитно пъстро гърненце. Съпругата му Елоиз гледаше с безпокойство и тъга изстиващата гозба, но не смееше да го подканя да яде. Щом дори любимото му гърненце не го трогваше, значи работата наистина беше сериозна! Хлапетата, две на брой, бяха вечеряли набързо и благоразумно се бяха изпокрили по стаите си. Сумрак и печал тегнеше над скромния, ала уютен ричмъндски дом. Елоиз се зае да разтребва масата. Дейл се втренчи в гърненцето, сякаш го виждаше за пръв път. Една натрапчива мисъл не му даваше покой вече часове наред. В Хайд Парк бяха открили само осем микрочипа. Къде, по дяволите, можеше да се е дянал деветият?

24.

– Надяваме се, че имаш добри новини за мен? – пропя капризен женски глас в слушалката.

– Определено – съгласи се той. – Тъкмо се канех да ти се обадя: поканата е приета.

– Значи кралицата ще дойде! – извика въодушевено тя.

– Трябва да бъдем много дискретни – побърза да я охлади той. – Такова е изискването. Информацията не бива да изтича преждевременно, иначе работата отива по дяволите.

– Но аз вече съм казала, че тя ще присъства! – в гласа ѝ се прокраднаха тревожни нотки. – Не официално, но така, между другото...

– Не е трябвало – безсърдечно отбеляза той. – После да, но не и преди.

– Не разбирам, защо е тази потайност?! – нацупи се тя.

– Това е неформален ангажимент – рече той.

– Какво значи „неформален"? – трепна подозрително гласът ѝ. – Звучи несериозно.

– Имах предвид личен – бързо се поправи той и добави в духа на Зиблинг: – Личните ангажименти са по-важни от формалните.

– Така ли?!

– Да, много по-важни! – потвърди Варадин.

– Ще трябва да го обясним някак на журналистите – рече загрижено тя.

– Дай да не впрягаме каруцата преди коня!

– Нали всичко беше окей? – сети се тя и добави разочаровано: – Пък сега да не слагаме олиото...

– Казах да не впрягаме...

– Виж какво – прекъсна го тя, – писна ми! Идвам след две седмици и ако всичко не бъде наред, мислете му!

– Естествено, че ще бъде наред – увери я той.

Сигналът остана да бръмчи в ухото му близо минута.

После пък започна да звъни вътрешният телефон. Обаждаше се радистът.

От София беше пристигнало шифровано съобщение.

Шифрограмите не можеха да се изнасят извън пределите на секретния сектор и той беше принуден да ходи лично дотам, за да ги чете. Този момент особено го дразнеше, защото всеки път долавяше скритото тържество на радиста – това беше часът на неговата сила.

Варадин се качи на горния етаж, набра кода на електронната ключалка, изчака я да щракне и бутна металната врата. Лъхна го остра антисептична миризма. Секретността вървеше с хигиената.

Радистът го посрещна в коридора и му връчи декодираната шифрограма, отпечатана с неравен шрифт, съставен само от главни букви. Варадин се настани в една малка кабинка, предназначена за четене и писане на поверителна информация. В тази най-вътрешна част от сектора нямаше дори прозорци и вонята на дезинфекционни препарати се усещаше още по-силно. Беше забелязал, че повечето помещения, свързани със секретни дейности, миришат по сходен начин – като лаборатории. Дългата неонова лампа на тавана издаваше монотонен звук, напомнящ жуженето на преяла пчела. В кабинката светеше мощна крушка от 100 вата и нагряваше въздуха като в инкубатор. Той започна да чете:

СТРОГО СЕКРЕТНО!!!

ВЪВ ВРЪЗКА С ПРЕДСТОЯЩОТО ГОСТУВАНЕ НА ЕКСПОЗИЦИЯТА „ХИГИЕНАТА ПО БЪЛ-

ГАРСКИТЕ ЗЕМИ“ ВИ УВЕДОМЯВАМЕ, ЧЕ СЪЩАТА НЕ Е СЪГЛАСУВАНА С КУЛТУРНИЯ ОТДЕЛ НА ВЕДОМСТВОТО, НИТО С МИНИСТЕРСТВОТО НА КУЛТУРАТА, А СЕ ОСЪЩЕСТВЯВА ПО ИНИЦИАТИВА НА МЕСТЕН КОМИТЕТ СЪС СЕДАЛИЩЕ ГРАД ПРОВАДИЯ. ОФИЦИАЛНОТО ЕВРОПЕЙСКО СТАНОВИЩЕ ПО ТОЗИ ВЪПРОС Е ОТРАЗЕНО В „ЕНЦИКЛОПЕДИЯ БРИТАНИКА“, КЪДЕТО Е ЗАПИСАНО, ЧЕ ПЪРВИЯТ ВОДЕН КЛОЗЕТ Е ИЗОБРЕТЕН ПРЕЗ 1596 Г. ОТ СЪР ДЖОН ХАРИНГТЪН ПО ВРЕМЕТО НА КРАЛИЦА ЕЛИЗАБЕТ I. СОНДАЖИТЕ СРЕД ДИПЛОМАТИЧЕСКИТЕ КРЪГОВЕ НАПОСЛЕДЪК СОЧАТ, ЧЕ ВЪПРОСНОТО ОТКРИТИЕ СЕ СМЯТА ЗА ОСНОВОПОЛАГАЩ ЕЛЕМЕНТ НА БРИТАНСКАТА КУЛТУРНА ИДЕНТИЧНОСТ, А В ЕДИН ПО-ШИРОК АСПЕКТ – И НА ЕВРОПЕЙСКАТА ТАКАВА. РАЗКОЛЕБАВАНЕТО НА ПОДОБНА ЦИВИЛИЗАЦИОННА НОРМА, УТВЪРДЕНА В СЪЗНАНИЕТО НА ЦЕЛИ ПОКОЛЕНИЯ ЕВРОПЕЙЦИ, В ТОЗИ МОМЕНТ НЯМА ДА ДОПРИНЕСЕ СЪЩЕСТВЕНО ЗА ИНТЕГРАЦИЯТА НА СТРАНАТА НИ В ЕВРОПА, А ПО-СКОРО ЩЕ ПРЕДИЗВИКА НЕГАТИВНА ОТВЕТНА РЕАКЦИЯ. ПРЕПОРЪЧВАМЕ НА ПОСОЛСТВОТО ДА СЕ ДИСТАНЦИРА ОТ ПРЕДСТОЯЩАТА ИНИЦИАТИВА И ДА СВЕДЕ КОНТАКТИТЕ СИ С ОРГАНИЗАЦИОННИЯ КОМИТЕТ ЕДИНСТВЕНО НА НЕОФИЦИАЛНО РАВНИЩЕ.

Г. ДИРЕКОВ
Н-К УПРАВЛЕНИЕ КООРДИНАЦИЯ И АНАЛИЗ

Варадин се почеса замислено по врата. Значи още имаше будни умове в това министерство, които не изпускаха от очи националния интерес. Трябва да беше някой пъргав и съвестен чиновник, който драпа да се измъкне навън. Този трепет му беше добре познат. Самият той беше драпал като луд да се измъкне от безутешния си кабинет в министерството и знаеше, че каузата си струва борбата и унижението до последната капка. Беше познал и сладката умора от победата, когато мандатчето вече спи в джоба ти, скътано до билета и паспорта. Тогава изведнъж престава да ти пука, отпускаш се и започваш да го местиш – от единия в другия крачол – цели три години. Заслужил си го, мамка му! Докато кацнеш отново в прашния софийски кабинет, прикован към мизерната си заплата. Ваканцията е свършила! И всичко започва отначало: активизираш се, мобилизираш цялата натрупана през мандата енергия и хукваш нагоре-надолу по етажите като бесен; възстановяваш старите си връзки, търсиш нови могъщи покровители, висиш пред кабинетите им с часове, хленчиш, пълзиш, слухтиш с една-единствена цел – да им писне от тебе и пак да те прогонят зад граница. Колкото по-далеч, толкова по-добре!

След като по навик прочете шифрограмата поне три пъти, за да вникне във всичките ѝ нюанси, Варадин сложи кратка резолюция в горния ѝ край: Да се сведе до знанието на дипломатическия състав! Разписа се и излезе.

Почти веднага след това дотърча господин Кишев: изгълта секретната информация на един дъх и веднага се залови да композира собствена шифрограма. След фиаското с кралицата той се впусна да доказва своята незаменимост, като бълваше секретна информация по всеки възможен повод. Обикновено ставаше въпрос за прочетени по вестниците неща, които той умело представяше за скъпоценни откровения, изкопчени в поверителни разговори с висши британски функционери. В София обаче също не спяха; референтът за Великобритания, един много повратлив и коварен чиновник, който мечтаеше да заеме мястото на Кишев след изтичането на мандата му, мигом засекретяваше постъпилата информация и я изпращаше обратно под формата на анализ. Този извънреден труд се пишеше на сметката на радиста. За отмъщение той редовно изтриваше името на Кишев от всичките му грами, изготвяни с толкова труд и старание, като ги подписваше с безличното: посолството – Лондон. По този начин всъщност му правеше безценна услуга, понеже в редки мигове на просветление в София се питаха: кой все пак е този идиот, който дублира съобщенията от прегледа на печата?

Катерина бързаше. Надяваше се да не я заварят в кабинета. Не беше чистила от няколко дена и се чувстваше гузна. Работата с новата прахосмукачка ѝ доставяше почти физическо удоволствие. Ясните вибрации на мощния мотор (1400 W!!!) и топлата струя, ухаеща на прясна смазка, зареждаха атмосферата с еуфория. „Red Devil“, пишеше с огнени букви върху лъскавия корпус във форма на болид. И наистина смучеше като дявол! Останалите студенти също бяха във възторг от неочакваната придобивка и не се съмняваха, че заслугата принадлежи единствено на Катя. „Какво му направи?“, подпитваха лукаво те.

Какво можеше да им каже? Тя не знаеше, че за целта посланикът е ликвидирал (при това с удоволствие!)

касичката, където служителите събираха средства за новогодишния празник на посолските деца.

Гласът на новата прахосмукачка звучеше далеч по-жизнеутвърждаващо от рева на старото чудовище, но едва ли беше по-слаб. Затова Катя не чу как вратата се отваря и после дискретно се затваря. Варадин се облегна на стената, загледан в здравите прасци на момичето. Всички други мисли моментално се изпариха от главата му, сякаш тя ги бе изсмукала с дългия маркуч през ухото му до последната прашинка. Панталонът му започна застрашително да набъбва, членът му се очерта под финото сукно, тънък и остър като на куче.

Тя се обърна, за да изключи прахосмукачката. Усмивката му я перна през лицето като заблуден бумеранг.

– Много съжалявам – започна да се оправдава тя: – Напоследък съм страшно заета в университета. Мислех, че...

– Смуче ли? – прекъсна я безцеремонно Варадин.

– О, да! И още как! – кимна тя, след като преодоля краткото си стъписване. – Много сме ви благодарни, наистина!

Той се приближи, без да откъсва очи от нея и подхвърли изпитателно:

– Red Devil, а?!

– Точно така, истински дявол! – съгласи се тя с нотка на безпокойство.

Гърдите ѝ издуваха фланелката. Не носеше сутиен. Дъхът ѝ ухаеше свежо на мента. Варадин протегна ръка и докосна черния маркуч, който висеше през рамото ѝ.

– Искам да почистите с тази прахосмукачка и резиденцията – каза той с интонация на съблазнител. – Нещо против?

– Не, разбира се – усмихна се тя, макар че идеята далеч не ѝ се струваше съблазнителна, – само трябва да ми кажете кога.

– Ще ви кажа – рече загадъчно той. – Скоро...

25.

ВЕТЕРАНЪТ И ПРИНЦЕСАТА
сценарий на Томас Мънроу

Действащи лица:

Лейди Даяна – принцеса на Уелс
Сър Марстън – ветеран от умиротворителните сили в Босна

Военнополева болница. Интериор – палатка. Обстановката е семпла: походно легло, олющено метално шкафче, сгъваем стол. Сър Марстън лежи, завит с войнишко одеяло. Главата му е бинтована. До леглото е подпряна патерица. В палатката влиза Лейди Даяна, облечена в къса бяла престилка, с кошница в ръка.

Лейди Ди: Как е днес моят герой?
Сър Марстън: По-добре, Ваше височество, благодарение на топлите ви грижи.

Лейди Даяна сяда на стола и отваря кошницата.

Лейди Ди (*сериозно*): Докладваха ми, че отказвате да ядете дссерта си. Това силно ме озадачи.
Сър Марстън: Но тук винаги ни дават едно и също!
Лейди Ди: Киселото мляко е полезно за здравето ви!

Тя изважда от кошницата шест малки кофички (100 г) „Данон“ с различни плодове и ги подрежда върху нощното шкафче.

Сър Марстън (*плачливо*): Не искам кисело мляко!

Лейди Ди (*строго*): Хайде, не се глезете! Спомнете си как измъкнахте онези нещастни босненски бежанци от обръча на четниците. Та вие сте герой!

Тя отваря една от кофичките, гребва пълна лъжичка и я поднася към устните му. Сър Марстън повдига одеялото чак до носа си.

Сър Марстън: Умолявам ви!

Лейди Ди: Яжте!

Сър Марстън (*крие се под одеялото*): Нннне!

Лейди Ди (*подкупващо*): Искате ли да играем на една игра? (*Пауза. Сър Марстън подава глава.*) Ако изядете това йогуртче, ще разкопчая едно копче от престилката си.

Тя отново поднася лъжичката към устата му. Той я захапва лакомо. Металът трака между зъбите му. Изяжда цялата кофичка.

Лейди Ди: Браво на героя! (*Разкопчава най-горното копче на престилката си.*) Да продължаваме ли?

Той кима. Тя отваря следващото йогуртче. Сър Марстън безропотно го поглъща. Тя откопчава ново копче на престилката си: „Две!“ Носи черен сутиен с прозрачни чашки. Устата на Сър Марстън лако-

мо зее. Копчетата са точно толкова, колкото и йогуртчетата.

– Ей! – провикна се Доти от леглото. – Ти ли играеш Даяна?

– Какво? – намръщи се Катя.

Доти размаха сценария.

– Киселото мляко е полезно за здравето ви! Искате ли да играем на една игра? – изкикоти се тя.

– Пак си се ровила в нещата ми! – ядоса се Катерина, като измъкна страниците от ръцете ѝ със замах.

– Не съм! – възрази енергично съквартирантката. – Беше върху масата. Напоследък си толкова отнесена!

– Виж, това е любителско представление на департамента – излъга Катя, без да се замисля. – Предложиха ми да играя в тази сцена и аз приех. Сега разучавам ролята. Окей?

В очите на съквартирантката светнаха злобни искри. Напоследък беше станала още по-разплута и апатична. Къпеше се рядко и по цял ден се търкаляше в леглото с вълнени чорапи. Не че си нямаше причина. Баща ѝ, съмнителен бизнесмен, беше арестуван в Пазарджик преди две седмици и всичките му сметки бяха блокирани. Издръжката ѝ секна изведнъж. Вече дължеше петдесет лири на Катя, което допълнително я озлобяваше.

– Лесно ти е на теб! – извика Доти.

Катерина се съблече невъзмутимо и влезе в банята. Докато капките я чукаха по носа, тя се замисли сериозно дали не е време да се измете завинаги оттук. Всъщност решението беше взето отдавна. От мига, когато срещна Зиблинг в посолството и разбра, че тайната на двойния ѝ живот е разкрита. Нямаше идея каква игра играят; беше сигурна само в едно: не желаеше да бъде част от нея. Очевидно същото искаше и самият Зиблинг: „Не искаме никакви скандали!“, беше ѝ казал.

Катерина схващаше бързо.

Доти подсмърчаше в ъгъла си. Дебелите книги, струпани край леглото ѝ, стояха недокоснати от няколко дни. Полупразна бутилка евтино българско вино допълваше пейзажа; над гърлото ѝ кръжаха мухи винарки.

– Какво ще стане сега с мен? – каза момичето, поскоро на себе си.

– Ще трябва да се хванеш на някаква работа – рече Катя, докато търкаше енергично косата си. Беше се подстригала съвсем късо заради перуките, които и се налагаше да носи. Харесваше се. Късата коса правеше циците ѝ да изглеждат по-изпъкнали.

– Каква работа? – изхлипа Доти.

– Можеш да чистиш посолството – подхвърли Катерина, – ще си спестиш наема за стаята.

– Така ли? – оживи се Доти.

– Аха, и знаеш ли какво? Можеш да постъпиш на моето място – продължи Катя с неочакван ентусиазъм. – Смятам да си взема малко отпуска. Ще чистиш кабинета на посланика. Какво ще кажеш?

– Ами става – кимна неуверено съквартирантката.

Катя не можа да сдържи усмивката си. Идеята ѝ се стори адски свежа. Навлече развлечени зеленикави дънки с големи джобове и къса прилепнала фланелка, която откриваше златистия ѝ корем. Долавяше погледа на Доти, който шареше по тялото ѝ, но не ѝ пукаше. Щеше да си наеме малко студио, може би в Доклънд или някъде наоколо. По-далеч от тази дупка! Можеше да си го позволи с новите доходи.

Напъха сценария в раницата си и хвърли поглед към съквартирантката.

– Горе главата! – рече тя и излезе.

Сценариите ги пишеше един тип на име Томас Мънроу. Кльощав дълъг чекиджия с прилепнала мазна коса и дебел диоптър. Бяха се запознали още в началото. Той беше дошъл, както сам твърдеше, за да ѝ вземе мярката. Гробарският му жаргон включваше и други изрази от сорта на: оргазмът трябва да се аранжира. Сякаш ставаше дума за малка смърт. Приличаше на майстор на ковчези.

Работата беше там, че клиентите на агенцията – в преобладаващата си част делови, заети хора – бяха съвършено лишени от въображение. Те имаха само смътна представа за фантазмите си, за посоката на желанията си, но не бяха в състояние да им придадат конкретна, завършена форма. Не умееха да изграждат ситуации, нито диалог. Нито пък имаха време за това.

Като Емералд Спарк например.

Той беше бижутер – магазинът му се намираше в началото на Рийджънт стрийт. Емералд знаеше всичко за камъните и почти нищо за душата си. За него тя не беше по-различна от Ефекта на папийонката – загадъчната сянка, която се мярка в сърцевината на някои особено ценни диаманти. Можеше да я съзерцава с часове, но нямаше представа как да стигне до нея. Танцът на светлината в короната на брилянтите го караше да усеща вибрациите ѝ. Тя му говореше. Нашепваше му мисли и тайни желания, от които се изчервяваше. И възбуждаше. Но нищо повече. Трябваше да се появи някой като Томас Мънроу, за да шлифова тези необработени копнежи с примес на шлака. Мънроу, който знаеше всичко за желанията, беше копал дълго в душата на Емералд, за да извади тайните ѝ наяве. А после беше работил над тях, упорито и прецизно като същински бижутер, докато им придаде формата и блясъка, които заслужаваха. Сега Емералд Спарк знаеше точно какво иска и как да си го достави.

Катерина харесваше този сценарий: „Украсяването на коледното дръвче“, както го наричаше на шега. Емералд отключваше сейфа зад бюрото си и започваше да вади съкровищата си едно по едно. Диамантното колие на Хера. Окото на оникса. Синята луна. Огърлицата на Изабела Кастилска. Перлените нанизи на Касандра. Гривната на огъня и леда. Медальонът на Етиопската принцеса. Сапфирът на Дракона. Верижката с диамантните сълзи. Камъните излъчваха хлад, който пролазваше чак до гладко избръснатия ѝ пубис. Усещаше тежестта им – до последния карат. Тези скъпоценности рядко излизаха на витрината. Обикновено се правеха по предварителна заявка за тесен кръг от избрани клиенти, които имаха навика да инвестират част от състоянието си в непреходни ценности. Банкери, телевизионни звезди, производители на стоки за масова употреба, а напоследък – о, ужас – и руснаци! Дълбоко в душата си Емералд беше убеден, че тези хора са недостойни за бижутата му. Неговата мечта беше да работи за двореца. Той вярваше, че благородните камъни разкриват истинския си блясък само при досег с благородна плът. Плът, освободена от досадната сянка на дрехите, сияеща в естествената си голота. И ето че тя стоеше пред него – самата принцеса Даяна, грееше като извадена от калъфката перла. От диадемата, обсипана с брилянти, до верижката с диамантно сърце на глезена, тялото ѝ се къпеше в ослепителни искри. Емералд я съзерцаваше мълчаливо. Сърцето му бавно се изкачваше в гърлото и ябълката му започваше да пулсира като на игуана. Катя също усещаше, че губи самообладание. Топлината ѝ бе отключила енергията на кристалите; блясъкът им пронизваше кожата, вливайки потоци от светлина във вените ѝ. Чувстваше се замаяна, омекнала, въздушна като разбит на пяна белтък, който се излива във формата на разтворена роза. В този миг беше достатъчно Емералд само да протегне ръка, за да потопи пръст в сладкия крем на тялото ѝ, но той никога не го правеше. Вместо това вадеше фотоапарата си и надлежно я снимаше от всички страни. След което съкровищата отново потъваха в хладния му сейф.

Докато се носеше с метрото към Кемдън Таун, Катерина измъкна „Ветеранът и принцесата" и го прочете отново. Ролята не беше трудна, но като цяло спектакълът ѝ се струваше отблъскващ. Може би заради киселото мляко? Питаше се дали това бе приумица на клиента, или творчески принос на мистър Мънроу. Напоследък отношенията ѝ със сценариста бяха доста хладни. Катерина беше дръзнала да редактира един от сценариите му, при което той ѝ вдигна страхотен скандал. Тя си даде сметка, че ако реши, Томас Мънроу може да направи ролите ѝ още по-гадни, и благоразумно престана да си бърка носа в работата му. Но той очевидно беше злопаметен.

Агенцията се помещаваше в разнебитено триетажно здание, забутано в преките около Кемдън Маркет. Наоколо бяха пръснати стари индустриални постройки и складове. В началото на улицата имаше алтернативен бар, от който често долитаха смразяващи звуци. Отвън сградата изглеждаше необитаема, но малцината съседи отдавна се бяха убедили, че тухлената сграда е център на интензивен, макар и потаен, социален живот. През неугледната портичка влизаха и излизаха доста хора, мнозина от които смътно им напомняха на известни личности. Отпред редовно висяха таксита, а се случваше да спират и луксозни лимузини. Пред входа обаче нямаше реклами, нито други надписи, подсказващи нещо повече за характера на обитателите. След известно взиране посетителят щеше да забележи малка потъмняла пластинка, разположена над звънеца. Върху нея бе гравирано: „Famous Connections“.

Катерина натисна звънеца, но звук не последва. Въпреки това след по-малко от минута ѝ отвори един дангалак с униформа на пиколо и физиономия на човек, чиито гащи са впити дълбоко в задника.

– Здрасти, Коу – поздрави го тя.

– Хаай – бавно рече той и хлопна вратата след нея.

Тя изтича нагоре по стълбите. Първият и третият етаж бяха задръстени с боклуци и почти не се използваха. На втория имаше просторна зала, разделена с изкуствени стенички на малки отделения, които служеха за гримьорни. Обстановката беше семпла и делова. Подът беше застлан с безличен сив мокет. Никакви особени инвестиции. Беше от ония фирми, които се появяват и изчезват за една нощ. Всеки път, като идваше насам, Катя изпитваше коварно предчувствие, че няма да завари никого.

Днес обаче всички кутийки бяха пълни и актьорите жужаха като пчелици. Офисът на Вари Лонгфелоу се намираше в дъното. Щорите бяха отворени, виждаше се как говори по телефона. Той ѝ махна приятелски. Вари беше вторият човек след Зиблинг в агенцията. Изпълняваше едновременно функции на кастингменажер, директор на продукция и главен режисьор. Самият Зиблинг рядко се отбиваше във фабриката, както наричаха сградата в Кемдън. Той имаше друг, по-представителен офис, някъде в Пимлико, откъдето дърпаше конците. Катерина никога не беше ходила там. След като издържа успешно теста с хайвера, Бари ѝ предложи контракт за 60 представления, накара я да подпише неизменния протокол за конфиденциалност и чак тогава ѝ показа фабриката.

Сега тя беше част от трупата.

Кутийките нямаха врати и минавайки между тях, Катя зърна колегите си, които се подготвяха съсредоточено – всеки за своето малко шоу. Тук бяха баронеса Тачър, милият стар Горби, Лайъм Галахър от Оейсис, сър Елтън, Улрика Джонсън, президентът Клинтън и още цял вагон знаменитости от всички сфери на живота, включително носителят на Нобелова награда Стивън Хоукинг. Присъстваха и някои мъртви величия като Бени Хил, Джон Ленън и, разбира се, Тя, принцеса Даяна. Понякога усещаше завистта им. Никой не можеше да се мери с нея. Тя беше абсолютната звезда – шейсет представления само за два месеца! Уау!

– Здрасти, Хоукинг! – поздрави го тя, като се върна няколко крачки назад и любопитно надзърна в кюбикъла му: – Какво правиш?

– Тренирам, не виждаш ли! – измърмори той.

Хоукинг, известен в живота като Самюъл Фог, лежеше в характерна поза в инвалидния стол и манипулираше съсредоточено с някакво ново устройство. То приличаше на роботизирана ръка, дълга около два метра, която завършваше с внушителен изкуствен пенис. Механизмът се управляваше от малко топче, монтирано върху дръжката на креслото, Фог се опитваше да нацели отвора на едно руло тоалетна хартия, закачено на отсрещната стена. Нещо, което определено не му се удаваше.

– Shit – изруга той.

Рейтингът на Хоукинг естествено куцаше далеч зад нейния. Той беше нает от три заможни строги лесбийки, за да им разяснява два пъти месечно теорията на черните дупки, която те възприемаха едновременно като идеологически стълб на феминизма и мощен афродизиак. В резултат на тази академична прищявка мистър Фог, съвършено невеж и простодушен младеж, беше принуден да зубри трудовете на прочутия физик и да ги рецитира дума по дума в малка сумрачна аудитория, докато трите кучки не постигнеха своето сред вопли и стонове, напомнящи пир на чакали. Всъщност Фог нямаше нищо против да си пъхне инструмента в някоя от тях, а по възможност и в трите последователно, затова помоли Томас Мънроу да внесе известни корекции в ролята му. В началото великият драматург беше непреклонен: „Искаш тотално да скапеш образа! – беше се развикал. – Те плащат за Хоукинг, а не за въшливия Сам Фог, нали не мислиш обратното!?“ Това беше единственият ангажимент на мистър Фог и той държеше на всяка цена да го запази. Продължи да зубри физика и да разяснява теорията на черните дупки, дори в един момент започна да я проумява. Междувременно Томас Мънроу реши, че идеята не е чак толкова лоша, и след кратка консултация с клиентките пусна нова версия на сценария, съобразена с логиката на образа. Така се появи и въпросният апарат, чиито колебливи движения Сам отчаяно се мъчеше да контролира.

– Успех, Хоукинг! – подхвърли Катя и се запъти към собствената си кутийка.

Тя се настани пред огледалото и се втренчи в снимката на Даяна, пъхната в долния ъгъл на рамката. Беше сънувала, че принцесата още е жива. Обикновено забравяше сънищата си почти веднага – този обаче не ѝ излизаше от ума вече цяла седмица. Това не беше хубаво. В съня си Катерина бродеше по улиците на непознат ориенталски град, където срещаше една забулена жена. Фереджето скриваше плътно лицето ѝ, но гласът беше на Даяна; Катя някак си знаеше това, без да го е чувала никога преди.

Жената ѝ каза само: „Сега съм щастлива.“ После се шмугна в един сумрачен сук, оставяйки я сама насред пазарището. Над главата ѝ пропя муезин и тя се събуди.

Сивата фигура на Томас Мънроу изникна зад гърба ѝ.

– Ваше височество – изрече той подигравателно, – позволете да ви представя новия ви шофьор.

Тя се обърна. Мънроу носеше дебела папка със сценарии под мишница. Той се отмести леко и в отвора на вратата се появи друг мъж. Беше слаб, гол до кръста, с тъмна кожа. Широката тока на колана му матово проблясваше. Нямаше косми по тялото, а тридневната му брада беше грижливо оформена.

– Дезмънд беше голяма звезда до неотдавна – рече Мънроу.

Той плясна мъжа по рамото и отмина.

Двамата се изучаваха мълчаливо близо минута.

– Какво си играл досега? – попита тя; беше го мяркала и друг път из фабриката.

– О. Джей Симпсън – рече той сериозно. Тя повдигна вежди:

– Вече не е на мода, а?

– Винаги има надежда – подхвърли той иронично.

– Каква надежда?

– О. Джей е в разцвета на силите си – поясни той. – Има още какво да даде на това общество.

Катерина схвана майтапа и се ухили. Тоя Дезмънд изглеждаше печен, но беше някак твърде самоуверен.

– Губиш си времето – поклати глава тя: – О. Джей ще мирува още поне сто години.

Дойде Алис, гримьорката ѝ, с нова обеца на носа и дебел пласт черно червило върху устните и започна да я гласи за представлението. Дезмънд продължаваше да виси нагло на прага, но тя го прогони с писклив вик на разсърдена квачка.

26.

Готвачът поседя няколко минути пред кабинета, после стана, разходи се напред-назад и застана до прозореца. Беше неспокоен. Нямаше представа защо го вика посланикът, но от опит знаеше, че едва ли е за хубаво. Вратата на кабинета се отвори и отвътре излезе консулът, като бършеше с кърпичка изпотеното си чело. Телефонът на секретарката иззвъня.

Тя вдигна слушалката и кимна на Баничаров:

– Каза да влизаш.

Посланикът го посрещна зад бюрото си, бодър и свеж. Току-що бе изпил жизнените сокове на консула и му се беше усладило. Той направи знак, сякаш мамеше животинче.

– Ела, ела. Не се бой.

Готвачът неохотно се приближи. Боеше се.

„Изглежда така, сякаш специалитетът му е супа от косми“, помисли си Варадин. Обзе го едно изначално колебание дали си струва да поема този риск. Може би трябваше да поръча вечерята от някой луксозен ресторант. Но щеше да бъде твърде скъпо, направо разорително за изпосталелия му бюджет. Услугите на Зиблинг вече му излизаха доста солени, но разходите все пак можеха да се оправдаят. Напоследък беше модерно да се наемат чужди пиар агенции, които да лобират професионално за държавните интереси. Или поне така се говореше. Обаче вечеря за тридесет души, поръчана от скъп ресторант, при положение че си има щатен готвач? Той си представи физиономията на финансовия ревизор и отхвърли предположението начаса.

– Е, Баничаров – поде посланикът, – сигурно вече знаеш, че организираме голямо благотворително мероприятие. Съществен елемент от него ще бъде официалната вечеря. Не искам да те плаша, но на нея ще присъстват личности от най-висок ранг, включително Нейно величество Британската кралица.

Той замълча тенденциозно. Изражението на готвача остана привидно безучастно. „Какъв дръвник! – каза си Варадин. – Обзалагам се, че ако зависи от него, ще предложи на Нейно величество чушки с боб.“ Но не зависеше, слава богу.

– Мисля – продължи той, – че е време да обсъдим менюто.

– Няма проблем – сви рамене готвачът.

– Този път ще трябва да предложим нещо по-изискано на гостите.

– Какво искате да направя? – попита Баничаров.

– Ти си специалистът – рече посланикът. – Ще ми се да чуя първо твоето мнение.

Готвачът се замисли. От дълбините на съзнанието му избликнаха откъслечни тонове. Мозъкът му инстинктивно ги подреди и след малко в главата му зазвуча приятна весела мелодия.

– Патица! – дръзко изрече той. – Патица по ловджийски!

Посланикът учудено помръдна вежди.

– Не звучи зле. А ще можеш ли да се справиш?

– Това е моят специалитет! – възкликна Баничаров. – За съжаление, рядко ми се налага да го приготвям. Патиците, знаете, са скъп продукт.

– Не бери грижа! – махна с ръка посланикът. – Какво предлагаш за ордьовър?

– Дробчета с бяло вино. Френска рецепта! – изстреля готвачът.

– Виж ти! – кимна посланикът, видимо впечатлен. – А няма ли да стане малко тежичко?

– Какво говорите! – възрази енергично готвачът. – Съчетанието е идеално. Особено със салата от пресни репички – додаде наслуки той.

Варадин рядко го беше виждал толкова ентусиазиран.

– Защо си крил досега тези безценни умения? – попита подозрително той.

– Лимит – въздъхна готвачът.

– Този път няма да има лимит – отсече посланикът. – Само да не се изложиш! Нали си гледал „Пътят към София“?

Личеше си, че го е гледал, и то много пъти. Двамата обсъдиха набързо останалата част от менюто и готвачът си тръгна, видимо окрилен от невероятния шанс да докаже своя професионализъм – поне така разсъждаваше Варадин.

Той се облегна назад и затвори очи за няколко минути. След един час трябваше да бъде във Форин офис. Съседният диктатор отново беше размътил водата на Балканите и Джон Едж, секретарят на Форин офис, събираше посланиците на граничещите с конфликта страни за консултация. Късно снощи бе получена шифрограма с подробни указания за позицията на правителството – нищо в нея не го изненадваше особено. Очевидно беше грижливо съгласувана с посланиците на страните-членки на НАТО, които от своя страна бяха надлежно инструктирани от своите правителства. Едни и същи мисли се въртяха в кръг. Неизвестното в случая беше дали отново щяха да сервират от онези вкусни триъгълни сандвичета с плънка от раци и авокадо, както предишния път. Дотогава ги тъпчеха само с някакви курабии, напомнящи артефакти от каменната ера. Носеха се слухове, че промяната се дължи на факта, че мистър Едж си е взел нова младичка секретарка. Невинно дете от народа, тя бе дръзнала да наруши суровите порядки, унаследени от бездушните тори. Сандвичите бяха тъй изискани, че Варадин дори се изкуши да последва съвета на Зиблинг и да отмъкне един, за да го покаже на Баничаров. Но прояви малодушие. Под предлог че си води записки, той набързо прекопира параметрите му. После даде скицата на готвача за изпълнение, но резултатът далеч не беше същият. Уви!

Мобилният телефон се обади нейде изпод купчината писма и документи върху бюрото. Той го изрови и долепи до ухото си.

– Да? – рече небрежно.

– Аз съм! – сепна го познат глас.

– Радвам се да те чуя – излъга, без да се замисли.

– Изложбата пристигна ли? – попита тя безцеремонно.

– На летището е. Изпратих да я освободят от митницата – търпеливо обясни той.

– Веднага да започват да я редят! – нареди гласът. – Не искам всичко да става в последния момент!

Той примижа и натисна с пръст точката между очите си. Изложбата бе включена в програмата на госпожа Селянова като съпътстващ декор. Струваше ѝ се адски шик. За целта беше забърсала купчина картини от една държавна галерия и ги мъкнеше със себе си по четирите краища на света заедно с някакъв наплашен до смърт уредник, който отговаряше материално за тях.

– Не се тревожи – рече посланикът. – Подготовката върви с пълна сила.

– Постоянно ме питат дали ТЯ ще дойде – въздъхна гласът. – Не знам какво да им отговоря.

– Внимавай! Нищо конкретно засега! – предупреди я той.

Настъпи малка пауза.

– Вече писаха – въздъхна тя. – Едно модно списание.

– Ти си им казала!

– Не! Изсмукали са си го от пръстите! – енергично възрази тя.

– Добре де – каза той примирено, – да се надяваме, че тук не четат български модни списания.

– Нали ще ми изпратиш списъка на гостите по факса?

– Аха. Вече е готов.

– Иска ми се да има малки резюмета за най-важните личности: титлите им, с какво се занимават, сещаш се, нали? – капризно добави тя. – И още нещо! За малко да забравя. Ще ти се обади един човек. Казва се Спас Немиров. Рисува с огън. Смятам да го включа в програмата. Много е атрактивен.

– Огън ли?! – сепна се Варадин.

– Трябва да затварям. Ще се видим в Лондон.

Той разклати гнусливо слушалката, сякаш за да изтърси и последните вибрации от гласа ѝ. Погледът му попадна върху кошчето за боклук: беше препълнено, а мокетът наоколо – осеян с хартийки. Не личеше да е почиствано от доста време. Това го възбуди и ядоса едновременно. „Ама какво си въобразява тая пикла!“, изруга наум той и вдигна телефона.

– Защо никой не чисти кабинета ми!? – изкрещя Варадин. – Намерете тая Катя и веднага да се залавя за работа!

Бианка Стругарева понечи да каже нещо, но той затръшна слушалката.

Таня Вандова подаде глава, без да почука:

– Шофьорът ви чака.

Той я изгледа смразяващо.

Десет минути по-късно зеленият роувър отпраши към Уайтхол.

27.

Върху физиономията на готвача трептеше сложно съчетание от гузност, страх и дързост. Беше домъкнал стек цигари със странното име „Мурати“ и свенливо го побутваше към Толоманов. Минаваше единайсет, но барът на „Консорт“ беше полупразен. Симич търкаше чаши в приповдигнато настроение; родината му току-що беше предприела нова офанзива срещу албанските сепаратисти в южните провинции, което със сигурност обещаваше силни усещания през следващите месеци. Напоследък животът в Европа беше станал твърде монотонен.

– Не мога да ти ги платя сега – рече актьорът, като прибра цигарите, – но ще си ги удържиш от патиците. Мисля, че до две седмици ще ги пласираме. Говорих с няколко ресторанта. Ще стане.

Баничаров не каза нищо.

– Какво има?

– Отпиши ги – рече той кратко.

– Как така?! – подскочи Толоманов.

– Исках да ти кажа – сви рамене готвачът, – но мобилният ти не отговаря.

– Изключиха го, мамка му! – изруга актьорът. – Какво е станало?

– Фризерът се прееба.

– Какво?!

– Преди няколко дена – допълни готвачът. – Забелязах го чак когато засмърдя. Страшна гадост, не е за разправяне.

– И къде ги премести?

– Не съм ги местил – печално поклати глава Баничаров. – Изхвърлих ги. Затова те търсих. Трябваше да се оправям сам.

– Изхвърлил си всички патици?!

– Ъхъ – кимна готвачът. – Бяха позеленели.

– Мамка му! – простена актьорът и се хвана за главата.

Баничаров го гледаше със съжаление, но в дъното на очите му се таеше студенина. Беше решил твърдо да не дели плячката с актьора. Радистът беше достатъчен.

– Трябва да тръгвам – каза той и стана.

– Чакай! – извика Чаво. – Не ми харесва тая работа. Ти нещо ме будалкаш.

– Айде сега! – засегна се Баничаров. – Какви са тия приказки?

– Продал си ги на твоите хора в посолството! – афектирано продължи актьорът. – Знам аз, цялата ви банда сега плюска патици!

– Абе що не си... – процеди злобно готвачът. – Не стига, че ми ги набута тия пущини да им бера страха; не стига, дето ти разчистих кочината, пък сега – аз виновен. Казах ли ви да си потърсите друго място? Казах ви! Нали щеше да ги пласираш до една седмица? К'во стана? Ей таквоз! Цялата ти работа е такава! Маймунска!

Актьорът не очакваше подобен изблик на справедлив гняв. Баничаров се възползва от стъписването му и побърза да се измъкне. Той самият беше крайно изумен от себе си, но предпочете да не го показва.

Посолският бус изникна от долния край на улицата, направи обратен завой и спря пред парадния вход. От колата изскочиха Пуйчев и Станойчо. Гласът на стажанта го настигна тъкмо когато се канеше да свие зад ъгъла.

– Ей, Баничаров! Ела да помагаш!

Беше хванат натясно. Той се приближи неохотно до зеещата врата на микробуса. Седалките бяха махнати; на пода лежаха два обемисти сиви сандъка. Гледката определено не му се понрави.

– И к'во е това сега? – мрачно попита той.

– Изложбата – отвърна Пуйчев, преливащ от гордост. Готвачът произведе енергичен асоциален жест и плюна встрани.

– Айде фащай! – подкани го Станойчо.

Лицата на мъжете се изопнаха. Ръцете им изпукаха под тежестта на сандъка.

– Абе камъни ли има вътре!? – възропта готвачът.

– Давай, давай! – изпъшка стажантът.

Чаво Толоманов злорадо наблюдаваше напъните им зад витрината на „Консорт“. Представяше си как червата им се смъкват в крачолите и лекуваше разбитото си сърце. После се обърна и плъзна стека с цигарите върху барплота.

– Приемаш ли в натура?

Симич взе кашона, помириса го и кимна:

– Е па, бива.

– Двоен скоч с яко лед!

– Ууха! – потри ръце барманът и посегна към бутилките. Мъжете дотътрузиха със сетни сили втория сандък във фоайето и седнаха върху него с вид на корабокрушенци. Баничаров погледна ръцете си: металните дръжки бяха оставили дълбоки червени ивици в дланите му.

– Ега ти хамалогията! – ядно въздъхна той.

Станойчо запали цигара и превърна мъката си в дим.

Единствено Пуйчев изглеждаше щастлив. Когато потегляше сутринта за Хийтроу, в гърдите му тегнеше чувство за обреченост като утайка от безброй изпушени фасове. Беше напълно сигурен, че ще се провали. Досега не му се беше случвало да освобождава стоки от митницата и задачата му се струваше непосилна. Никой от по-опитните му колеги не изрази желание да дойде с него и въпреки това оцеля! Налучка пътя в лабиринта от карго терминали, преодоля успешно митническата администрация и достави ценния товар навреме. Напук на всички! Очакваше похвала.

Таня Вандова слезе по стълбите и ги изгледа с отсянка на превъзходство.

– Посланикът заръча да започвате да редите изложбата – каза тя.

– Няма ли да чакаме уредника? – попита Пуйчев.

Тя повдигна рамене.

– Каза да започвате.

Баничаров издебна момента, че никой не го наблюдава, и се чупи. Станойчо и Пуйчев разковаха сандъците.

– Това пък какво е?! – възкликна стажантът.

28.

Срещата на посланиците беше продължила твърде дълго. За ужас на всички присъстващи дървените курабии отново бяха включени в дневния ред. Старата секретарка беше подала жалба срещу неправомерното ѝ, според нея, отстраняване и Комисията по вътрешна етика я бе възстановила на предишната ѝ длъжност. Секретарят изглеждаше унил. Не беше ясно кое повече го беше разстроило: обстановката на Балканите или връщането на мис Кроун. Лошото му настроение се предаде на останалите и намери израз в безличен документ, огласен от пресцентъра, под заглавието: „Посланиците споделят загрижеността на Форин офис по повод новата криза на Балканите". След срещата посланик Мартинеску покани Варадин на импровизиран обяд в един ресторант наблизо. Можеше лесно да се откачи, но не искаше. Предстоеше му да пише обширен доклад и му се щеше да отложи този момент във времето. Колата го върна обратно в посолството към четири и половина.

Той профуча край дежурната стая и се закова в централното фоайе. Точно по средата се издигаше някакво странно съоръжение. На пода бяха разпръснати всякакви елементи: тухли, камъни, фризове, плочи. Станойчо и Пуйчев спореха разгорещено над някаква схема, разгъната върху капака на единия от сандъците. Домакинът държеше в ръце дебела глинена тръба, покрита със зеленикава плесен.

– Г-8! – крещеше стажантът. – Защо ми даваш Е-7. Потърси Г-8, мамка му!

– Ми, нема го! – вдигаше рамене домакинът.

– Какво става тук? – смразяващо попита посланикът.

– Сглобяваме инсталацията, господин посланик – докладва Пуйчев. – Пратили са ни някаква авангардна скулптура. Следваме упътването, но мисля, че ще бъде по-добре да изчакаме куратора на изложбата.

Младият човек беше доста открехнат в областта на модерното изкуство и неслучайно отговаряше за културната политика на мисията.

Гадно предчувствие се надигна в стомаха на Варадин. Той заобиколи предпазливо конструкцията и хвърли поглед на съпътстващата документация. Списъкът с частите изпълваше няколко страници. Беше приложена и план-скица, която приличаше повече на ребус, отколкото на упътване.

– Не пише какво е – въздъхна Станойчо.

– Но замисълът е ясен – добави стажантът. – Трябва да изглежда като нещо старо.

Варадин се втренчи в долния ъгъл на листа. Там се мъдреше надпис със ситен шрифт: WC – 680 BG.

– Какво сте домъкнали вие, бе?! – процеди той, като захвърли листовете и заплашително се приближи до така наречената инсталация.

– Господин посланик! – долетя гласът на Таня Вандова от другия край на залата. – Един човек държи на всяка цена да се срещне с вас!

– Какъв човек? – сепна се той.

– Някой си Бенет. От Британския музей – уточни тя. – Чака в приемната.

Той се намръщи.

– Не си спомням да имам среща с него.

– Казва, че е спешно. Адски е нервен!

Варадин стрелна мъртвешки двамата служители и се отправи към приемната.

Мъжът сновеше покрай стените на стаята като чакал. Беше дребен човечец с ъгловата глава, издаваща упоритост. Носеше кариран кафяв костюм и червено шалче вместо вратовръзка. Шумът на отварящата се врата го накара да се обърне.

– Здравейте! Аз съм Кларк Бенет от Британския музей – светкавично се представи той, поемайки ръката на Варадин. – Кажете ми, че е при вас!

– Кое по-точно? – изуми се посланикът.

– Античният WC!

– Моля? – повдигна вежди той.

– Не знам как е станало – подхвана бързо мистър Бенет. – Двете пратки сигурно са пътували едновременно. Тази сутрин вашите хора са били на летището и са взели едни сандъци, които всъщност са предназначени за нас. В другите сандъци има картини – те са вашите.

– Но как е възможно това?! – извика Варадин. – Пратките не са ли адресирани?

– Разбира се, че да! – възкликна Кларк Бенет. – Нямам представа защо са отмъкнали нашите сандъци! Може би си приличат? Но понеже става дума за дипломатическа пратка, явно никой не им е обърнал внимание.

– Елате! – мрачно каза Варадин.

Двамата се отправиха към фоайето.

– Къде е Б-5? Преди малко го държеше! – ечеше гласът на стажанта.

– Ама тук трябва да сложим Е-5! – мърмореше Станойчо.

– Баба ти е Е-5! Дай Б-5!

– Oh gosh! What have you done, for Christ sake! – разнесе се отчаян вик. – Stop it, please, stop it![17]

Станойчо се стресна и изпусна тухлата на пода. Тя се счупи на две.

– Ооо! – проплака мистър Бенет, сякаш я бяха изпуснали върху крака му. – Don't touch anything! Stop! Stop![18]

През лицето на посланика премина синьо-зеленикав гърч като мълния. Станойчо и Пуйчев пребледняха и отстъпиха назад. Кларк Бенет измъкна мобилен телефон и набра някакъв номер с треперещи пръсти.

– I found it! I found it![19] – развика се той. – Бързо идвайте, преди да са го унищожили. Куийнз Гейт 67! Побързайте!

После се обърна към посланика.

– Екселенц! Тази антика е застрахована за 1 760 000 лири стерлинги. Не мога да допусна нещо да ѝ се случи. Тия двамата да се махат! Моите хора ще дойдат и ще приберат всичко. Не се тревожете за вашите картини. Още утре ще си ги получите! What a day! What a day, indeed![20]

Раздаде се някакъв звук, който силно напомняше стъпкването на жаба: гвъчикхъг! Посланикът запуши устата си с длан и даде знак на Пуйчев и Станойчо да

---

[17] Дявол да го вземе! Какво сте направили, за бога! Спрете, моля ви, спрете!

[18] Не пипайте нищо! Стоп! Стоп!

[19] Открих го! Открих го!

[20] Какъв ден, наистина!

се разкарат. Кларк Бенет го наблюдаваше поразен. Варадин се шмугна във вътрешната част на посолството. Качи се в асансьора и го залости между етажите. И започна да крещи:

– 100! 100! 100!

29.

Виното искреше с мек ръждив оттенък на дъното на чашата ѝ. Катя го погълна на един дъх. Вълна от топлина се разнесе из тялото ѝ. Дезмънд се пресегна и напълни отново чашата ѝ. Беше третата поред.

– Как е задникът ти? – попита той.

– Не питай – засмя се горчиво тя, отпивайки нова голяма глътка.

Пареше я, и то здраво. В началото ѝ се струваше, че няма да може да седне върху него поне седмица, но болката постепенно утихна, преминавайки в жега. Каишът беше оставил огнени резки в бутовете ѝ. Имаше чувството, че седи върху скара, докато в останалата част на тялото ѝ пълзяха ледени мравки.

„УКРОТЯВАНЕ НА ОПЪРНИЧАВАТА“ по Уилям Шекспир. Адаптация за камерна сцена: Томас Мънроу. © Famous Connections. ВСИЧКИ права запазени!

„Ла Велата“ беше изискан малък ресторант в горния край на Кензингтън. След солидната порция пердах Дезмънд предположи, че порция гъши дроб със салата ще ѝ се отрази добре. И беше дяволски прав. Решиха да не се връщат в агенцията и Катя остана с грима и прическата на Даяна. Това беше сериозно нарушение на правилника. Точка първа изрично им забраняваше да се подвизават на публични места като двойници, но на нея не ѝ пукаше. Особено в този момент. Дори се кефеше на изумените погледи, които си разменяха персоналът и малцината мумифицирани клиенти. Усещаше тяхната неловкост и парещо любопитство (парещо като следите от каиша!) и се изпълваше с подсъзнателна отмъстителност. Сякаш този малък фрагмент от социалната мозайка символизираше целия свят на парите и властта, където безнаказано се подвизаваха нейните клиенти. Беше истински мехлем за душата. Дезмънд може би предчувстваше този благодатен страничен ефект и тъкмо затова я беше довел тук, в този вид и в това състояние.

– Това не беше включено в сценария – поде колебливо тя. – Тоя тип се разпали повече, отколкото трябваше. Просто изгуби контрол. Досега не ми се беше случвало. Благодаря ти, че се намеси.

– Винаги си добре дошла – сви рамене той.

– Добре е да имаш такъв шофьор – усмихна се Катя и докосна ръката му. Кокалчетата на юмрука му бяха разранени до кръв. – Знаеш ли, хареса ми какво направи с тази свиня.

– Ами имах си едно наум.

– Така ли!? – трепна тя. – Да не би да има някакъв друг сценарий, за който не подозирам?

– Отговорът е не – той стисна леко пръстите ѝ. – Спокойно!

Но тя не беше спокойна. Никак даже!

– Знаел си какво ще се случи?

– Виж какво, аз работя тук от четири години. И когато в сценария са включени белезници, винаги съм нащрек.

Той измъкна от джоба си малко телче във формата на отворен кламер и го приближи към лицето ѝ.

– Обикновена предпазливост – рече той и прибави: – Бих те посъветвал да се научиш да го използваш, ако си решила да останеш в този бизнес. Нали не си мислиш, че си единствената Даяна?

– Хъм, не съм мислила по този въпрос – рече тя, като отпи глътка вино. – Предполагам, че е имало и други преди мен.

– Имаше – кимна Дезмънд.

– И какво е станало с тях?

– Добре, че се сети да попиташ – усмихна се той. – Синтия играеше принцесата още докато тя беше жива. Докарваше го едно към едно. Беше страхотна. Това обаче ѝ изигра лоша шега. Беше се вживяла дотолкова в ролята, че след нещастието започна да си въобразява разни неща.

– Какви неща?

– Че всъщност тя е Даяна, а в колата е била нейната двойничка.

– Пълна лудост! – възкликна Катя.

– Кристална! – съгласи се Дезмънд. – Прекара доста време в една клиника край Лондон, но нямам сведения да се е оправила.

Настъпи тягостна пауза.

– Изглеждам ли ти толкова пристрастена? – подхвърли Катя.

– Не би могла да бъдеш – поклати глава той. – Ти си чужденка.

– Коя беше следващата? – попита тя.

– Бригите – рече Дезмънд някак замечтано. – Източногерманка. Беше готина.

– Беше ли? – Катя повдигна вежди.

– Катастрофа – кратко рече той и добави многозначително: – Някакъв японец, изглежда, копнеел да бъде на мястото на Доди ал Файед, но силно се съмнявам, че тя е чела точно този сценарий.

– Мислиш, че е било по сценарий? – попита тя с половин глас.

– Съмнявах се, но когато и литовката пое по същия път, вече не се съмнявах.

– Катастрофа?

– Да. Само че далеч оттук – в Прага. Агенцията има широка мрежа от международни контакти. Могат да те изпратят в Париж или в Буенос Айрес, в Кайро, в Куала Лумпур, на Бахамите. Стига клиентът да се бръкне достатъчно дълбоко. А те се бъркат, повярвай ми. Сигурно скоро ще ти се наложи да пътуваш, Кейт.

– Звучи ми като заплаха.

– Не искам да те плаша – поклати глава Дезмънд. – Просто трябва да знаеш как стоят нещата в бизнеса с Даяна. Тази роля привлича нещастията като магнит.

– Не мога да приема, че някой би поръчал собствената си смърт – рече тя, преодолявайки поредната вълна от ледени тръпки. – Пък било то и с обекта на мечтите му. Все пак смъртта е истинска, а принцесата – фалшива.

Той я изгледа продължително.

– Всички българки ли са толкова умни?

Тя не каза нищо. Стори ѝ се, че долавя ирония в тона му.

– Твоята публика получава ли оргазъм?

– Че защо ще се бъркат иначе?! – спонтанно отвърна тя и добави: – Каква е връзката?

– Не схващаш ли! – възкликна той. – Ти може и да не си Истинската, но те си се кефят съвсем реално. Работата е там, че никой – е, да кажем, почти никой – не познава истинската Даяна, нито се интересува от нея. В това беше драмата ѝ. Хората поглъщат онова, което им подхвърлят вестниците, телевизията, Андрю Мортън, и то напълно им стига, за да си изковат малко кумирче и да му се кланят. Лейди Даяна всъщност никога не е съществувала. Тя беше слепена от вестникарски изрезки, снимки и филмова лента.

– Тогава не би трябвало да умира – разумно отбеляза Катя.

– А какво друго ти остава, когато не искаш повече да играеш ролята си? – попита Дезмънд.

– Преставаш да я играеш.

– Обаче не можеш – прошепна зловещо той, – защото през всички тези години ролята е унищожила твоето предишно АЗ и когато в един момент поискаш да се отделиш от нея, разбираш, че няма къде да отидеш. Няма какво да облечеш. Гол си. Нито можеш да играеш, нито можеш да не играеш.

– Кофти! – рече тя. – Значи какво излиза: били сме колеги, а?

– До известна степен – съгласи се той. – Но ти си уникат за разлика от нея. С теб могат да си позволят да играят много малко хора. Докато с нея можеха да си играят всички. Тя беше пусната в масова употреба. Нещо като кукличката Барби. И когато барбито се счупи, всички плакаха.

– Заради едно евтино барби??

– А има ли нещо по-тъжно от това?

– Ако аз се счупя, никой няма да плаче.

– Никой не плаче заради луксозни играчки – поклати глава той.

– Съветваш ме да се чупя, преди да са ме счупили? – попита тя предизвикателно.

– Тематичните кукли вървят заедно с историята си – отбеляза той. – Снежанка все някога трябва да изяде отровната ябълка, а Спящата красавица – да се убоде на веретеното. Затова всяка от тях се продава в комплект с ябълка или вретено. Същото важи за фигурките на Батман и Люк Скайокър. Фигурката на Даяна не прави изключение. Винаги се намира някой, който решава да изиграе приказката докрай.

– Това вече си е живо вуду!

– Наречи го, както щеш.

– А ти какво изпитваше, докато играеше О. Джей Симпсън?

– Между двете роли няма нищо общо! – нервно възрази той. – О. Джей се намира в активна позиция: стреля, бие, рита. С принцесата става точно обратното: в представите на повечето хора тя винаги е била и ще бъде вечната жертва. Случвало ли ти се е някога да играеш тази роля като domina, с бич в ръката, а някой нещастник да лъска с език ботушите ти?

– Не – призна тя, без да се замисля.

– Обаче се случва да те возят, нали? Да фучат с мощните си коли, да надуват мускули, докато ти трепериш, вързана с кучешка каишка за скоростния лост, а?

– Откъде знаеш?

Той се взря изпитателно в нея.

– Значи продължава да се играе, а? Виж го ти, старият хитрец Мънроу! Този сценарий беше писан още за Бригите.

– Не си падам по него! – прошепна тя.

– Не си единствената – кимна той и попита някак между другото: – Оня сценарий, за бижутера, още ли е актуален?

– „Коледната украса“ – усмихна се тя. – Миналата седмица го играх. Защо?

– Скрий се! – рязко каза той.

Зад витрината на ресторанта проблясна светкавица. Мярна се мършавата фигура на мъж, въоръжен с огромен обектив като гаубица. Катя залегна инстинктивно зад високата колосана салфетка.

– Папарак! – прошепна Дезмънд. – Дявол да ги вземе, дебнат на всеки ъгъл! Не бива да те снима!

Той изтича при управителя на заведението и му каза нещо. Папаракът не закъсня да цъфне на вратата, но двама сервитьори брутално го изблъскаха навън. Мъжът остана да броди пред ресторанта като чакал.

– Май ще трябва да се измъкнем през задния вход – въздъхна Дезмънд.

– Господи! – възкликна Катя. – И след смъртта ли?!

30.

Разправиите с Британския музей бяха изцедили силите му, а сега и тази проклета воня... Щеше да го довърши окончателно! Не разбираше как е възможно на такава малка площ като посолството да се концентрира толкова идиотизъм! Нямаше ли критична маса? Или отдавна беше надмината? Вонята го блъсна в носа още на път за летището. Шофьорът слушаше музика по радиото; правеше се на разсеян. Въпреки това прозорецът му беше отворен, а под огледалото се поклащаше чисто нов ароматизатор.

– На какво мирише тук? – попита страховито Варадин.

– Застоял въздух – подхвърли гузно шофьорът.

Варадин пое дълбоко дъх и усети, че му призлява. Отново го пързаляха.

– Какъв въздух, бе!? Мирише на умрели лисици, та се не трае! – избухна посланикът.

Миладин нямаше особен избор:

– Ами случи се една беля – неохотно призна той.

(Винаги започваха така!)

Белята беше станала вчера сутринта. Преди да се яви в службата, той отскочи до рибната борса, откъдето домъкна огромна сьомга. На връщане обаче попадна в задръстване и нямаше време да я остави у дома. Рибата беше престояла в багажника само няколко часа, но, изглежда, нещо бе изтекло от нея и се бе просмукало в тапицерията.

– Как е станало? – тюхкаше се шофьорът. – Беше си добре опакована.

До кацането на самолета оставаше по-малко от час.

– Защо ми го казваш чак сега? – попита ледено посланикът.

Цифрите се бунтуваха в главата му, търсеха път навън.

– Мислех, че ще се отмирише – простодушно отвърна Миладин. – Тая сутрин изпрах багажника. Съжалявам, господин посланик, няма да се повтори.

Нямаше нужда да се повтаря – едва ли щеше да уцели по-сгоден момент! Но реши да пести силите си; вече беше твърде късно да предприема каквото и да било. Варадин облегна глава назад и свали стъклото от своята страна. „Има да я помниш тая риба, дръвнико!", закани се наум той.

Трябваше да си каже цифричките!

На Хийтроу духаше хладен вятър. Дипломатите се суетяха в подножието на Изход 7, където обикновено акостираха гробниците на „Балкан". Недалеч бяха паркирани три разнородни по марка коли, начело със зеления роувър. Двама полицаи с ярки, флуоресцентни жилетки наблюдаваха протоколната суетня с известно любопитство. На осезаема дистанция от подчинените си, с ръце кръстосани на гърба, важно стърчеше Варадин Димитров.

– Ето го! – извика г-н Кишев с престорена радост, посочвайки муцуната на самолета, която се подаде иззад ъгъла на терминала.

Варадин също забеляза приближаващия самолет, обърна се и строго измери дипломатите. Безцелните разговори тутакси секнаха и те побързаха да се подредят зад него по ранг. Групичката застина в тържествено очакване.

Опашката на самолета беше опушена, сякаш бе прелетял над бойно поле. Той направи широк завой и се дотъркаля до мястото за паркиране. Машините от славната серия Ту-155 имат тази особеност, че люковете им по никакъв начин не пасват с ръкавите за достъп на големите летища – налага се да бъдат обслужвани от подвижни стълби. Едно от тия допотопни съоръжения подходи към самолета, докато воят на турбините постепенно заглъхваше. Дипломатите забиха погледи в люка, но той остана затворен още няколко минути.

Най-сетне вратата хлътна навътре, мярна се униформата на стюардесата и една глава се подаде навън. Всъщност не беше глава, а коса или по-точно косище – ситно сплетено на малки плитчици, които падаха на всички страни. През косата надзърна месест черен нос. Той подуши влажния лондонски въздух и доволно изпръхтя. След него се появи останалата част от тялото. Черният мъж отметна назад гривата си и се втренчи учудено в групичката на посрещачите. Беше атлет – облечен в розово яке и дълга бяла роба, с лъскав медальон на шията. Под мишница носеше стереокасетофон. Дипломатите го зяпаха втрещени: всички очакваха първо да слезе госпожа Селянова заедно със свитата си. Черният мъж се ухили широко и натисна копчето на касетофона. Разнесе се безгрижно реге. Поклащайки се грациозно, той слезе по стълбата, мина покрай редицата от официални лица и рече небрежно:

– Хай!

Представителят на компанията притича чевръсто и го насочи към входа на терминала.

– Нигерийската група – обясни той на посланика, – пътуват транзит през София.

От самолета се изсипаха още десетина африканци, сетне започнаха да се нижат някакви мрачни хорица с внушително количество ръчен багаж. Те стрелваха с неприязън посрещачите и бързо се устремяваха към терминала, за да поемат по пътя на визовата си Голгота. Най-отзад подскачаше един будистки монах с черно куфарче, саронг и сандали на бос крак.

Варадин пропусна шествието да се оттече край него с каменно лице. После отново се втренчи в люка на самолета. Близо минута не се показваше никой освен стюардесата. Хрумна му, че може би трябва да изпрати някого, за да провери какво става. В този момент обаче от вътрешността на самолета сякаш рукна някакво сияние и на прага застана самата госпожа Селянова.

– Ето я! – възкликна Кишев.

От върха на стълбата светът изглеждаше малък и незначителен. Тя пое дълбоко въздух и забрави да издиша по-голямата част от него. Обожаваше този момент! Погледи, изпълнени с трепет, лица, преливащи от възторг! Усещането я зареждаше с адреналин за цяла седмица. Тя се усмихна царствено и постоя още няколко секунди върху най-горното стъпало, наслаждавайки се на ефекта от появяването си. После бавно започна да слиза, като въртеше глава наляво-надясно, сякаш там долу я очакваше необятно ентусиазирано множество. Варадин се втурна да я посрещне.

– Най-сетне! Откога те чакахме! Добре дошла! – произнесе тържествено той, взе ръката ѝ и попита загрижено: – Как пътувахте?

– Сносно – отвърна тя.

Беше средна на ръст, с горделиво лице и сложна прическа, върху която бе закрепена още по-сложна капела. Пухкаво червеникаво наметало обгръщаше раменете ѝ като мантия. В ръка държеше малка чантичка, изработена от кожата на някакво рядко животно. Беше изискана посвоему, принуди се да признае Варадин.

После се дотъркаляха двете ѝ компаньонки, съпруги на политически лица от по-дребен калибър, които също бяха прегърнали каузата на благотворителността и безплатния въздушен транспорт. Подир тях се измъкнаха същинските участници в концерта: две народни певици, гайдар, гъдулар, едно обещаващо сопрано и някакво странно същество, което щеше да изпълни ритуал за викане на дъжд. Последен се тътреше уредникът с тежък сак през рамо. Той беше скулптор и мъкнеше в чантата си фигурка на дакел, излята от бронз. Надяваше се да я продаде по време на краткия си престой в Лондон.

Деворина Селянова се ръкува хладно с дипломатите, пресичайки решително опита на Кишев да я заговори. Повика компаньонките си и съпроводени от Варадин, се отправиха към роувъра. Настъпи кратко объркване, докато останалите от групата се разпределят по другите коли. Начело на колоната застана полицейски автомобил и ги поведе към ВИП терминала.

– Ще затвориш ли прозореца, че ми духа? – обърна се Селянова към Варадин.

Той се намръщи и вдигна стъклото до половина.

– Целия, ако обичаш! – настоя тя. – Настинала съм. Ти също! – рече тя на шофьора.

Той стрелна тревожно патрона си, но онзи само натисна копчето на стъклото. Шофьорът направи същото.

– Ама на какво мирише тук? – обади се едната компаньонка.

– Да, наистина! На какво мирише? – повтори другата. Деворина Селянова подсмръкна и отсече:

– На нищо!

Варадин въздъхна облекчено.

На кръстовището при Чизик попаднаха в задръстване. Колоната пъплеше със скорост около метър в минута. Отдясно на пътя стърчаха огромните билбордове на Бритиш Еруейз. На това място често ставаха задръствания; хрумна му, че рекламите са поставени тук нарочно, за да се набият по-добре в мозъка на чакащите. Това се казваше стратегия!

– Нали е сигурно, че ТЯ ще дойде? – обади се Деворина Селянова от задната седалка.

– Имаме потвърждение – отвърна Варадин.

Вонята разяждаше мозъка му; идеше му да сграбчи шофьора и да го удуши с голи ръце. Животното му с животно, не усеща нищо!

– Господи, Кютучева и Мустакова ще се пръснат от яд! – възкликна тя. – Така им се пада, като не дават самолета! Да се друсам в тоя зверилник!

– С положителност ще се пръснат – кимна той.

Това беше тревожна тенденция: с набъбването на популацията на онеправданите нарастваше и броят на благодетелите. Конкуренцията между тия добри хора ставаше все по-жестока, а липсата на правила – все по-очевидна. Кютучева и Мустакова също развиваха трескава благотворителна дейност, опирайки се на могъщите си мъже и контролираните от тях ресори. Напоследък Селянова си беше внушила, че двете са се съюзили срещу нея. Заслужаваха добър урок!

– Какво ти е, Миче?! – долетя уплашен възглас.

Задната врата рязко се отвори. Миладин наби спирачките. Последва трагичен вопъл, съпроводен с обилно изхвърляне на течност.

– Божичко!!! – извика Селянова, закривайки ужасено лице.

От съседните автомобили изплуваха учудени физиономии. Вратата хлопна и Мичето (сега вече нямаше начин да забрави името ѝ!) се отпусна на седалката, като бършеше брадичката си с кърпичка. Глуповатото ѝ пухкаво лице се тресеше от ужас.

– Зле ми е – гърлено промълви тя.

Деворина Селянова плътно стисна устни. Варадин открехна стъклото. Останалата част от пътя премина в тягостно мълчание.

31.

– Това ли е художникът? – попита Пуйчев, надзъртайки през прозореца на дежурната стая.

Телефонистката кимна. Стажантът въздъхна. Беше наказан да стои в посолството, докато другите заминаха да посрещат г-жа Селянова. След историята с клозета посланикът беше решил окончателно, че трябва да го държи по-далеч от всякакви отговорни мероприятия. Всъщност Пуйчев не съжаляваше особено; опитът го беше научил, че колкото по-рядко се мярка пред очите на висшестоящите, толкова по-малко рискува кожата си.

Танцуващия с огъня седеше невъзмутимо във фоайето на посолството като индиански воин, очакващ знак от духовете на съдбата. Имаше права гъста коса, спускаща се чак до раменете му. Лицето му бе смугло и ъгловато, с плътни дебели вежди. Носеше черно рокерско яке с ресни по ръкавите и червеникави каубойски чизми. Върху масата лежеше портфолиото му, подредено в масивен кожен класьор.

Беше свикнал да чака. Не можеха да го уплашат с чакане. През годините, прекарани в Лондон, беше изтъркал креслата на стотици офиси – малки и големи. Задникът му беше станал корав като петата на добруджански селянин. Обикновено го изслушваха любезно, взимаха картичката му и никога повече не се обаждаха. Но имаше изключения, заради които си струваше да продължава. Изкуството му се нуждаеше от спонсори и социални пространства. Вярваше, че един хубав ден проектите му ще бъдат одобрени и ще смаят света. Мечтаеше да бъде Кристо. Като всички останали.

Не беше ясно как точно г-жа Селянова беше узнала за съществуването му – кой и защо го беше препоръчал. Самият той не си задаваше този въпрос; струваше му се напълно естествено хората да знаят за него.

– Вие сте Спас Немиров, нали? – дружелюбно рече Пуйчев и се представи.

Художникът изгледа скептично огладената му приветлива физиономия.

– Имах среща с г-н Варадин Димитров – промърмори той.

– На летището е – каза Пуйчев, – но аз съм на вашите услуги. Разбрах, че ще участвате в програмата на г-жа Селянова.

– Да, бях поканен – важно кимна художникът.

– Какво смятате да представите? – попита стажантът.

– Ами една инсталацийка – рече Спас Немиров.

В говора му се долавяше осезаема мекота.

– Инсталация ли? – трепна Пуйчев; напоследък беше станал твърде подозрителен към подобен вид съоръжения.

– Аха, да ви покажа ли работите си? – рече художникът и отвори чевръсто албума.

От снимките гледаха страховити изображения на хора, животни и окултни знаци, напомнящи рисунките от Наска. Контурите им бяха очертани с огън. За целта майстор Спас използваше различни запалителни материали: от най-прости свещи и кълчища, напоени с петрол, до такива високотехнологични продукти като напалм, термит, електрон и серовъглеродни деривати на белия фосфор. Пуйчев не разбираше нищо от химия и беше дълбоко впечатлен. Въпреки това инстинктът му подсказваше, че боравенето с тези материали не е съвсем безопасно.

– Ами, досега съм нямал никакви инциденти! – възрази енергично художникът.

– А мислите ли, че пространството ще бъде достатъчно? – предпазливо попита стажантът. – Вашите работи са доста мащабни.

– Така е – съгласи се онзи със задоволство. – Особено тази – той прелисти бързо страниците и спря пръста си върху снимката на някакъв пожар край брега на морето.

– Какво е това? – сепна се Пуйчев.

– Казва се „Нептунова нощ“. Напалм и пясък. Виждате ли тризъбеца?

Стажантът мълчаливо кимна.

– Правих го лани, като си бях в България, на плажа Арапя – гордо добави художникът. – Горя цяла нощ. Писаха във всички вестници. Исках да го поставя и тук, в Брайтън, ама не ми разрешиха. Все ще се намерят разни еколози! Пък и напалмът скъп. Тука минах предимно на свещи – разприказва се Спас Немиров. – По-икономично е и не цапа толкова. Това го правих миналия месец на Ковънт Гардън. С разрешение на местната управа. Отразиха го дори в „Таймс“, вижте!

Той разгъна някакъв лист, върху който бе ксерографирана самотна изрезка от вестник. Състоеше се от снимка и текст: Танцуващия с огъня – българският художник Спас Немиров, предлага необикновена атракция за туристите.

– Страхотно! – кимна Пуйчев.

– Рано или късно признанието винаги идва – изрече сериозно художникът.

– А какво смятате да представите тук? – любезно се заинтересува стажантът.

– Знам, че пространството е ограничено – рече Танцуващия с огъня, – затова съм ви подготвил нещо така, по-деликатничко.

Той сложи очуканото си мукавено куфарче върху масата и повдигна капака му с вид, сякаш отваряше кутията на Пандора.

– Е? – повдигна вежди той, като подаде на Пуйчев парче картон.

– Че това е принцеса Даяна! – възкликна стажантът, втренчен в грубоватата скица.

– В розови пламъци! – замечтано каза Спас. – Само си го представи!

– Ммм? – измуча Пуйчев, почесвайки се по ухото.

– Смятам да използвам нова техника – поде вдъхновено художникът. – Магнезиев окис. Има го в китайските магазини, но струва малко скъпо. Ще трябва да ми отпуснете известна сума. Около седемдесет лири.

В този миг входната врата се отвори и във фоайето нахълта самият Варадин. Той хвърли блуждаещ поглед към двамата мъже, седнали около масата, и понечи да се шмугне в посолството.

– Господин посланик! – спря го омразният глас на Пуйчев.

Отначало му беше трудно да разбере за какво точно става дума. Какъв беше този проклет художник, откъде беше изпълзял? Очевидно тежката рибна воня беше потиснала някои важни центрове на мозъка му. Постепенно обаче, заедно с чистия въздух, дойде и пояснението. Той надникна набързо в албума, втренчи се в скицата на принцеса Даяна и кимна:

– Интересно!

Естетическата страна на въпроса малко го вълнуваше: щом г-жа Селянова смята, че е интересно, значи е така. Сумата от седемдесет лири предизвика лек тик на дясната му вежда, но той го овладя своевременно. Не беше болка за умиране. Нареди на стажанта да му изготви докладна записка по случая и да изиска парите от касата.

Този оперативен подход накара Танцуващия с огъня да цвили от възторг.

– Предполагам, че ще имам нужда и от транспорт – мазно подхвърли той.

– Господин Пуйчев ще бъде изцяло на ваше разположение – процеди отмъстително Варадин. – Ще ми докладвате лично, ако не сте доволен. Беше ми приятно да се запознаем.

Като каза това, той побърза да изчезне във вътрешността на сградата.

Художникът измери Пуйчев с известно съжаление:

– Нямай грижа, братле! Всичко ще бъде окей.

„Майната ви на всички!“, въздъхна наум стажантът.

32.

Варадин се промъкна по стълбите безшумно като пантера. Беше се изплъзнал от гостенките под предлог, че има да пише важен доклад. Наистина трябваше да го напише, но не това беше най-важното сега. Селянова веднага започна да се разпорежда в резиденцията, създавайки непоносима бъркотия. Предчувстваше, че това ще продължи дълго – докато не я изпратят обратно до стълбичката на самолета. Искаше му се да си открадне малко спокойствие, за да събере мислите си.

Таня Вандова се мотаеше около ксерокса в деловодството и не го забеляза. Вратата на кабинета му беше открехната. Отвътре долиташе вой на прахосмукачка.

„Падна ли ми сега, малка мърло!", скръцна със зъби той.

Момичето се трудеше с гръб към него. Варадин нарочно тресна вратата, за да я накара да се обърне. Очите ѝ щяха да изхвърчат от ужас. Той се канеше да изстреля нещо злобно, но изведнъж замълча. Прахосмукачката продължаваше да боботи. Измина почти половин минута, докато тя се сети да я загаси.

– Коя си ти? – с мъка попита той.

– Доротея – сковано рече момичето.

По широкото ѝ лице бяха избили червени петна.

– Какво търсиш тук?

– Ами, пратиха ме да почистя – отвърна тя. – Аз съм новата.

– Така ли? А къде е Катя? – попита уж небрежно Варадин.

– Катя повече няма да чисти – взе че изтърси момичето.

Отговорът предизвика спазъм в стомаха му.

– А кой ще ѝ плаща наема?! – възкликна раздразнено той.

– Едва ли има проблеми с финансите – подхвърли Доротея. – С тая нова професия!

Стори му се, че долови ехидни нотки в гласа ѝ. Защо му казваше всичко това? С каква цел? Прониза го усещането, че не е разумно да продължава с въпросите, но не успя да се въздържи.

– Каква професия? – полюбопитства той.

– Ами играе принцеса Даяна – рече отмъстително Доти.

– Принцеса Даяна? – облещи се Варадин. Момичето кимна:

– Аха, работи за Феймъс Кънекшънс.

– Феймъс Кънекшънс?!?

– Чували ли сте за тях? – невинно попита тя.

Черен облак премина през лицето му. Нямаше връщане назад.

– Никога – поклати глава той. – Ти откъде знаеш?

– Бяхме съквартирантки – охотно заразправя Доти. – Напоследък все мъкнеше разни сценарии като някоя звезда. Мен ако питате обаче, става дума за софт порно.

– Порно?! – изпъшка той. – Сигурна ли си?

– Преценете сам! – каза тя многозначително, като бръкна в джоба на престилката си и му подаде няколко сгънати листа. – Снимах ги на ксерокс за всеки случай.

Той се отдръпна като опарен.

– Аз май се разприказвах повече, отколкото трябва – смотолеви Доти, като остави страниците на бюрото му.

– Някой друг знае ли с какво се занимава тя? – рязко попита той. – Знаели са, естествено! – автоматично си отговори. – Винаги научавам последен!

– Не, никой не знае! – възрази момичето. – Казах го, защото тя...

– Трябва да говоря с нея. Веднага! – прекъсна я Варадин.

– Вече не живее тук – поклати глава Доти.

– Отишла си е? – глупаво зина той. – Кога?

– Оня ден.

– И къде е сега?

– Наела си е някакво студио – въздъхна Доти. – Май че в Доклънд.

– Студио в Доклънд?

– Нещо такова. Не остави адрес, нито телефон. Просто си замина. Може би си е хванала някого. Не знам, не знам!

Тя разпери безпомощно ръце. Той се приближи към нея, втренчи се в лицето ѝ и прошепна:

– Ти май си ѝ ядосана?

– Мислех, че трябва да знаете – мрачно отговори Доти.

„Гадна, лепкава история“, помисли си той. Беше затънал в нея до уши.

– Извинете – рече тя и започна несръчно да навива шнура на прахосмукачката.

Той седна зад бюрото си и мълчаливо я изчака да се изнесе.

„ДА ВОЗИШ ЛЕЙДИ ДИ“, сценарий на Томас Мънроу. Famous Connections. Всички права запазени! Варадин смръщи вежди. Погледът му пробяга разсеяно по редовете. Ама че гадост! Това не му попречи да се възбуди. „ПОРТРЕТ ОТ НАТУРА“ и „ТАЙНАТА ВЕНЧАВКА“ бяха следващите заглавия. „Проклета малка курва!“, злобно процеди той.

Нищо вече не беше същото! Естествено, можеше да се предположи. Когато нещата стават прекалено лесно, винаги се утаява частица съмнение. Като живо въгленче, заровено в пепелта. Ето как стават пожарите!

На вратата се почука. Влезе Таня Вандова.

– Екземплярите за госпожа Селянова – рече тя.

– Какво? – опули се той.

– Сценарият за концерта и списъкът на гостите – поясни секретарката, като остави върху бюрото му тънка папка. – Ксероксът беше блокирал, но се оправи, слава богу – добави тя.

Той не я слушаше. Секретарката побърза да изчезне.

„КОНЦЕРТЪТ“, сценарий на Томас Мънроу. Famous Connections. ВСИЧКИ права запазени! „Копеле!“, избухна Варадин, като се сети за сценариста. Беше го срещнал само веднъж, ала споменът за нечистоплътното му присъствие го лъхна от папката с необикновена сила. Задаваше нелепи въпроси от сорта: „В каква роля виждате Нейно величество – като господарка или като майка?“, и си водеше записки. Тогава не му обърна особено внимание. А може би трябваше.

Сценарият беше изпипан до последната подробност. Церемонията около посрещането и изпращането, местата около масите – дори темите за разговор бяха набелязани предварително. Списъкът на гостите също бе дело на агенцията. По този въпрос Зиблинг се оказа дори по-взискателен от г-жа Селянова; компанията все не му се струваше достатъчно изискана. Накрая той се ангажира сам да осигури присъствието на знатни личности от нужния калибър и така първоначалният списък на гостите бе почти изцяло подменен. „Приемете го като бонус“, беше казал великодушно.

Знатните особи се отзоваха радушно на поканата, а чековете им не закъсняха да долетят. Един билет струваше цели двайсет лири, но това сякаш не ги смущаваше и скоро всичките 40 места в залата бяха заети. Съизмерена с хонорара на агенцията и всички останали разходи около концерта, събраната сума изглеждаше крайно незначителна, но Варадин се опитваше да мисли държавнически. В противен случай започваха да го налитат разни вредни идеи от сорта на: ако изсипят всички тези пари върху главите на бедните сираци, може би изобщо няма да има нужда от благотворителни концерти. Но какво щяха да правят тогава добрите хора като г-жа Селянова? Труден въпрос. Опасен въпрос. Когато мислеше държавнически, подобни идеи рядко го спохождаха и той се чувстваше съвсем спокоен. Сега обаче държавническото мислене не можеше да му помогне. Голямата и малката правда се бяха омесили в огромна лепкава топка, която се търкаляше заплашително към него.

Famous Connections.

БЛИЗКИ срещи с висшето общество, неформални контакти, дискретност & сигурност.

Варадин съсредоточено избра номера. За пръв път се обаждаше там самостоятелно, без да нарежда на секретарката си да го свърже. Чувстваше се неловко, сякаш се промъкваше тайно в чужд офис.

– Welcome to Famous Connections – пропя звънко гласче. – Изпитайте магията на неформалното общуване. Вашите кумири ви очакват! Ако се интересувате от нас или желаете да станете наш клиент, моля след края на този текст кажете едно. Ако вече сте наш клиент и имате някакъв проблем, моля, кажете две. Ако желаете да влезете във връзка с администрацията, моля, кажете три.

Думите увиснаха върху жицата като премръзнали врабци. Гласчето ги изрецитира още веднъж. Варадин упорито мълчеше. Той си представи как жиците се разклоняват в мрака: едната водеше към кабинета на Зиблинг, а другите виеха нейде из лабиринта на агенцията. Знаеше кой път трябва да избере, но не смееше. Още не.

Минута по-късно отново набра номера на агенцията и дежурният поздрав звънна в слушалката. Този път не затвори. Стараеше се гласът му да звучи приглушено, макар че нямаше опасност да го познаят.

– Едно – рече отчетливо той.

Известно време в слушалката ечеше някаква нежна мелодийка, сетне се включи глас на запис: „Welcome to Famous Connections! След малко ще разговаряте с нашия дежурен оператор. На този етап не държим да знаем нищо за вас. За да се чувствате по-удобно, препоръчваме ви да използвате псевдоним. Ако още не сте го измислили, разполагате с няколко секунди, за да го направите. Благодаря за вниманието.“

– Здравейте, казвам се Хал – разнесе се бодър мъжки глас, – ще ви помогна да се ориентирате в правилата на играта. Вие сте на прага да осъществите съкровената си мечта. Не се колебайте! Всеки човек има правото да се докосне до своя кумир, да вдъхне аурата му, да си поиграе с него. Звездите са нищо без нас, обикновените хора. Ние ги създаваме, което значи, че някаква частица от тях е и наша. Трябва само да си я поискаме! Така ли е, мистър...?

– Виктор – рече Варадин, без да се замисли.

Винаги беше искал да се нарича така.

– Чудесно, Виктор! – възкликна гласът. – Нека ти кажа първо как стоят нещата. Ние не искаме да ти продадем нищо, така че спокойно! Феймъс Кънекшънс просто възстановява онова, което ти принадлежи по право. Разбираш ли, ние сме посредниците, всичко останало си е твое!

– Не съвсем – промълви Варадин.

– Няма значение! Трябва да знаеш и още нещо – продължи Хал. – Ние не сме крадци, следователно не можем да ти доставим нещо, което не ти принадлежи. Не бива да очакваш чудеса. Ако ти се полагат няколко стотни, няма начин да получиш 100%, без да вземеш от другите, а ние, както вече казах, не правим това. Ей, там ли си още?

– Да – каза Варадин, – слушам те внимателно.

– Това беше лошата новина – каза Хал. – Но има и добра новина, която е много по-важна. И тя се състои във факта, че тази нищожна на пръв поглед частица, която имаш право да получиш, може да ти донесе 100% удовлетворение. Не ти ли се вярва? Опитът доказва, че това е напълно възможно. Защото, повярвай ми, тази частица е всичко, от което се нуждаеш. Тя съдържа цялата необходима информация, за да клонираш мечтания образ във фантазията си. Разбираш ли за какво говоря? Последва кратка пауза.

– Не съм сигурен – отвърна Варадин.

– Говоря за мидата и песъчинката, Виктор! – рече Хал, тържествуващ като баптистки проповедник. –

Песъчинката, от която ще израсне бисер. Ние ще ти дадем песъчинката, а ти ще бъдеш мидата! Съгласен ли си?

– Да – измънка той, макар че нищо не му беше ясно. Какво предлагаха в края на краищата? Зиблинг никога не беше поставял нещата по този странен начин.

– И да не ти е съвсем ясно, скоро ще ти просветне – заключи философски Хал. – А сега да пристъпим към същината на въпроса. Кажи ми към кого се стремиш, до кого от висшето общество копнееш да се докоснеш?

– Лейди Ди – отвърна той, след като събра смелост.

– Страхотно! Няма никакъв проблем – възкликна Хал.

– Но тя е мъртва – възрази Варадин.

– Мечтите не умират, приятелю.

– Значи ще ми уредите среща с нея?!

– Естествено!

– Но това няма да бъде тя, нали? Няма начин, след като е мъртва! – той повиши несъзнателно глас: – Ще изпратите някоя актриса! Копие! Двойник!

– Ние ти подаваме песъчинката – рече невъзмутимо Хал, – а дали от нея ще се пръкне бисер, зависи само от теб. Имаш ли си сюжет?

Той зачука нещо по клавиатурата си.

– Моля?

– Наясно ли си какво ще правиш с нея?

– Ами...

– Сигурен съм, че дълбоко в себе си отлично знаеш какво ти се ще! – прекъсна го Хал. – Може би се срамуваш да го формулираш точно сега, но ние не бързаме. И без това графикът е запълнен до дупка. Не мога да те вмъкна по-рано от другия месец, освен ако някой не се откаже. Но не вярвам. Луди са по нея, особено тия от Близкия изток.

– Хал, вече имам сюжет – рече неочаквано Варадин; тонът му беше станал мъртвешки. – Току-що го измислих.

– Чудесно! Това ще ни улесни – предпазливо рече Хал. Струваше му доста усилия да го формулира на английски.

– Ще ѝ скъсам курвенския задник – ниско процеди Варадин.

– Какво?! – трепна операторът.

– Ще ѝ скъсам задника – повтори Варадин с разпадащ се глас: – И твоя също, копеле!

Стисна GSM-а в юмрук и го тресна в бюрото, сякаш искаше да го забие в невидимото ухо на Хал – да му го натика чак до проклетия пилешки мозък.

– 100! – изкрещя той, така че витрините на секцията звъннаха. – 100! 200! 300! 400! 1000!

Майната ти, Пеполен! Вече нищо не можеше да го спре. Всички цифри, наблъскани в главата му до този момент, изхвърчаха навън като рояк побеснели оси и се групираха в числа, които светкавично набъбваха.

– 2000 – продължи Варадин, – 3000, 4000, 10 000, 20 000, 100 000, 1 000 000!

Скоро му стана невъзможно да произнася тези километрични числа и само мърдаше беззвучно устни, съзерцавайки цифрите, които валяха една след друга. Беше красиво и страшно едновременно.

33.

До кабинета на Министъра
До службата на Говорителя на МВнР
До управление ЕСА
До управление Информация

Преглед на британския печат

Британската преса отделя значително внимание на гостуващата в Лондон изложба „Хигиената по българските земи“, която се открива днес в престижния Британски музей. Новината присъства в културната хроника на повечето големи всекидневници.

„Предизвикателството на Българския клозет“ (Bulgarian WC Challenge) от Мат Госуел, вестник „Трибюн“.

Широко разпространената представа, че WC е рожба на елизабетинската епоха, навярно ще претърпи корекции, когато днес за първи път бъде изложено българското му съответствие, пише Госуел. Откритото в България съоръжение датира от около 673-680 година и представлява функционален модел на воден клозет, какъвто за пръв път ще срещнем в Западна Европа почти 1000 години по-късно. Още се спори за произхода му: тракийски, български или византийски? А защо не и келтски?

Досега подобни инсталации не са открити нито в тракийските некрополи, нито в гръко-римските археологически центрове на територията на България. Това дава основание на експерта от Българското историческо дружество в Лондон Петър Панчев да твърди, че става дума за древна хигиенна традиция, пренесена от

Старата Велика България, простираща се в миналото на територията на Украйна и Южна Русия. Българите претендират да са едно от най-старите племена на Земята, населявали в древността плодородната Ферганска долина в подножието на Памир.

Остава загадка защо въпросната инсталация не получава по-широко разпространение в средновековното българско царство. Според Петър Панчев това се обяснява с нашествието на турските племена в края на 14. век, които систематично разрушавали тези достояния на местната култура. Той не изключва на територията на България да бъдат открити още паметници от такъв характер.

На съвършено различно мнение е археологът Елена Пападопулос от Оксфорд. Според нея WC инсталацията имала византийски произход. Отсъствието на други съоръжения от такъв характер тя обяснява с нахлуването на българските племена на Балканския п-в през 7. век, които систематично са ги унищожавали, смятайки ги за християнски светилища. Тезата ѝ не обяснява защо подобни инсталации не са разпространени никъде другаде в границите на някогашната Византийска империя.

Оригинално становище изказва проф. Майкъл Калахан от университета в Глазгоу. Според него WC реликвата е наследство от времето, когато келтските племена са обитавали тези земи. Очевидно обаче тази келтска традиция е била твърде различна от традицията на келтите в Западна Европа и по-специално на Британските острови.

Произходът на WC съоръжението от Провадия засега остава загадка. Очаква се изложбата да бъде посетена лично от Н.В. Кралица Елизабет II.

Вестник „People“ отбелязва, че разкопките и консервирането на уникалната находка са се извършили благодарение на ентусиазма на местните хора и спонсорството на холандска фондация. Българският министър на културата е отказал финансирането на проекта, оправдавайки се с орязания си бюджет.

Редакционен коментар на събитието под заглавие „Was it actually in use?“ (Употребяван ли е бил всъщност някога? /има се предвид клозетът/) посвещава и вестник „European Post“.

Древното съоръжение, се казва в коментара, стърчи, обгърнато в трагична самота, сред мрака на балканската история. Опитите да бъде приписано на определена културна традиция засега не се увенчават с успех. Изглежда, първата WC инсталация е дело на гениален предтеча на Леонардо да Винчи, останал за съжаление неразбран от съвременниците си. Хипотезата се подхранва от съмнението на археолозите, че съоръжението някога е било използвано. Ако това се потвърди, ще станем свидетели на един културен парадокс, който в значителна степен обяснява ситуацията на Балканите днес. И дори ако приемем, че сър Джон Харингтън вече не е първият откривател на водния клозет, остава ни утехата, че той поне е първият, който го е въвел в употреба - заключава авторът на коментара.

Снимки на съоръжението и скици, придружени с кратки информации, са публикувани във вестниците „Либърейшън“ и „Индевър“, като последният публикува и снимка на кмета на град Провадия с текст: „Преден пост на прогреса!“

Другата водеща новина в пресата е продължаващият конфликт на Балканите.

****

– Ама на какво прилича това?! – гневно възкликна Деворина Селянова, като захвърли разпечатката сред остатъците от закуската върху масата. – Защо никой не пише за мен?

Варадин я изгледа с дълбока тъга. Нощта бе издълбала тъмни кръгове под очите му. Имаше вид на човек, който се завръща от преизподнята, натоварен с тайната за края на света.

– Защо ме гледаш така? Какво толкова съм казала? – нервно рече тя.

– Имаше такова условие, ако си спомняш – отвърна тихо той. – Това е неформален ангажимент и те не желаят гласност.

– Как си могъл да приемеш подобно нелепо изискване?! – избухна тя. – Каква е ползата от тази среща, ако никой не разбере за нея?!

Варадин не каза нищо. Беше прекарал мизерна нощ. Дамите бяха окупирали спалните в резиденцията, оставяйки го да се гърчи върху дивана в хола. Но мъките на тялото бяха нищо в сравнение с мъките на душата. Из пустите улици на съзнанието му бродеха страшни въпроси като глутница улични песове през зимата. Душеха по ъглите, джафкаха се и виеха сърдито, но той нямаше с какво да ги нахрани. И ставаше все по-зле!

През открехнатия прозорец долиташе свежа струя. Тънкото перде леко потрепваше.

– Значи тя ще иде да види проклетия клозет и този факт може да бъде разтръбен от пресата – поде Селянова с нова ярост, – а това, че ще дойде на моя концерт – не!? Какво излиза? Че един клозет е по-важен от мен! Как сте допуснали този абсурд?

– Изложбата не е съгласувана с нас – измънка той.

– А с кого е съгласувана? – настръхна тя.

– Ами не е съгласувана с никого – рече той. – Инициативата е на Британския музей и общината на Провадия.

– Но това наистина е абсурдно! – намеси се дамата, известна като Мичето. – Не можем ли да поканим Би Би Си да направят репортаж? Може би още не е късно? Нали поддържате връзки с Би Би Си? – обърна се тя към посланика.

– Какво? – намръщи се той.

– Би Би Си – повтори тя. – Да осигурят екип за довечера.

Варадин се усмихна снизходително.

– Това не ви е София все пак? – подхвърли той. – Освен това рискуваме да анулират ангажимента.

– Как така, в последния момент? – опули се Мичето.

– Съгласни ли сте да рискувате? – предизвикателно рече той.

Възцари се ледено мълчание.

– А няма ли да бъде по-лесно – обади се другата компаньонка, – ако г-жа Селянова отиде лично да открие това фамозно съоръжение? Едва ли някой ще възрази. Тогава всички вестници ще пишат за нея.

– Как можа да го кажеш, Вероника!? – ревниво извиси глас Мичето. – Госпожа Селянова пропагандира непреходните духовни ценности! Не може дейността ѝ да бъде асоциирана с нещо толкова вулгарно!

Вероника Дишлиева, знатна дама от столичния хайлайф, извърна лице към патронката си. „Виж я, моля ти се, как се превзема!“, искряха гневно очите ѝ. Тя понечи да сподели мисълта си на глас, но изведнъж осъзна, че няма да срещне подкрепа. Селянова изглеждаше напълно сериозна, сякаш обмисляше нещо важно.

– Слушайте – рече внезапно тя. – Никой не може да ни забрани да изпратим комюникета до вестниците веднага след концерта. Не рискуваме нищо. Да се сърдят, ако щат – след дъжд качулка. Мислиш ли, че идеята е добра? – обърна се тя към Варадин.

Един слънчев лъч затанцува триумфално върху вирнатия ѝ нос.

Той погледна през нея и кимна:

– Абсолютно.

До концерта оставаха по-малко от 10 часа.

Секундите цъкаха в мозъка му като бомба с часовников механизъм.

Селянова го изгледа разтревожено. Какво му ставаше на този човек? Вчера си беше съвсем добре, а днес изглеждаше като удавник. Сигурно си имаше някакви грижи, но това малко я засягаше. „Дано не изпорти нещата в последния момент“, помисли си тя.

– Ще отида да проверя как вървят приготовленията – измърмори той, поглеждайки часовника си, и стана.

34.

– Лейди & Сър Брандън Крофт! – извика тържествено Бари Лонгфелоу.

По пътеката между редиците от кюбикъли се зададе достолепна двойка на средна възраст. Тлъста плетеница от перлени гердани опасваше шията на дамата. Тя се усмихна ослепително и направи кръшна чупка в кръста. Под високите сводове на фабриката отекнаха ръкопляскания.

Лейди Крофт, известна в цивилния живот като Сюзън Лемур, всъщност се подвизаваше като двойничка на Бриджит Бардо. Напоследък славата ѝ вехнеше неумолимо и тя с готовност прие да участва като статист в новия спектакъл. Ролята на Брандън Крофт се изпълняваше от един спечен мъжкар, на име Ло, който приемаше отскоро образа на популярен футболен играч грубиян. Родът на сър Брандън, според Указателя на благородническите фамилии в Обединеното кралство, водеше началото си от 1234 година. Семейството притежаваше наследствена земя в Ланкастършир и малък замък в Уелс.

– Преподобният Адам Сакс, абат на Невърбъри и глава на настоятелството на Целестинския благотворителен тръст – провикна се отново Бари Лонгфелоу.

На пътеката излезе пълничък джентълмен с лилаво расо и палави очички. Не се изискваше особено въображение, за да се досети човек чий двойник беше той. Истинското му име беше Пат Вомит, но всичко останало принадлежеше на Бени Хил – глас, лице, походка, жестове; великият комик сякаш му ги беше завещал, преди да се пресели в отвъдното.

Преподобният Адам Сакс се присламчи към лейди Крофт, изви набожно очи към тавана и я ощипа по задника. Избухна луд смях.

– А, не! – намеси се Зиблинг, който стоеше до Бари и следеше Парада на благодетелите, както сам го бе нарекъл, с професионален интерес. – Няма да правиш така, разбра ли? Сега не си Бени Хил!

– Oooops, sorry! – възкликна Пат Вомит и отново последва смях.

Бари му се закани с пръст, после извика:

– Баронеса Ремулад!

Ремулад беше името на сос за пържени картофки, което звучеше много аристократично според Томас Мънроу, авторът на почетния списък. В един момент той се бе почувствал отегчен до смърт да прелиства Указателя на благородническите фамилии и да преписва статиите му. Посягайки с мазни пръсти към халбата бира, той съзря случайно опаковката на соса, която се въргаляше на бюрото му, и бе осенен от вдъхновение. Ремулад, записа той в легендата на образа, са древна датска фамилия, произхождаща от владетелите на балтийския остров Ферхойген. От началото на 50-те години представителите ѝ живеят в Лондон.

Баронеса Ремулад беше измита блондинка с лице на удавник, втренчен в небето през дебела плоча лед и походка на робот. Носеше бледорозов костюм на карета, бели ръкавици и огромни лъскави обеци. Звездата ѝ беше изгряла преди година и половина, когато домакинята Луси Норд хладнокръвно отряза пениса на похотливия си съпруг, после написа книга за това и се превърна в знаменитост от двете страни на океана. Оттогава личността ѝ бе разпалила страстите на мнозина и фабриката не закъсня да отговори на пазарните очаквания. Ролята се изпълняваше от антипатичната Илейн Картър, също така домакиня от средната класа. Тя нямаше куража да постъпи като мисис Норд, но се нуждаеше от допълнителни доходи, за да погасява вноските по заема за изкуствените си цици. Славата на Норд обаче скоро повехна, докато лихвите по заема продължаваха да цъфтят.

– Лорд Дефи Атууд и сестра му, лейди Госип – обяви Бари Лонгфелоу.

По пътеката се зададе инвалидно кресло, бутано от строга персона с орлов нос и вид на вдовица. В креслото седеше Самюъл Фог, небезизвестният двойник на физика Хоукинг, облечен в разкошен червен мундир. Ловките гримьори на агенцията се бяха потрудили да му придадат достолепен вид. Въпреки това всички присъстващи се разхилиха, а той им отвърна с блуждаеща зловеща усмивка.

– Лейди Маркс, дукеса Хафбрейн, сър Галфън – продължаваше да тръби Бари като средновековен маршал: – Хю Мънроу ескуайър, председателят на монархическата лига, сър Джей.

Титулуваните особи пристъпваха важно, с изпъчени гърди и стиснати устни. Когато бляскавото шествие се изниза, Бари хвърли поглед към шефа си. Зиблинг възторжено изръкопляска и направи знак на участниците да се приближат.

– Дами и господа – поде той, – намираме се в навечерието на една своеобразна суперпродукция. Досега не сме правили подобно нещо; всеки от вас въртеше своето малко шоу отделно и независимо от другите. Днес обаче ви предстои да се включите в мащабен сценарий с необичайно висок коефициент на реализъм. И макар че повечето от вас участват в него само като статисти, това не означава, че ролите им са маловажни. Клиентите очакват от нас автентичност и ние ще им я дадем!

Той обгърна с поглед смълчаните актьори и продължи:

– Хората по света се възбуждат от различни неща. Общественото положение, славата и престижът винаги са били и ще бъдат сред най-мощните афродизиаци. Онези, които се домогват до тях обаче, рядко си признават, че преследват егоистично сексуално удовлетворение. Понякога те самите не осъзнават това, а се прикриват зад абстрактни и неясни цели. Но не могат да измамят дълбоката си същност. Природата на оргазма е капризна и загадъчна. Милиони не могат да се докоснат до него цял живот, докато други му се наслаждават през ден. Едни трябва да похарчат цяло състояние, за да си го доставят, при други – идва сам като златен дъжд. Блажени са тия, които се задоволяват с малко! Нашите клиенти обаче не са сред тях. Те искат всичко! Ако това ще им помогне да свършат, толкова по-добре.

Зиблинг направи кратка пауза, сетне простря ръка напред.

– Дами и господа – патетично се провикна той, – Нейно кралско величество, Елизабет II!

Всички извърнаха погледи към началото на пътеката. Там стоеше дребна възрастна женица с бледозелена капела и бели гумени сандали. Зад нея, в ролята на телохранител, стърчеше Дезмънд с жица в ухото и строг черен костюм. Старицата вдигна ръка и помаха за поздрав. Изглеждаше толкова истинска, че през всички присъстващи премина тръпка на страхопочитание.

– Но коя е тя? – прошепна баронеса Ремулад в ухото на сър Крофт.

– Нямам представа! – сви рамене играчът на Манчестър. – За пръв път я виждам.

– Я виж ти! – възкликна Пат Вомит, чийто стаж в агенцията беше значително по-дълъг. – Мисис Кънингъм се завръща! Хип, хип, ура!

Кралицата спря и го изгледа сурово.

– Отсечете му главата!

Зиблинг избухна в смях. Той се спусна към възрастната дама и сърдечно я прегърна.

– Лельо Хелън! Както винаги – неотразима! Толкова се радвам, че отново си сред нас!

– Аз пък не се радвам толкова – отвърна му троснато тя, – но трябва да си купя нов хладилник. А с тия учителски пенсии?

Мисис Кънингъм поклати ядосано глава.

– Ще си купиш дори два хладилника! – потупа я Зиблинг по рамото: – Какво ще кажеш за сценария?

– Блудкав като самия живот – отсече тя. – Ще се справя, не ми е за пръв път.

– Ето, това се казва професионалист – обърна се Зиблинг към останалите: – А вие готови ли сте?

Групата кимна.

– Добре тогава – рече той. – Стига толкова репетиции. Мисля, че всеки си е научил урока. Сценарият не е сложен, но изисква концентрация. Не се напивайте, не говорете много, надувайте важно бузи и всичко ще бъде наред. Отлитам да видя дали сцената е готова. Бари ще се погрижи за вас. Ще се видим довечера!

Катя проследи репетицията, облегната безучастно на стената на гримьорната. Тя не беше включена в сценария по обясними причини, но не съжаляваше. Обстоятелството, че това гротескно шоу щеше да се разиграе на територията на българското посолство, я хвърляше в дълбоко недоумение. Защо, кому беше нужно?? И кой щеше да плати сметката накрая? Чувстваше се персонално унижена. После престана да ѝ пука. Беше по-щастлива отвсякога, че си е обрала крушите оттам.

Тя се настани пред огледалото, за да изпробва една нова перука, обагрена в светлорозово. Бяха я донесли днес следобед. Беше съществен елемент от поредния сценарий, предназначен за някакъв заможен дърт пънкар.

– Значи ти си най-новата ми снаха? – долетя ироничен глас зад гърба ѝ.

Тя се отмести леко и зърна образа на мисис Кънингъм в огледалото. Старицата ѝ харесваше; имаше още дързост в гласа ѝ.

– На колко си години? – продължи тя.

– На 24 – отвърна Катя.

– Харесва ли ти ролята?

– Графикът е доста напрегнат – измъкна се момичето.

– Трябва им още една принцеса – отсече мисис Кънингъм. – Това шоу има да се върти още дълго. Няма да останеш без хляб, повярвай ми!

– Нямам нищо против – рече Катя. – И без това не смятам да остана вечно в този бизнес.

– Рускиня ли си?

– Българка – поклати глава Катя.

Мисис Кънингъм примижа, сякаш се опитваше да си спомни нещо важно.

– О, ти си момичето, което е работило там, нали? – живо попита тя.

„Виж ти, всички знаят“, помисли си Катя. И това ми било конфиденциалност!

– „Работила“ е силно казано – усмихна се криво тя. – Чистех от време на време, срещу квартира. Беше истински късмет, защото в началото нямах пукната пара. Но вече не е така, изнесох се.

– Накъде върви светът! – въздъхна осъдително старицата. – Да се мастурбира на такова високо равнище!? Това май е прекалено, не мислиш ли?!

– Високо, ниско, все тая – сви рамене Катя.

– Не го одобрявам – поклати глава мисис Кънингъм. – Мисли, каквото щеш, но не го одобрявам. Онанизмът пречи на хората да се развиват. Учили са ме като малка. Сега разбирам какво са имали предвид.

Тя бръкна в чантичката си и измъкна дълга пурета. Драсна клечка кибрит. Над главата ѝ се изви сладникав дим.

– Всеки знае да се драпа в тъмното – продължи тя, пафкайки енергично, – не ти трябва да си красив, нито умен, нито богат – нищо! Можеш да си спестиш дори елементарната хигиена. Човек се отпуска. Защо да се напрягам, казва си, да се трудя върху себе си, за да изглеждам привлекателен, като мога да се оправя и сам. Това е краят. Свикнеш ли веднъж, вече нищо не може да те спре. Превръщаш се в животно.

Кралицата избълва последователно няколко кръгчета дим.

– Когато някой си се драпа сам, то си е за негова сметка. Но когато се драпа цялата държава, става напечено – философски обобщи тя.

– Чудесно, защо не използваш случая да им го кажеш? – предложи Катя.

Кралицата се замисли, после поклати глава:

– Няма го в сценария. Пък и не ми влиза в работата. Но ти не бери грижа: ще се намери кой да им го каже. Винаги се намира.

Старицата се запъти към своята гримьорна, мърморейки си под носа:

– Кой го измисли този проклет концерт? Пак ли Мънроу? Мозъкът му съвсем е закърнял!

35.

– Ти ме измами – изхриптя Варадин. – Мошеник!

Гласът му се процеждаше от устната кухина като гъста черна вада, пълна с отровни микроорганизми.

– Екселенц – хладно рече Зиблинг, – не разбирам за какво говорите. Искахте кралицата, имате я! Какво повече ви трябва?

– Истинската кралица, негоднико! – простена посланикът и изхълца:

– 100!

– Моля? – повдигна вежди Зиблинг.

– 95 – каза Варадин и повтори яростно: – The real queen![21]

– The real queen?! – искрено се изуми онзи. – Вие не сте добре.

– Не съм! – отсече посланикът. – 300.

Системата на Пеполен се разпадаше неудържимо. Явно не беше проектирана за подобно натоварване. Механизмът на емоционалната преса беше засякъл; хвърчаха безразборно числа, пръскаше масло. Всеки момент можеше да рухне окончателно и да го смачка под руините си. Трябваше да спасява мозъка си.

Зиблинг го наблюдаваше втренчено, сякаш се мъчеше да отгатне какво точно става в душата на клиента му.

– Защо не доведете и лейди Даяна – изхриптя язвително посланикът, – за да бъде шоуто пълно.

Онзи чевръсто повдигна вежди.

– Не сте казали.

– Стига! – прекъсна го Варадин. Той остави цифрите да се сипят в някакво пусто кътче на мозъка му и

---

[21] Истинската кралица!

продължи: – Въобразявате си, че можете да ме водите за носа? Знам всичко за вашата агенция!

– Ние не крием нищо, сър – спокойно отвърна Зиблинг. – Мислех, че поначало сте запознат с характера на дейността ни. Вие първи ни потърсихте, ако си спомняте.

– Дийн Карвър ви препоръча и аз му повярвах – рече с горчивина посланикът и допълни язвително: – Предполагам, че е имал интерес от това...

– Не се учудвам, че е говорил добре за нас – рече Зиблинг. – Ние наистина си разбираме от работата. Уверявам ви, че шоуто ще ви хареса!

– Няма да има никакво шоу! – отсече Варадин.

– Ще се откажете в последния момент? – онзи се размърда неспокойно. – Но защо?

– Защото се каните да ми пробутате фалшива кралица, затова! – избухна посланикът. – Наистина ли ни смятате за толкова тъпи?!

Зиблинг изведнъж почервеня и скочи от мястото си.

– Сър, нито за момент не съм допускал, че очаквате от нас да ви доведем Нейно величество! Това е абсурдно! Как можа да ви хрумне подобна нелепа идея?

Посланикът бързо премигна насреща му.

– Ще измислим нещо – прошепна той по-скоро на себе си. – Че се е разболяла или са изникнали важни държавни дела. Не знам. Трябва да измислим нещо!

– Ами останалите? – делово попита Зиблинг.

– Останалите?! – Варадин зяпна глуповато.

Пред очите му изтече списъкът с имената и титлите на видните гости.

– Искам да ви предупредя, че те са само статисти – рече Зиблинг. – Не бива да разчитате особено на тях.

Варадин сграбчи основата на носа си с два пръста и започна да я разтрива, докато усети болка в синусите.

– Трябваше да се сетя – простена той. – Погрижили сте се за всичко!

– Естествено – кимна Зиблинг. – Не ни беше никак лесно. Обикновено хората си избират по-камерни сюжети. Но вие толкова държахте на този концерт! Сигурно си имате основателна причина. Не знам. Не ми е работа да коментирам желанията на клиентите, а да ги изпълнявам. Не мога да допусна обаче външни лица да се смесват с трупата. Това е непрофесионално.

– Но те си купиха билети, за бога?!

– Предположихме, че ще ви достави удоволствие. Включили сме ги в общата сметка. Не се безпокойте.

Посланикът рязко вдигна глава:

– Очаквате да платя за този маскарад?

– Между другото съм тук и за това – бодро отвърна Зиблинг – да ви напомня, че наближава денят за плащане. Изготвил съм ви подробен отчет за разходите, до последното пени!

– Вие май не разбрахте, че се отказваме от услугите ви!

– Не бъдете толкова припрян, екселенц – продължи Зиблинг, без да изглежда видимо съкрушен от новината. – Вече са направени инвестиции, дължите ни неустойка при всяко положение. Освен това ние всички си имаме билетчета, включително аз, ето – той бръкна в горното джобче на сакото си и размаха картонче с печата на посолството, – и нямаме никакво намерение да се отказваме от зрелището и кльопачката. Знам, че се готвите за това събитие от половин година. Надошли са трубадури и акробати чак от родината ви! Струва си да се види, нали?

– Ще ви върнем парите за билетите – мрачно отсече посланикът. – Няма да ви оставя да се погаврите.

– Само не се самоубивайте! – прекъсна го Зиблинг. – Тревожа се за вас, знаете ли? Откъде ще си намерите други гости? – Той погледна часовника си. – До концерта остават по-малко от три часа. Предполагам, че някои хора много ще се ядосат, ако залата бъде празна. Особено ако разберат защо. Кой седи в дъното на провала? Няма да може да хвърлите вината върху дребните риби. Помислете за кариерата си!

Варадин му отправи празен поглед. Какво значение имаше това сега? Кариерата му вече беше провалена.

– Не, нищо не е загубено, сър! – провикна се Зиблинг, сякаш бе прочел мислите му. – Не бива да се отчайвате! След като сте извършили една грешка, не правете втора. Оставете ни да изиграем шоуто си и всичко ще бъде наред. Те са перфектни професионалисти, особено кралицата ни. Случвало се е децата в парка да я спират и да питат: „Извинете, вие ли се Елизабет II?“ Представяте ли си? А костюмите са направо убийствени!

– Предлагате ми измама?

– Предлагам ви изход – сниши глас Зиблинг. – Единственият за човек във вашето положение! Аз ще ви спася, а вие просто се придържайте към договора. Няма да има скандали. Няма да излизат материали в пресата. Някой ще си мисли, че е вечерял с Нейно величество и ще бъде щастлив. Вие ще бъдете герой. А после, ако ви се прииска принцесата, само ми свирнете. Падате си по нея, нали? За редовните клиенти има големи отстъпки.

Неусетно се беше приближил до Варадин, закривайки оскъдната следобедна светлина, която струеше от прозореца, фигурата му изведнъж се разрасна и сянката ѝ легна върху разхвърляното бюро. Устните му почти докоснаха ухото на посланика, сякаш се канеха да изпият оскъдното съдържание на мозъка му. Облъхна го противна топлина.

– Вие сте самият дявол! – прошепна Варадин.

36.

Точно в 18,45 една розова капела във формата на гигантски еклер мина триумфално през дверите на посолството. Зад нея припряно ситнеха Варадин и двете компаньонки, фоайето лъщеше като облизано. Кристалният полилей празнично искреше. На прага ги посрещна господин Кишев с мазен поклон. Още двама дипломати се мотаеха наоколо с вид на разсилни. Никой от тях не беше удостоен с честта да присъства на концерта. Задачата им бе да обслужват предната линия на светския фронт. Техническият състав беше изтеглен дълбоко в тила поради „тактическа несъвместимост“.

Деворина Селянова дори не забеляза услужливия дипломат; отметна небрежно екзотичното си кожено наметало и го остави в ръцете му. В роклята ѝ бяха вплетени мъниста, които тутакси светнаха като новогодишни лампички. През рамото ѝ бе преметната широка синя лента с тежък медальон в долния край – трофей от гостуването в някаква далечна страна. Тя намираше, че декорацията ѝ придава достолепност и не пропускаше да си я слага при особено тържествени случаи.

Гигантският еклер се насочи към парадното стълбище, следван от антуража си. Изкачиха се бавно, с осанка на хора, които се възнасят на небето. От червената пътека се носеше свеж аромат на люляк. Вратите на залата за приеми бяха широко разтворени; между масите шетаха спретнати студенти с бели ръкавици, закупени специално за случая. Върху устните на Селянова затрептя одобрителна усмивка. После изведнъж изчезна.

– Ама каква е тази сергия? – продума нервно тя.

Погледът ѝ сочеше към масата вляво от вратата. Варадин повдигна рамене. Върху масата бяха подредени различни предмети – срещу всеки имаше етикет с цена. Нямаше представа откъде се беше взела тази проклета сергийка; само преди час, когато минаваше на последна инспекция, от нея нямаше и следа. Стоките имаха подчертано сувенирен характер: каталог с икони, издаден през далечната 1971 година (7 лири), купчина дискове с народна музика (по 5 лири), няколко чифта плетени чорапи (5 лири), декоративни цървулки (15 лири), кърпи с народни мотиви (6 лири), пъстра плетена торба (10 лири), както и още няколко живописни дреболии. Сред тях изпъкваше малката пластика на дакел с внушителна цена – 150 лири!

От коридора, който водеше към сервизните помещения, изникна фигурата на уредника. Дългата му коса беше вързана на опашка. Носеше черен вълнен костюм и дебела риза без яка, която му придаваше вид на семинарист.

– Вие ли подредихте тези неща тук? – посрещна го негодуващият глас на Селянова.

– Ами артистите ме помолиха – смотолеви той, поглеждайки виновно към битовото дървено чесало в ръцете си (Цена: 4 лири).

– Не ми харесва тази работа – поклати глава тя. – Разчистете ги веднага!

Уредникът обаче не помръдна. Тъй плах на институционално равнище, той беше готов да отстоява интересите си в битовата сфера до смърт. Госпожа Селянова нямаше навика да раздава хонорари. Нейната специалност бяха духовните стимули. Той знаеше, че ако не успее да пласира дакела, ще се върне вкъщи с празни ръце. А зимните сметки за парното неумолимо трупаха лихви.

– Сложи и тези касети, ако обичаш – пропя мелодичен глас. – Останали са ни от турнето в Аржентина.

Гласът беше на една от певиците. Тя изплува като видение от тъмния коридор, подрънкваща тежко с всички нанизи и пафти по себе си. Върху белосаното ѝ лице личаха палави трапчинки.

– Чакахме ви, госпожо – усмихна се тя непринудено. – Нали нямате нищо против да продадем малко от нашите дреболии? Хората ги харесват, а някой лев отгоре ще ни дойде добре.

Точно в този момент един дипломат пробяга нагоре по стълбите и размаха ръце.

– Идат! – провикна се патетично той и се втурна обратно.

– Стискайте палци! – възкликна певицата и се шмугна по коридора към импровизираните гримьорни в дъното.

Уредникът възприе делово изражение. Селянова изви отчаяно поглед към Варадин, но той само вдигна вежди в знак на философско примирение. Компаньонките побързаха да се изтеглят на заден план.

Настъпи загадъчна тишина. „Започва се", рече си Варадин и стомахът му се сви. Коравите шевове на фрака злобно се впиваха под мишниците му; говедото Миладин сигурно беше объркало номера. С кой акъл го изпрати да му взима дрехи под наем! Под периферията на шапката очите на Селянова щяха да се пръснат от очакване. „С малко повече късмет можем да ѝ пробутаме дори крокодил!", помисли си той.

– Ама защо никой не идва! – промърмори нетърпеливо Селянова, като се взираше в пустото стълбище.

– Ей ги на! – възкликна Мичето зад гърба ѝ.

По червената пътека се зададе една самотна двойка.

Мъжът беше грамаден, с изпъкнало шкембе и брада във формата на катинар, която го правеше по-стар, отколкото бе в действителност. Беше облечен целият в черно и ако се съдеше по вратовръзката и кърпичката в горното джобче на сакото му, имаше навика да се заглежда по витрините на Оксфорд стрийт. До него пристъпваше някакво странно същество с осанка на щраус и почти същите пера.

– Халваджиеви – процеди Селянова, – случайно да не закъснеят!

Щом двойката се изкачи обаче, лицето ѝ възприе най-благосклонен израз.

– Радвам се да ви видя, господин Халваджиев – усмихна се тя.

– Благодаря, подобно – изпръхтя мъжагата, като се ръкува последователно с нея и с посланика. После се обърна към половинката си: – Ивон, запознай се с госпожа Селянова. Това е Ивон – добави той с отсянка на гордост.

– Драго ми е – разцъфтя съществото. – Страхотно парти! Мършавата ѝ шия бе бронирана с няколко реда перли.

– Хайде, идвай! – придърпа я той към себе си. Двама студенти се завтекоха да им покажат местата.

Селянова ги изчака да се отдалечат достатъчно и жлъчно подхвърли:

– Спонсори, какво да ги правиш.

Халваджиев дължеше благополучието си на един малък къс от народното стопанство, блуждаещ безпризорно някъде между Изтока и Запада след разпадането на социалистическата икономика. Той го беше взел на буксир и самоотвержено отвел край тихото устие на Темза. В редките случаи, когато говореше за това, Халваджиев обичаше да използва глаголи като „спасявам“ и „съхранявам“. Малцина обаче споделяха неговата логика. По този повод в България се спрягаха съвсем други глаголи, обагрени в силно негативен смисъл. Затова често му се налагаше да спонсорира културни мероприятия особено когато се организираха от управляващите. Печатницата за индулгенции се въртеше с пълна пара.

В 19,00 пред посолството спря голям туристически автобус. Вратите му се открехнаха с приглушено съскане и пред смаяния поглед на дипломатите се изсипа шумна тълпа от хора в официално вечерно облекло. Предвождаше ги Робърт Зиблинг.

– Ето ни и нас! – бодро извика той и се втурна напред.

Селянова застана нащрек.

Гостите заприиждаха по стълбището. Заваляха титли и усмивки: баронеса Ремулад, дукеса Хафбрейн, сър Джей, лейди Маркс, сър Галфън. Тя усети, че се разтапя сред този светски водовъртеж. Опашката се проточи чак до долния край на пътеката. Преди да влязат в залата, знатните особи спираха пред сергийката, пипаха мистериозните вещи, задаваха въпроси. Ала уредникът не знаеше английски и не беше в състояние да задоволи любопитството им. Само ги наблюдаваше с растяща неприязън. Никой не се сещаше да извади портфейла си.

Проклети циции!

Последни докретаха дипломатите, които мъкнеха инвалидния стол със сър Дефи Атууд. Главата му се люшкаше насам-натам, а медалите звънко подрънкваха върху мундира му. Край тях подтичваше строгата лейди Госип и настойчиво подвикваше:

– За бога, внимавайте!

После отново настъпи затишие.

– Ами ако не дойде? – разтревожи се Селянова.

– Няма такава опасност – рече Варадин, поглеждайки часовника си.

В този момент изникна Зиблинг.

– Какво правите тук? Защо не сте пред входа?! – разсърди се той. – Не сте ли чели сценария? Това не ви е все пак дукеса Хафбрейн!

– О, божичко! – възкликна Селянова. – Съвсем забравих!

Тя сграбчи посланика подръка и двамата запрепускаха надолу по стълбите. Зиблинг поклати осъдително глава.

Бари Лонгфелоу се доближи до него и небрежно се подпря на парапета. Сега той беше виконт Балтазар дьо Мулен.

– Очертава се тежка вечер, а, сър? – подхвърли Бари.

– Не я изпускай от очи тази пасмина! – предупреди го Зиблинг.

– Знам си работата! – отсече той.

Уредникът ги гледаше втренчено с малките си лъскави очички. Зиблинг му помаха дружелюбно:

– Хай, дойдохме с мир!

Той не разбра какво му казват и свъси подозрително вежди.

Шибани циции!

Ролсът безшумно акостира пред входа на посолството. Липсваха всякакви опознавателни знаци: гербове, знаменца, коронки. Огромното черно возило беше обгърнато в тайнственост, сякаш се движеше не по човешките пътища, а летеше по невидимите магистрали между световете. От колата излезе строен мъж в бежов шлифер, отвори задната врата и подаде ръка на една възрастна дама.

„Господи, едно към едно!“, изтръпна Варадин.

– Your Majesty! – изцвили госпожа Селянова и се хвърли към старицата като ястреб, съзрял заек в полето.

– Oh, my dear! – възкликна мисис Кънингъм. – Вашата благородна кауза ме трогна до сълзи! Ето че отново се срещаме, екселенц – обърна се тя към Варадин: – Продължавайте да служите на родината си в същия дух и Бог ще ви възнагради!

„Вещица!“, процеди наум той, поемайки ръката ѝ.

Дипломатите закръжаха наоколо като възбудени оси; единствено строгият поглед на Варадин ги удържаше на прилична дистанция. Групата се отправи към залата. Кралицата се подпираше на госпожа Селянова и повтаряше неуморно:

– Oh, my dear!

Бодигардът ги следваше неотлъчно.

Кръвта шумеше в главата ѝ. Господи, каква чест! Каква чест! Да можеха да я зърнат отнякъде Кютучева и Мустакова! Какво знаеха те? Жалки провинциалистки! Ето, че ТЯ върви до мен, обляга се на ръката ми, говори с мен – самата английска кралица! Чувате ли? Виждате ли? Разбирате ли? Не, никой не дава пет пари. Ужасен народ, не заслужава нищо. Oh, my dear! Ето, че пак го повтори. Това са сигнали. Тя ме харесва. Пътеката под краката ѝ беше изчезнала; имаше чувството, че стъпва по въздух. Изпълваше я чудно сияние. Вървете на майната си, проклети простаци! Аз минах от другата страна. Вече не съм една от вас. Не съм същата. Друга съм. Не ви познавам.

Ах, колко е хубаво!

– Я, какво е това? – възкликна мисис Кънингъм.

„О, не! Пак тази проклета сергийка", изруга наум Селянова. Магията изчезна. Кралицата се залепи за масата и започна да разглежда нещата. Особено впечатление ѝ направиха декоративните цървулки от свинска кожа.

– Какви интересни мокасини! – рече тя, като ги повдигна за връзките.

Този път уредникът се почувства длъжен да каже нещо.

– Цървули – произнесе сериозно той, целият изпотен от притеснение. – Национален костюм.

– Oh, tzarvuli! – видимо респектирана, повтори тя. – Колко прекрасно наистина! Tzarvuli!

– Цървули, цървули – ентусиазирано закимаха всички наоколо.

– Изглеждат толкова сладки – умилено каза мисис Кънингъм. – Мога ли да ги пробвам?

Уредникът премигна глуповато.

– Иска да ги пробва – преведе Селянова с леден глас.

Варадин метна унищожителен поглед към Зиблинг, който следеше ситуацията с нездрав интерес, граничещ с удоволствие. Дипломатите се разтичаха и донесоха стол. Тя седна и свали сандалите си. Уредникът ѝ помогна да завърже цървулите.

– О, толкова са удобни тия tzarvuli – рече кралицата, като се разходи напред-назад: – Ще ги взема.

„Господи, какъв урок ни даде тя всъщност!“, проблесна в съзнанието на Селянова. Само една кралица можеше да постъпи толкова дипломатично. Беше ѝ в кръвта.

– Your Majesty! – развълнувано извика тя. – Изглеждате фантастично!

– Oh, my dear! – махна с ръка мисис Кънингъм.

Без да се преобува, тя зашляпа към залата. Всички гости станаха на крака и започнаха да ръкопляскат. После вратите се затвориха. Лицата на дипломатите посърнаха. Мавродиев запали цигара и напъха дълбоко ръце в джобовете си. Кишев вдигна кралските сандали от земята, разгледа ги със страхопочитание и ги постави на масата.

– Ей, ами кой ще плати цървулите!? – внезапно се сети уредникът.

Въпросът му увисна без отговор. Данаилов кръстосваше пред вратите като лъв и сумтеше гневно. От залата се разнесоха тържествени звуци. Кишев, който минаваше за познавач на класическата музика, се ослуша и скръбно отбеляза:

– Одата на радостта.

„Одата на радостта“ се изпълняваше от група български студенти, които се обучаваха в Кралския музикален колеж. Гостите ги слушаха в захлас. Обслужващият персонал сновеше безшумно между масите и пълнеше чашите с вино. Когато тази своеобразна интермедия приключи и ръкоплясканията утихнаха, госпожа Селянова се надигна и пое дълбоко въздуха, наситен с аурата на висшето общество. Той я зашемети като райски газ и тя едва не политна назад, ала се овладя.

– Your Majesty! Dear ladies and gentlemen! – подхвана тя с монументална интонация на дружинен ръководител, който рапортува пред лагерния огън. – Голяма чест и голямо удовлетворение за мен е да ви приветствам с добре дошли. Присъствието на толкова забележителни личности в тази зала днес е ясен знак за съпричастност към нашата благородна кауза. Искам да ви благодаря от името на целия български народ и да ви уверя, че този исторически сигнал ще бъде разбран и оценен по достойнство. Тази вечер вие ще имате уникалната възможност да се докоснете до непреходните ценности на българския гений. Позволете ми да отворя пред вас тази драгоценна съкровищница на духа, от която струи светлината на най-възвишените човешки идеали, за да се убедите, че ние принадлежим към едно и също културно отечество, наречено Европа. Your Majesty! Ladies and gentlemen! Гордост и вълнение обземат сърцето ми при мисълта, че тъкмо аз съм призвана да ви поднеса този цивилизационен ключ към моята страна. Моля ви най-покорно да го приемете!

Настъпи кратка пауза. Зиблинг започна да приплясква подканящо и всички останали го последваха. „Yes! – извика наум Селянова. – Знаех си, че ще ги пратя в облаците!“ Словото ѝ бе съчинено от един опитен литературен ласкател, преминал на служба при мъжа ѝ директно от яслата на предишните си господари. Биваше си го, трябваше да признае.

– А сега, позволете ми да дам думата на Her Majesty, Елизабет II, кралица на Великобритания – патетично обяви Селянова.

– Благодаря – кимна делово мисис Кънингъм. – Каузата на кафявите мечки винаги е била близко до сърцето ни. Затова считаме, че настоящата инициатива представлява ценен принос за екологичното равновесие на континентална Европа.

Сянка на недоумение премина по лицето на Деворина Селянова.

– Ама какви ги дрънка тя, по дяволите! – изсъска Варадин в ухото на Зиблинг. – Концертът е в полза на сираците! Пише го дори върху поканите!

– Има ли значение? – прошепна онзи. – Все са застрашени видове, нали?

Зад маската му на непукизъм обаче изригна грозен порой от ругатни: тоя скапаняк Мънроу! Всичко да оплеска! Ще му резна хонорара на това церкано лайно!

– Кафявите мечки са наши приятели – заключи важно мисис Кънингъм. – Следователно приятелите на кафявите мечки също са наши приятели.

Тя повдигна чашата си:

– За здравето на всички мечки по света!

„Майната ти, Мънроу“, въздъхна Зиблинг. Отекнаха френетични ръкопляскания.

– Ще ми платиш за това! – процеди посланикът.

– Човешко е да се греши – сви рамене Зиблинг.

„Е, какво пък толкова“, мислеше си госпожа Селянова, докато аплодираше речта на кралицата. При толкова ангажименти човек се обърква. Знаеше го от личен опит. Думите отлитат, фактите остават. По-важното е, че седи на масата ми, мъдро заключи тя.

Програмата се откри с изпълнение на народната певица Радка Манджурова. Беше сервиран и ордьовърът:

задушени дробчета с бяло вино и салата от пресни репички a la Banicharoff".

– Mmm, delicious![22]– възкликна мисис Кънингъм, но комплиментът ѝ остана нечут.

Радка Манджурова беше природен феномен, изследван неведнъж от физиците. Гласът ѝ притежаваше мощна пробивна сила. За да се докаже нагледно този неоспорим факт, пред публиката беше извършена демонстрация. Поставиха една кристална чаша на около метър пред устата на певицата и след няколко могъщи извивки тя се пръсна на прах. Селянова стрелна победоносно примрялата от ужас кралица:

„Имате ли вий таквиз чудеса?", казваха сякаш очите ѝ.

Интензивната честота на звука, изглежда, смути някакво устройство в дежурната стая и то се разписка тревожно. Генералът се надигна и го изключи.

– Абе какво става там? – промърмори той.

– Веселят се – жлъчно подхвърли Данаилов, хрускайки една препечена кожица.

Военният аташе беше дежурен. Размотаваше се по анцуг и кецове и се чувстваше значително по-комфортно от дипломатите, мобилизирани да изпълняват портиерски функции. Отгоре на всичко беше добре запасен: в пристъп на необикновена щедрост (артелна солидарност?) готвачът му беше изпратил огромно плато, преливащо от тъмно патешко месо и баница. Към това беше прибавил две бутилки асеновградски мавруд и шест кутии бира „Бекс". Генералът не беше скръндза, а и не можеше да се справи сам с подобно изобилие, за-

---

[22] Превъзходно!

това побърза да го сподели с унилите си колеги. Мъжете седяха прегърбени около ниската масичка, лапаха мръвки и пийваха, обидени от живота. От време на време разсеяно хвърляха поглед към екрана на телевизора. Към осем часа се появиха Пуйчев и художникът, натоварени със запалителни материали, и започнаха да подготвят фоайето за предстоящата илюминация.

– Вижте, дават кралицата! – възкликна консулът Мавродиев.

Останалите автоматично завъртяха глави към телевизора. По BBC 1 течеше репортаж за посещението на британската кралица в държавата Могамба. „Днес следобед Нейно величество Елизабет II се срещна с президента д-р Майкъл Сесето Локо – се твърдеше в репортажа. – Визитата съвпада с третата годишнина от провеждането на демократичните избори в бившата британска колония. Утре кралицата ще посети националния парк „Тете“ и ще разговаря с главата на англиканската църква, епископ Брайън Мегато-Бонго.“ До кралицата важно пристъпваше черен мъжага в разкошна златотъкана роба; на заден план се мяркаха палми, босоноги деца, военни в парадни униформи.

– Хубава работа! – опули се генералът. – Ами че тя нали е тук?!

Никой не каза нищо; телевизорът бълваше данни за икономическото развитие на Могамба през последното десетилетие, в което нямаше нищо радостно въпреки успехите на демокрацията.

– Хайде сега, какво се правите, че не знаете! – рече внезапно Данаилов. – Има си двойник жената! Като Брежнев, като Елцин. Всички са имали двойници, та дори наш Тошо! Тя какво, да не е нещо по-проста?!

– Значи, според теб, това е двойник? – Мавродиев посочи недоверчиво към екрана.

– А ти какво си мислиш, бе? – избухна Данаилов, който беше ярък привърженик на конспиративната теория. – Че ще изпратят кралицата при ония маймуни? Не ставай смешен! Ти как мислиш, защо тя се домъкна тук толкова тайно: без охрана, без каляска. Снимки не дават да се правят. Защото официално се води в Могамба! Ако сегаречеш да се обадиш в двореца и ги попиташ къде е кралицата, никога няма да ти кажат, че е тук. Направо ще ти се изсмеят, ако им излезеш с тая новина!

– Ама се издъниха, защото я видяхме! – ехидно каза генералът.

– Дреме им – махна с ръка Данаилов.

Той хвърли поглед към платото и се начумери; месото беше изчезнало.

– Ами Клинтън, дето беше в България – обади се Кишев, като бършеше гузно мазните си пръсти в една салфетка. – Той ли беше?

– Ти пък – поклати глава Данаилов. – Него тогава изобщо не го пускаха да излезе от страната, защото беше подследствен заради оная Моника.

Настъпи неловко мълчание.

– Ще гледате ли мача Лийдс-Манчестър? – благоразумно попита генералът.

Всички кимнаха облекчено.

Основното ястие беше съпътствано от кратка музикална пауза. Симпатично дуо флейта и китара озвучаваше прозаичното потракване на приборите с трубадурски мотиви от четиринайсети век.

– Искам да ви уверя, my dear, че имате страхотен готвач! – прошепна мисис Кънингъм на Селянова. – Дивечът е просто фантастичен!

Селянова се изчерви от удоволствие и отправи признателен поглед към Варадин. Самата тя не беше хапнала почти нищичко. Сетивата ѝ бяха изтръпнали от притеснение; струваше ѝ се, че дъвче картон. Нямаше нужда от тази груба материална субстанция! Стигаше ѝ да попива фините аристократични вибрации, наситили атмосферата в залата. Варадин от своя страна попиваше нейните вибрации и също се чувстваше сит. Което определено не важеше за Зиблинг, нито за останалите гости. Кой казваше, че изисканите хора ядат малко?

На съседната маса господин Халваджиев гълчеше жена си на български:

– Ивон, какво чоплиш като кокошка, яж!

– Глътнах нещо, някаква костичка, може да има още – рече тя, забила нос в чинията си.

– Ами, шубе те е да не станеш дебела, знам – подразни я той.

– Майната ти!

– Никога няма да станеш – поклати глава той с известно съжаление. – Бива си я патицата, скивай баронесата как лапа! Не се страхува, че ще стане дебела.

– Защото е баронеса, дръвнико!

Като чу титлата си, баронеса Ремулад изправи глава и важно се усмихна. През цялата вечер тя се придържаше стриктно към инструктажа на Бари Лонгфелоу и избягваше да отваря уста, освен за да пъхне вътре някоя апетитна хапка. Доброто впечатление обаче се разваляше от абата на Невърбъри. Той и още неколцина караха Бари да мята погледи като мълнии.

„Ама че майтапчийски поп!“, мислеше си Халваджиев с неясна тревога, докато наблюдаваше как абатът се занася с Ивон.

В този момент сър Дефи Атууд отново изяви желание да ходи до тоалетната. За трети път! Това беше трудоемка операция, тъй като тоалетните се намираха чак на партера. Четирима студенти хванаха количката и я помъкнаха надолу по стълбите с пъшкане и ругатни, напиращи зад червените им лица. Този път жертвоготовната лейди Госип прояви учудваща коравосърдечност.

– Ааа, не! Стига толкова! – злобно просъска тя. – Искам да видя следващия номер. Оправяй се сам, клоун такъв!

Сър Дефи Атууд обаче не можеше да се оправи сам, от което следваха куп допълнителни усложнения.

Самюъл Фог се забавляваше като луд.

Междувременно светлината в залата помрачня и трапезната музика секна. Наизлязоха още музиканти, сред които и един внушителен тъпанджия със засукани мустаци, излъчен от местната българска общност. В пространството между масите, предвидено за сцена, се появи някаква странна персона с вид на читалищен деец и вдъхновено изрецитира:

– Your Majesty! Ladies and gentlemen! Предстои ви да видите един древен ритуал, наречен „Молитва за дъжд“. Оригиналният ритуал произхожда от село Кундурли в Югоизточна България, а художествената интерпретация е дело на изтъкнатата актриса Лариса Мъндева.

Тя направи кратка пауза и продължи с прочувствена интонация:

– Лято е, над изпръхналата от суша Тракийска низина не се мярка и сянка на облаче. В каменистите речни корита се прескачат гущери и жаби. Селяните угрижено крачат из пожълтелите ниви. Дори птичките са замлъкнали! Тогава селските първенци се събират и решават да се обърнат към прастарите обичаи, наследени от дедите им, за да умилостивят природните стихии. Най-личната мома на селото, Райна, ще изпълни край реката ритуалния танц за викане на дъжд.

Последните ѝ думи заглъхнаха в ритъма на тъпана.

В залата влетя мършава босонога девойка, облечена в дълга бяла роба. Като размахваше заплашително някаква стара рамка над главата си, тя се впусна във вихрен танц около масите. „Дум, дум, дум!“, загърмя тъпанът, събуждайки езически трепети в душите на присъстващите. Запищя кавал, обади се гайда, после се включиха останалите инструменти. Гостите престанаха да се хранят, в очите им заблестяха пламъчета и скоро един подир друг започнаха да полюшват глави в такт с тъпана: дум, дум, дум.

– The call of the wild![23] – прошепна мисис Кънингъм със страхопочитание.

От време на време девойката вдигаше лице към тавана и силно се провикваше: „Ууух! Уууух!“, наподобявайки родилен напън.

В пристъп на атавизъм господин Халваджиев пъхна ръка под масата и я сложи върху коляното на Ивон. (Малката ми Ивон!) После я стрелна с крайчеца на окото си, но не установи видим ефект от постъпката си. Ръката му пропълзя нагоре, чак до ластика на чорапа ѝ, плъзна се от вътрешната страна на бедрото и внезапно замръзна. „Дум, дум, дум!“, продължаваше да бие тъпанът. Лицето на Ивон остана неподвижно.

---

[23] Зовът на дивото.

Зовът на дивото.

Другата ръка очевидно се намираше там доста преди неговата. Беше топла и отпусната, плуваща в блаженство и забрава. Той я сграбчи здраво, преди да е избягала.

– Ивон, защо се правиш на умряла? – ниско прошепна той.

Тя не реагира. За сметка на това преподобният абат на Невърбъри ужасено извърна глава. По лицето му се изписа страдалческа физиономия. Халваджиев имаше желязна хватка. Кокалчетата на абата игриво пукаха в огромната му шепа, ала в очите му нямаше радост. „Накъде върви светът?", питаше се горчиво големият мъж.

„Ууууx! Ууууx!", пънеше се девойката, махаше с рамката и призоваваше стихиите.

„Ъъъх! Ъъъъх!", пригласяше ѝ абатът на Невърбъри, а от челото му капеше пот.

Ивон, все така невъзмутима към драмата, която се разиграваше между бедрата ѝ, заби лъжичка в десерта.

– „The Fire Lady", как ти звучи? – попита художникът.

– Става – кимна Пуйчев. – Защо да не става?

– Значи, като кажа накрая: „Here the Fire Lady comes!"[24], палиш фитилите, разбра ли? – рече Спас Немиров.

– Окей, няма проблем – съгласи се стажантът.

Той се вълнуваше от всяко съприкосновение с модерното изкуство и приемаше задачата си изключително сериозно. Танцуващия с огъня изтича нагоре по

---

[24] Ето, огнената лейди пристига!

стълбите и хвърли последен изпитателен поглед към творението си. Върху мраморния под бяха подредени точно двеста петдесет и три метални чашки, пълни с различни запалителни смеси, оплетени в бикфордови шнурове. Изискваше се силно въображение, за да долови човек контурите на женско лице сред това минно поле, но художникът потри доволно ръце. Птичето на късмета най-сетне беше кацнало на рамото му. Чакаше този миг от години: години на огън и самота, на незачитане и присмех. Но сега – край на униженията! Самата британска кралица щеше да го удостои с вниманието си. Това беше повратен момент в кариерата му. Ако демонстрацията се харесаше, нищо чудно да го засилят с поръчки за нови огнени спектакли. Ще започнат да го канят по разни замъци. Той облиза пресъхналите си устни. Нямаше начин да не им хареса. Беше дал всичко от себе си за предстоящата илюминация. Беше изчислявал и експериментирал неуморно седмици наред. Щеше да бъде истински шедьовър!

– Готов ли си, Пуйчев? – провикна се Спас Немиров.

В отговор стажантът само щракна със запалката си.

От страничната врата се появиха дипломатите, похапнали и развеселени. Генералът ги изпрати до прага. Внезапно по лицето му се изписа силно безпокойство.

– Ей, к'ви са тия взривове тука, бе! – отекна гласът му.

– Спокойно, старши! – обади се Танцуващия с огъня. – Ситуацията е под контрол.

– Илюминация! – допълни Пуйчев с щастливо изражение.

– Каква илюминация?! Посланикът знае ли? – погледът му тревожно шареше по шнуровете и паничките, пълни със съмнителен прах.

– Лично се разпореди – надменно отвърна художникът.

Тримата дипломати предпазливо заобиколиха инсталацията, като цъкаха с език. Генералът продължаваше да виси на прага. Не му харесваше тази работа, ама никак! Беше започнал кариерата си в сапьорните части и макар да не беше практикувал специалността си от години, се чувстваше някак лично засегнат от това пренебрежение. „Как така ще разреши минноподривна дейност, без да се допита до специалист?!“, негодуваше той.

– Пуйчев! – просъска военният. – Дай запалката!

Стажантът се обърка.

– Стой си там! – заплаши го художникът с пръст.

– Не смей да палиш!

– Смей да се издъниш само!

В този момент се чу как вратите на залата се отвориха и гостите започнаха да излизат.

– Лампата, лампата! – драматично извика Спас Немиров.

Данаилов услужливо щракна ключа зад гърба си и грамадният кристален полилей угасна. Скоро широкото стълбище се изпълни с народ. Най-отпред важно пристъпваха Селянова и мисис Кънингъм, придружени от Варадин и Зиблинг. Зад тях се мяркаше пребледнелият лик на преподобния абат, а сър Дефи Атууд отново се полюшваше в количката си като китайски мандарин.

– Чудесна вечер! – отбеляза безгрижно Зиблинг.

– Хъм – промърмори посланикът и си каза: „Толкова хубаво не е на хубаво.“

Танцуващия с огъня ценеше високо знаковата система на Дивия запад. Специално за случая той беше подбрал най-доброто от гардероба си: нова дънкова риза с живописни апликации върху джобовете и яката в стил Уили Нелсън, неизменните кожени панталони и червеникави ботуши с обковани носове. На кръста му блестеше огромна тока.

Художникът изчакваше публиката да се събере, мълчаливо изправен по средата на фоайето, с разпуснати коси и наведена глава като шаман, вглъбен в тайните на душата. Концентрираше се върху думичките, които трябваше да каже на английски. Проклети думички! Боеше се да не му избягат в последния момент, въпреки че ги беше ковал в паметта си цяла сутрин. Езиците не бяха силната му страна. Как беше началото: „Respectable quests?[25]“, мамка му! Тъпанджията се появи в горния край на стълбите и започна да почуква подканящо по тъпана.

„Respectable quests, dear queen“? Не, не се казва така, по дяволите! А как? След малко ще бъдете свидетели на една небивала демонстрация, зачената в лоното на най-първичната стихия, огъня! А сега на английски. Как беше „първична стихия“? Ами „зачената в лоното“? Да се еба в главата проста, откъде ги наизмислих! Е, майната му! Аз да не съм оратор, аз съм художник, заключи той; нека творбата ми да говори вместо мен!

Танцуващия с огъня повдигна глава и произнесе бавно и отчетливо:

– Here, the Fire Lady comes!

В гърдите на присъстващите пролази странен хлад, сякаш току-що бе възвестено Второто пришест-

---

[25] Уважаеми гости...

вие. Стажантът, който не очакваше такъв рязък старт, трескаво затършува из джобовете си. Танцуващия с огъня се ослуша да чуе познатото съскане на фитила, но нищо особено не последва.

– Here, the Fire Lady comes! – повтори внушително той.

В този миг Пуйчев произведе заветния пламък. Генералът инстинктивно се отдръпна, затвори вратата след себе си и побягна към дежурната стая.

Пламъкът се разрои на малки трепкащи езичета, които запълзяха по фитилите със злобно съскане. После изведнъж изчезнаха, а над паничките се извиха тънки струйки дим. Замириса на сяра. Лицата на гостите се изопнаха. Варадин и Селянова се спогледаха разтревожено. Тя понечи да каже нещо, ала думите повехнаха върху ръба на устните като шлюпки суха кожа. Тя ги изстърга със зъби. Внезапно към тавана изригна сноп червеникави искри. Последва истинска заря. Сред пламъците изплуваха размазаните контури на лице, което почти веднага бе погълнато от пушек. Сензорите на автоматичната противопожарна система реагираха мълниеносно. Дрънченето на алармата извади присъстващите от вцепенението. Настъпи суматоха. От тавана започна да пръска вода.

„Сякаш адът отвори врати – спомняше си старата мисис Кънингъм чак до края на живота си и особено в последните дни, когато един набожен свещеник често се отбиваше при нея, за да я утешава: – Да, аз видях ада. Разбрах какво ме очаква, заради начина ми на живот, заради това, че бях дръзнала да се уподобя на Нейно величество. (Пауза.) Когато пламъците избухнаха, пред нас се очерта грозният лик на демон, който викаше от преизподнята. Ала най-зловещото бе, че чертите му смътно напомняха тези на покойната лейди Даяна. Всемогъщи Боже, и досега го виждам! На мястото на очите искряха ослепителни синкави огньове. Внезапно от устата на звяра изригна ален език, който почти облиза полилея. Сетне започна да излиза гъст, лютив дим. Пушекът обгърна цялото фоайе! (Пауза.) Щяхме да се издушим, ако не беше задействала противопожарната система. От тавана рукнаха потоци вода, сякаш Господ беше чул молитвата за дъжд. Зиблинг ме сграбчи за ръката и ме повлече навън. Колата чакаше пред посолството. Метнахме се вътре и отпрашихме. (Пауза.) Оттогава не съм се правила на кралица. Уплаших се. Чувствам, че звярът е наблизо и дебне да склопя очи. Какво ще стане с мен, отче?..."

– Ама къде са всички?! – извика дрезгаво Селянова, като въртеше смаяно насълзените си очи. – Your Majesty!!!

Шапката-еклер беше подгизнала като реване. Гъста жълтеникава мътилка се стелеше ниско над пода. От тавана продължаваха да църцорят струйки вода. Варадин кашляше в шепа. Мъчеше се да скрие злорадството, прокрадващо се дълбоко в душата му: „Сама си виновна, тъпачко!"

Танцуващия с огъня беше отлетял като прериен дух. Стажантът Пуйчев глуповато опипваше опърлените си вежди. Деворина Селянова се спусна към него и го сграбчи за реверите.

– Ти! Ти, гнусно нищожество, ще ми платиш за това! – извика в изстъпление тя.

– Мичето припадна! – долетя плачливият глас на другата компаньонка, ала никой не ѝ обърна внимание.

Мавродиев и Данаилов се щураха замаяни из фоайето, стъпвайки безразборно върху паничките. Кишев пълзеше опипом към тоалетната и стенеше жално:

– Ох, очите ми! Не виждам нищо...

– Къде ми е дакелът? – възкликна тревожно уредникът, когато и последните ивици дим се отдръпнаха от сергията.

Мястото на малката пластика беше празно. Погледът му попадна върху сандалите на кралицата и дълго време не се отмести от тях. „Откъде, по дяволите, се взеха тия тъпи сандали?“, мъчеше се да си спомни той. После отново плъзна очи към празното място на дакела. Мамамустара!!! Крадлив народ, ееей! Отново свърна поглед към сандалите и внезапно го напъна остър социален протест: „Дори цървулите не си платиха, мамицата им!“

Внезапно той установи, че не е единственият, който гледа към кралските сандали. Г-н Халваджиев също беше вторачил малките си очички във височайшия обект.

– Дай ми ги! – просъска той.

Върху лицето му блестяха ситни капчици. Ивон хлипаше и храчеше до него, а от носа ѝ се точеше тънка вадичка кръв.

– Ъъъ! – уредникът инстинктивно придърпа сандалите към себе си.

– Ще ти дам 20 лири – рече Халваджиев и хитро присви очи.

„Кралски сандали са това, един ден ще струват хиляди...“, работеше умът му.

– Амии... – почеса се уредникът. – Кралски сандали са това...

– 50 лири – прекъсна го Халваджиев.

„Уха! – рече си уредникът. – С по-малко от двеста няма да минеш.“

От улицата долетя сиренен вой. Три червени коли с мигащи лампи спряха пред входа на посолството, откъдето продължаваше да се точи дим. Кой беше викнал пожарната, така и не се разбра. Генералът упорито отричаше да е той, макар че следите водеха именно към дежурната стая. Въпреки късния час от хотела излязоха няколко души, за да погледат сеир.

– Двеста и нито пени отгоре! – изръмжа зачервен Халваджиев.

– Твои са – клекна уредникът.

Озърна се инстинктивно и тикна сандалите в едно пликче с емблемата на „Българска роза“. Портфейлът на Халваджиев приличаше на коледно прасенце.

– Хайде, Ивон – рече той, като отброи десет новички двайсетачки.

Из фоайето щъкаха разни типове с шлемове и противогази. Селянова седеше на един стол с крака, потопени в дима, и цивреше. Около нея се мотаеше мъж с жълта мушама и боботеше нещо през маската. Други двама свестяваха Мичето. Варадин се разправяше с някакъв ентусиаст, въоръжен с маркуч, който напираше да проникне във вътрешността на посолството.

– Тц-тц-тц – поклати глава Халваджиев. – Пак я оплескахме, ама нейсе.

37.

Телефонът го събуди точно в 6,35 сутринта. Обикновено по това време Дейл Ръдърфорд вече беше на крак, пиеше горещо черно кафе и зяпаше повторението на рубриката „От птичи поглед“ по Анимал Планет. Ала откакто се случи нещастието с патиците, придобило известност като Ричмъндската катастрофа, духът му бе посърнал, налегна го апатия и меланхолия. Вече не бързаше да навести питомците си с джоб, пълен със сухари, а гледаше да се излежава до последния момент, заровил глава под възглавницата. Ходеше на работа сънен и небръснат, а понякога дори закъсняваше. Колегите искрено му съчувстваха. След седмица трябваше да пристигне нова партида патици, която щеше да замести изчезналите. Надяваха се, че това ще го ободри. Дейл Ръдърфорд обаче знаеше, че никога няма да бъде същото.

Гласът дращеше в слушалката като мишле в консервена кутия:

– Добро утро, Дейл. Обажда се Нат Колуей. Да не би да спиш?

– Вече не – промърмори Дейл.

Нямаше причина да харесва Нат Колуей: беше очевидно, че гледа на случая с пренебрежение, а съдбата на патиците му е съвършено безразлична. Нищо чудно, че разследването беше стигнало до задънена улица.

– Деветият се обади – рече Колуей.

– Какво?! – трепна парковият служител.

– Още не сме сто процента сигурни – продължи детективът. – Сигналът е доста деформиран. В момента го сравняваме със записите на останалите. Нещо обаче ми говори, че сме засекли тъкмо твоята птичка.

– Мислех, че сте се отказали? – подхвърли Дейл, без да крие вълнението си.

– Ние да, но не и бордовият компютър на Астра – отвърна невъзмутимо Нат и добави: – Слушай, Дейл, ти познаваш системата по-добре от нас. Можеш ли да дойдеш?

– Естествено! Кога? – подскочи Дейл.

– Чакай ни в горния край на Хай стрийт. След двайсет минути – отсече Нат.

Микробусът се появи около седем. Дейл Ръдърфорд вече крачеше напред-назад по тротоара, загърнат в зеленикава полушубка. Нещо трепна в него при вида на въртящата се антена върху покрива. Деветият се беше обадил, каквото и да означаваше това!

– Качвай се, Дейл! – Нат отвори вратата.

Обгърна го познатото жужене на апаратурата. Сухият въздух беше наситен с електричество.

– Сър! – обади се внезапно мъжът със слушалките. – Отново се изгуби!

Той започна да върти разни копчета, но след малко поклати глава:

– Изчезна.

– Дявол да го вземе! – изруга Нат.

– Какво става? – разтревожи се Дейл.

– И аз бих желал да знам същото – въздъхна детективът.

Сигналът изникна изневиделица върху радара на спътника рано тази сутрин, малко преди пет. Новината изстреля Нат Колуей от леглото и скоро целият екип беше на крак. В 5,32 обаче чипът замлъкна мистериозно и те прекараха повече от половин час, спрели в района на Чатъм. В 6,20 сигналът отново се появи.

– Какво ще правим сега? – попита Дейл.

– Ще чакаме – скръцна със зъби Нат.

В началото му беше трудно да проумее гнева и болката на парковия служител. Струваше му се леко чалнат. В края на краищата това бяха само едни тъпи патици! Но вече не смяташе така. Случаят в Хайд Парк беше влязъл в златния фонд на полицейския фолклор. Нат се чувстваше лично засегнат. „Хайде, хайде, обади се!", нервно прошепна той.

Вместо това от джоба му се разнесе популярната мелодия на песента Six little ducks. Дейл му хвърли смразяващ поглед. Детективът се подсмихна вътрешно и извади мобилния си телефон. Беше сменил мелодията на GSM-а, докато кибичеха в Чатъм и се чудеха какво да правят. Надяваше се подсъзнателно да му донесе късмет. Беше Салински от лабораторията към оперативно-техническия център. Нат го изслуша внимателно, без да го прекъсва.

– Сигналът е идентичен с предишните – рече той, прибирайки телефона в джоба си. – Това поне вече знаем...

Виж ти, магията действала!

– Но защо се появява чак сега? – живо попита Дейл.

– Нямам идея – сви рамене Нат. – Може би нещо го е блокирало. Какво ще кажеш?

Дейл се замисли. По време на изпитанията бе установено, че някои чипове блокират при температура под минус 20 градуса Целзий. Предположението го накара да потръпне.

– Ако са ги замразили дълбоко... – тихо изрече той.

– Естествено, трябваше да се досетя! – възкликна Колуей. – Никой не може да изяде 40 патици наведнъж, нали? Пропуснали са да го извадят, а после са ги замразили!

Парковият служител мълчеше. Нат сложи ръка на рамото му.

– Май се досещам какво го е активирало отново...

– Тогава трябва да побързаме, Нат! – избухна Дейл. – Преди да сме го открили в канализацията!

Следващият час премина в догадки и мрачни съмнения. Антената напразно опипваше ефира, мъчейки се да изрови сигнала от вселенската купа сено. Чипът не даваше признаци на живот. Дейл увеси нос.

– Имаш ли представа как му действат стомашните сокове? – опита се да разведри атмосферата Нат.

9,15. Операторът, който дремеше със слушалки на ушите, внезапно се размърда.

– Гледай ти! Птичката се е събудила – констатира той със задоволство.

10,30. Колата се спусна по Хай Кензингтън и спря пред магазина на „Марк и Спенсър“.

– Изгуби се – докладва операторът.

– Пак ще изскочи – каза Нат.

– Не ви ли прави впечатление, че всички следи водят към тази част на града? – обади се Дейл.

– Прави ни – отвърна детективът.

През последния час сигналът се появяваше периодично на интервали от по десетина минути. Очевидно устройството бе увредено от неблагоприятната среда, но продължаваше героично да изпълнява дълга си. „Давай, малкият! Още половин час!“, молеше се Нат.

В микробуса цареше тягостно очакване. Всеки път можеше да бъде последен – малкият екип добре съзнаваше това. Никой не бързаше да се радва. От прецизен инструмент за контрол над случайността чипът се беше трансформирал в зарче на съдбата.

– Ooопс! Ето ни отново! – възкликна операторът. Микробусът се вля колебливо в уличния поток.

– Близко сме! – потри ръце Нат Колуей.

Мъжът пред екрана кимна. Внезапно по лицето му се изписа тревога.

– Сър? Боя се, че източникът се движи, сър! – рече той, втренчен в пулсиращата светлинка.

– Как така!? – избухна Нат. – Тия какво, да нямат антирадар?! Ега ти, high-tech кокошкари се навъдиха! Давай след него! – нареди той.

11,25 am. Дистанция 300 ярда. Движим се по M25, посока запад. В участъка на Чизик има задръстване, което блокира движението. За щастие не само нашето... Имаме всички основания да смятаме, че чипът се намира в стомаха на индивид, който пътува в кола пред нас. Предполагаема консумация: минус 11 часа. Очакван изход: плюс 4 часа. Дотогава трябва да сме го пипнали. Край.

Нат изключи рекордера и го прибра в джоба си.

– Защо правиш това? – попита Дейл с известна погнуса.

– Документирам последната фаза на операцията – гласеше навъсеният отговор.

От ауспусите на колите струяха бледи изпарения. По остъклената фасада на SEGA, империята на виртуалната реалност, пълзяха отраженията на разкъсани облаци.

– Чудя се, как ли изглежда този мръсник!?– процеди Дейл.

– Не знам – рече Нат. – Може би е нямал идея какво точно яде?

– Нямал бил... – сви юмруци парковият служител.

– Във всеки случай очаквам да ни каже къде е вечерял – додаде Нат Колуей.

– А на мене ми се ще да го прасна в лакомата мутра! – отсече Дейл.

– Въпрос на приоритети – сви рамене детективът.

11,43 am. Движим се плътно след маслено-зелен роувър 80 с дипломатически номер 123D0001. Предполагаме с голяма доза сигурност, че индивидът, погълнал източника, пътува със същата кола. Това значително усложнява ситуацията. Не трябва да се действа прибързано. Възможни пречки от административноправен характер. Очаквам допълнителни указания от Центъра. Междувременно колата се насочва към Хийтроу. Движим се след тях. Мистър Ръдърфорд проявява признаци на силна нервна възбуда. Опасявам се, че всеки миг може да излезе от контрол и да застраши успеха на операцията. Наредих да го закопчаят. Само временно. Сори, Дейл. Край.

12,00 am. Няма сигнал. Навлизаме в района на летището. Току-що разговарях с майор Тръмбъл. Положението очевидно е твърде деликатно; в момента текат консултации с Форин офис. Инструкциите са мъгляви: проследяването да продължи, нищо повече... Движим се в тунела, който води към терминалите 1, 2, 3. Ограничение на скоростта 30 мили. Край.

12,11 pm. ОТ колата слизат мъж и три женски. Мъжът вероятно е българският посланик. Насочват се към VIP сектора. Мистър Ръдърфорд ще трябва да остане в микробуса въпреки енергичните му протести. С мен идва мистър Финч от техническия отдел, оборудван с портативен локатор. Чудя се кой от четиримата е домакин на чипа? Докъде се простира границата на дипломатическия имунитет?... Отново сме в ефир. По петите сме им, но те не забелязват нищо или просто не им пука. Лидерът на групата е жената с червените кожи. Не вярвам патиците на Дейл да са я затруднили особено; има вид на закоравяла човекоядка. Говорят нещо на своя език и се смеят...

– Детектив Колуей... – спря го мек, ала властен глас.

Пред него стоеше едър мъж с кафяв костюм и черна погребална вратовръзка. На ревера му висеше бадж с означение VIP контрол. Сините му очи бяха като езерца от втечнен метан.

– Лейтенант Рупърт Евъридж – представи се мъжагата. – Моля, последвайте ме!

– Но ние тъкмо...– опита се да възрази Нат.

– Знам! – прекъсна го авторитетно лейтенантът. – В течение съм. Възложено ми е да поема контрола върху операцията от този момент нататък. Ще ви обясним всичко. За бога! – нервно додаде той. – Накарайте подчинения си да скрие това нелепо устройство! Привлича вниманието!

Нат се поколеба. Нямаше особен избор. Той проследи с натежал от мъка поглед групата, която се отдалечаваше.

– Хайде! – подкани ги Рупърт Евъридж, сякаш се боеше, че Дейл ще се хвърли след тях.

Той ги поведе през плетеница от коридори и врати с автоматични ключалки, които мазно щракаха, щом пъхнеше смарт картата си в тях. Нат изпита нездравото усещане, че се движи зад кулисите на огромна сцена. Озоваха се в затворено помещение с нисък таван, натъпкано с монитори. По средата седеше мъж в бежов шлифер и равно като дъска лице. Луминесцентните лампи хвърляха индигови отблясъци по чепиците му.

„МИ-6?...“, помисли си Нат.

– Здравейте, джентълмени – обърна се той към Нат и Финч, без да става. – Неприятна ситуация, а? Трябва да решим как ще процедираме.

– Струва ми се, че решението вече е взето, сър... – кисело промърмори Нат.

Името на агента беше Бибит. Майкъл Бибит.

– Знам колко труд и нерви сте хвърлили досега – подхвана той с лека прозявка. – Не искам да останете с впечатление, че се действа през главата ви.

„Що не вземеш да се гръмнеш“, рече си Нат.

– Умът ми не го побира! Защо? – въздъхна Бибит, като завъртя стола си към мониторите. – Изглеждат нормални същества, почти като нас...

Варадин и Селянова разговаряха на четири очи, изправени до стъклената стена, която гледаше към пистата. Компаньонките седяха в меките кресла, тапицирани със златиста коприна, и гледаха любопитно към тях. Мичето пиеше блед чай с лимон, който съответстваше на цвета на лицето ѝ. Спътницата ѝ похапваше плодов пай, като го поливаше обилно с черно кафе. Изглеждаше свежа и румена, готова да прекоси земното кълбо по всички азимути.

– Ама и тая кола! Как може да смърди така?! – въздъхна Мичето. – За малко пак да стане белята!

– И ти си ми една мимоза! – изсмя се другата. – Аз тая воня добре я познавам. Навремето имахме един трабант и моят мъж ходеше с него за риба. И значи, като забрави рибата в багажника и като напече слънцето, абе к'во да ти разправям... Цялата мукава се беше просмукала, после едва го продадохме. Да, години ще минат, докато се измирише.

– Като котешка пикня! – кимна Мичето.

– Ъхъ, няма отърване!

– Ми що ходят за риба с тая скъпа кола? – възнегодува Мичето.

– Че да не е нещо тяхна! – изсумтя другата, забождайки парче пай.

Зад прозорците премина един гигантски Джъмбо джет на бразилските авиолинии. Стреснати от близостта му, Варадин и Селянова инстинктивно замълчаха в очакване на грохота от двигателите му. През плътните стъкла обаче долетя само приглушено бучене.

– Още не мога да повярвам, че тя ми се обади след всичко това – въздъхна Селянова. – Мислиш ли, че е искрена?

– Тя знае, че ти не си виновна – рече Варадин.

– Естествено, че не съм! – тръсна глава Селянова и продължи умислено: – Дори ми се извини, че си е тръгнала толкова внезапно. Но иначе била във възторг от концерта! От вечерята – също. Каза да поздравим готвача.

– Аз ще го поздравя – кимна Варадин.

– Жалко, че един такъв инцидент хвърля сянка върху цялото събитие – поклати глава тя и сниши глас: – Не мисля, че е било случайно. Има хора, които се опитват да ми попречат. Зловидят им се успехите. Чиста проба саботаж според мен. Трябва да разберем кой стои зад това.

– Ще се постараем – обеща той.

– И да внимавате с медиите! – предупреди го тя. – Никаква излишна информация. Те и без това ще си го доизмислят.

– А ти се опитай да си спомниш кой ти пробута тоя пишман художник – ехидно подхвърли Варадин.

– Сещам се – процеди Селянова, – тъкмо затова бързам да се прибера. След седмица откривам Дните на българската култура в Берлин, а програмата я прави един тип, дето ми го препоръчаха по същата линия. Ако пак се издъним, няма да го преживея!

– Успех – рече Варадин, като стисна леко ръката ѝ.

– Благодаря ти все пак за всичко, което направи за мен. Няма да го забравя – каза тя, отвръщайки несъзнателно на жеста му. – Ще гледам да намина пак някой път, ако ми остане време, но без тия джофри – тя стрелна неприязнено компаньонките си с поглед. – Халваджиеви ще поемат разноските, така че не се притеснявай. Задължени са ни, по дяволите! – заключи тя делово.

– Тия чужденци! – поклати глава Рупърт Евъридж. – От петнайсет години работя на това летище и не мога, и не мога да ги проумея!

– Кой от тях е домакин на източника? – полюбопитства Бибит с гнусливо изражение, сякаш ставаше дума за смъртоносен вирус.

– Още не знаем, сър – докладва бойко сержант Финч. – Ще трябва да минат един по един през скенера. Но ако питате мен: жената с кожите е човекът, който търсим.

– Не – поклати глава лейтенант Евъридж, – тази с болнавия вид, тя е!

– Аз пък залагам десет лири на дебелата – каза Бибит. – А вие, Колуей? Какво ще кажете за Негово превъзходителство?

– Не си падам по хазарта – поклати глава детективът. – Но съм готов да приема залозите ви при условие, че ми разрешите да установя кой точно е приемникът.

– И какво, ще го арестувате ли? – живо попита Майк Бибит.

– Едва ли ще се наложи – отвърна Нат. – Но ще разберем как източникът е попаднал в стомаха му. Трябва да е станало тази вечер. Ще установим къде, какво точно са яли и...

– Аз ще ви кажа – прекъсна го агентът. – Вечеряли са в посолството. Имало е някакъв странен прием. Присъствали са артисти. За съжаление не знаем нищо повече.

– Тогава ще разпитаме готвача – упорито продължи Нат. – Да ни каже откъде се е сдобил с патиците. Сигурен съм, че накрая ще стигнем и до преките извършители!

Беше се запалил. Също като Дейл. Това не водеше до нищо добро.

– Не се съмнявам в логиката ти, Колуей – съгласи се Майк Бибит. – Ти си добър детектив. И лош стратег, за което, естествено, нямаш вина. Такава ти е работата.

Виждаш случая, но изпускаш политическата му рамка. Даваш ли си сметка какъв потенциален скандал се крие тук?

Ситуацията на Балканите е комплицирана, вероятно ще се наложи военна интервенция. Нуждаем се от подкрепата на местните лидери повече отвсякога. И точно в този момент ти предлагаш да злепоставим тези хора, като ги представим в една, меко казано, дивашка светлина! Чаплин, чадърът, папата, а сега и това! Знаеш ли колко усилия полагат, за да постигнат щогоде европейски имидж?! Поболяват се от всяка негативна публикация. А какъв порой ще се излее само! Ще ни трябват месеци, докато успокоим общественото мнение. Междувременно ще текат най-деликатни преговори. Не, не мога да ти разреша да поставиш на карта националните интереси заради ято диви патици!

– Значи залаганията се отменят? – попита Нат Колуей.

– Да! – отсече агентът. – Разбирам добре как се чувстваш. Аз също обичам да храня птиците в парка и не смятам, че следва да се третират като дивеч. В момента обаче си имаме други приоритети. Патиците определено не са сред тях!

– Мистър Финч – обърна се Нат към сержанта, – мисля, че операцията вече приключи. Да се махаме оттук. Довиждане, господа.

– Разчитаме на вашата дискретност – настигна го гласът на Майк Бибит.

01,35 pm. Току-що наредих да пуснат мистър Ръдърфорд. Страхувам се, че ми е доста сърдит. Източникът напуска пределите на летището и се насочва към континента. Очаква се да излезе от периметъра на радара след пет минути. В свят, доминиран от политиката, истината никога няма да тържествува. Край.

Този път „Балкан“ летеше с боинг. Варадин изпрати гостите си до края на ръкава, изчака люкът на самолета да хлопне и се върна в залата. Беше доволен, че няма други изпращачи. Селянова подозираше, че дипломатите имат пръст в злощастния инцидент. Във всеки случай беше сигурна, че тайно злорадстват, и не желаеше да и се мяркат пред очите. Варадин ги отпрати с удоволствие.

Не бързаше за никъде. Перспективата да се напъха отново във вмирисания роувър определено не го блазнеше. Той вдигна поглед към монитора и установи, че самолетът за София вече е излетял. Вълна от облекчение заля гърдите му, а сърцето му заподскача от радост като котка, подушила валериан. Настани се на бара и си поръча малка светла бира „Гролш“. Докато пяната се слягаше, шушнейки под носа му, а машините кръстосваха пистата като стада бели слонове, в съзнанието му зейна врата. Ала вместо цифри през нея нахлу светлина. И той съзря целия си четиригодишен мандат, проснат пред него като руло от златна коприна, което се търкаляше през калта на живота. „Ще си купя нова кола!“, мина му през ума. Може би СААБ или мерцедес?... Още не беше решил.

Внезапно, от мрака на някакъв джоб, пропищя мобилният му телефон. Той го измъкна с неохота.

– Господин посланик! – разнесе се тревожен глас. – Майор Улав е тук, заедно с цял ТИР подлоги. Иска да ги разтовари в двора на посолството. Твърди, че вие сте му обещали да ги доставите в България. Какво да правим? Той крещи и рита персонала. Боя се, че не е на себе си...

– Какво? – смръщи вежди Варадин.

– Изпадна в истерия, като му казахме, че няма къде да ги складираме...

– Какво? – повтори Варадин. – Не ви чувам добре... Кой се обажда?

– Удари Пуйчев с една подлога по главата само защото му каза, че е ръждясала! Заплашва, че ще се оплаче на премиера, ако не ги приемем. Луд човек! Чувате ли го как крещи?

– Нищо не чувам – скръцна със зъби Варадин. – Връзката е лоша. На летището съм...

– Какво да правим?!...

В този момент някой грабна слушалката.

– Екселенц! Екселенц! – отекна пронизителен писък. – Това е нечувана наглост! Нямате право да отблъсквате помощта ни! – беше самият майор Улав. – Настоявам да разговарям лично с вашия премиер. Този въпрос трябва да се реши веднъж завинаги. Чувате ли?...

Варадин инстинктивно отдръпна слушалката от ухото си. Стори му се, че по нея се стича слюнка. После изключи GSM-а.

Обзе го неистово желание да го тресне в плочките, но си даде сметка, че щеше да му бъде вторият за тази седмица. Изгълта бирата на един дъх и си поръча втора. Остана известно време заслушан в шепота на пяната, ала не успя да схване нищо. „Ще оцелея! – рече си той. – Каквото ще да става...“

38.

На 24 декември Емералд Спарк, бижутерът от Рийджънт стрийт, се приготви да изживее кулминацията на своя XX век. Беше подбирал украсата седмици наред, отлагайки жизненоважни сделки чак до последния момент, за да си осигури целия наличен блясък в коледната нощ. Лейди Даяна се появи точно в единадесет, загърната в дълго кожено палто и непроницаема воалетка, следвана от шофьора си. Той му даде пет лири и го отпрати обратно в колата. Качиха се в офиса над магазина. Капаците на прозорците бяха спуснати. Докато тя се събличаше, Емералд отвори сейфа зад бюрото си и започна да вади играчките. Отблясъците им заиграха по тавана... Принцесата сияеше пред него в божествената си голота, а гърдите ѝ се повдигаха и спускаха от вълнение. Той повдигна с трепереещи пръсти едно диамантно колие от кадифеното му ложе и го закопча на шията ѝ. Този път играчките бяха повече и по-разкошни отвсякога. Продължи да я украсява, докато не остана свободно кътче по тялото ѝ. Дори по пръстите на краката ѝ блещукаха халки, обсипани с брилянти! Сърцето му се качи в гърлото, а ябълката му започна да пулсира като на игуана.

Беше време за снимки.

Той зареди нов високочувствителен филм във фотоапарата и надзърна радостно през обектива. Но радостта му трая едва миг. Принцесата изненадващо беше облякла палтото си. В ръката ѝ лъщеше малко бижу, което определено не спадаше към колекцията му – изящен „Смит и Уесън“, 37-и калибър. Тя го насочи към смаяния бижутер и го накара да отстъпи към прозореца. Бръкна в сейфа и измъкна кутията със снимки, запечатали възторга и щастието на Емералд.

Сбогуването беше сухо и делово.

Дезмънд Кук чакаше в колата с включен двигател. Катя се тръшна до него и си пое дълбоко дъх.

– Коледното дръвче пристигна – каза тя.

Той даде рязко газ и излезе на платното. Колата избръмча нагоре по осветената Рийджънт стрийт, после свърна в една пряка и се изгуби в лабиринта на града.

Пътуваха мълчаливо. Парното духаше с всичка сила, разливайки горещи вълни под палтото ѝ. Камъните лепнеха по кожата ѝ като люспи. Вадички пот струяха под мишниците ѝ. „Направих го, рече си тя, Господи, направих го!"

Дезмънд включи радиото: FM Jazz. Успокояващо. Пресякоха Мерилибън и продължиха на изток. Пусти улици, без имена, облъчени от рядка жълта светлина. Лицето на Дезмънд оставаше непроницаемо. През всички тези месеци беше твърдял, че сексът и работата не трябва да се смесват. Това я караше да се чувства несигурна. Досега бяха правили само секс (адски много при това!). Но вече се досещаше какво има предвид. Тя стисна револвера в джоба си: „Само се опитай да ме изпързаляш, копеле!"

Неочаквано той се обърна към нея и се усмихна, сякаш бе прочел мислите ѝ. Хубави зъби, сръчен език. Опита се да мисли за нещо по-приятно. След по-малко от 24 часа щеше да се намира на 10 километра над океана. Новият ѝ парагвайски паспорт беше издаден на името на Есмералда Корасон. Щеше да си открие собствен фитнес център в Насау. Вече знаеше дори как ще се казва: „Окото на оникса“ или нещо подобно. Чудеше се по колко да изпраща на родителите си. Може би $ 500 на месец ще бъде достатъчно. Или е твърде много?? Гумите тежко изтрополяха по някакъв стар коловоз, хлътнал между паветата. От двете страни се заредиха безкрайни складове. Влажните им тухлени сводове бяха обрасли със зеленикава плесен. Повечето лампи бяха изпочупени. От време на време под гумите изхрущяваше някоя бутилка. Дъното на улицата беше запушено от огромна цистерна. Върху почернелия корпус личеше полуизтрит надпис: Pooper-scooper. В подножието имаше метална порта, изрисувана с ярки апокалиптични графити.

– Стигнахме – рече Дезмънд и натисна клаксона.

– Какво е това място? – сбърчи нос тя.

– Не мисля, че точно тази вечер трябва да отсядаме в Риц – отвърна той през смях.

Вратата се разтвори с глухо стържене. Дезмънд вкара колата в тъмното гърло и угаси фаровете. Лъхна я застоял въздух.

– Ела! – властно долетя гласът му.

Напипа ръката му. Къде я водеше? Халките, нанизани върху пръстите на краката, ѝ убиваха. Той я подпря на някаква стена и бавно разкопча палтото ѝ. Устните му нежно засмукаха обецата ѝ.

– Ей, какво правиш? – прошепна тя, възбудена.

– Искам да ги видя – измърка Дезмънд.

– Е, добре, виж ги...

Палтото се свлече на пода. Той отстъпи крачка назад. Скъпоценните камъни блещукаха в мрака с ясна дълбока светлина.

– Красиви са – промълви той след малко.

– И най-вече скъпи... – цинично добави друг глас. (Не беше нейният!)

– Дезмънд!!! – извика уплашено Катя и затърси палтото си.

В металния търбух отекна хлопване на шалтер. Припламнаха мръснобели лампи. Тя се залепи за стената като перфорирана пеперуда.

Два автомата, насочени към гърдите ѝ – забеляза първо тях естествено. После лицата: изопнати скули, блеснали погледи. Бяха шестима: трима черни, две жени и един жълтурко. Жените държаха автоматите. През челото на едната минаваше червена лента. Бяха на възраст между седемнайсет и двайсет и пет години. Носеха кубинки, панталони с джобове и черни якета. В средата на групата стърчеше самият Дезмънд, пъхнал ръце в джобовете на кожения си шлифер като Джо Уест.

– Дезмънд?! – повтори Катя.

Той поклати глава.

– Не съм Дезмънд. Съжалявам, че ти го казвам чак сега. Истинското ми име е Мокеле-Оно. Окото на ястреба. Аз съм борец.

„К'във борец си ти бе, да ти еба майката!", изруга наум Катя и плъзна ръка в джоба на палтото си.

– Не прави глупости, Кейт! – предупреди я той, като пристъпи към нея. – Спокойно! Тия не се шегуват, дай това тук.

Той измъкна револвера от ръката ѝ и го прибра в своя джоб. После я загърна с палтото, почти грижовно.

– Копеле! – просъска тя.

– Другари, оставете ни сами! – обърна се Мокеле-Оно към останалите.

Сенките им безшумно изчезнаха зад сандъците, струпани безразборно наоколо.

– Слушай, Кейт – рече той, като сложи ръце на раменете ѝ, – много добре ме чуй: ти свърши страхотна работа за революцията и трябва да се гордееш.

– Майната ти! – извика тя. – Дреме ми на мен за твоята революция!

– Знам – кимна той. – Ти идваш от Източна Европа. Вие там ебахте майката на социализма. Не остана нищо свято. Компрометирахте цялата идея! Обаче виж какво се получи. Превърнахте се в слуги на Запада. Обслужващ персонал. Независимо дали се въртকате на пилон, или пред компютър. Дай долар, ще ти покажа путка – с това се изчерпва цялата ви философия. Е, харесва ли ти да си показваш путката на всеки срещнат? Да ти бутат разни неща в задника, а ти да стискаш зъби?

– То си е моя работа – сопна му се тя.

– Естествено. Но не ти харесва. Иначе нямаше да си тук сега с половин милион паунда по себе си. Защото идва моментът, когато всичко това ти писва. И решаваш да го промениш, нали?

– Точно така! – енергично се съгласи тя. – Затова, ако обичаш, си ми дай моята половина, а с твоята прави, каквото искаш. Инвестирай я в революцията, нямам нищо против. Аз обаче имам други планове.

– Бедната малка Кейт! – въздъхна Мокеле-Оно. – Тя вярва, че може да се измъкне. Гледала е твърде много американски филми. Мисли си, че може да изчезне ей така с 250 000, да си спретне малък рай на брега на океана и да си гледа живота, фантазиите на средната класа. Редовни приходи, редовно чукане. Разходки по плажа. Ако може и старият Дезмънд да си плацика гъза наоколо, толкова по-добре. Сори, бейби, животът е друг филм! Типовете като твоя бижутер не се примиряват лесно със загуби от такъв мащаб... Може би трябваше да го гръмнеш все пак.

– Разполагаме със снимките – отвърна тя след известно колебание, – те ще го съсипят, ако излязат наяве...

– Май не си твърде убедена – подхвърли той. – И правилно. Той вече е съсипан финансово. А когато си разорен, репутацията е последното, за което ти пука. Поне в този свят е така. Не можеш да се измъкнеш, Кейт. Ще те гонят до дупка. И знаеш ли какво? Ще те сгащят тъкмо в твоя рай. Както се полюшваш върху гуменото кресло насред басейна и си смучеш пина колада от кокосовата черупка. Защото и те са гледали американски филми – дори повече от теб! – и знаят отлично къде да те намерят. И ако се случи да си там... насред басейна, в онова надуваемо прозрачно кресло, не мисля, че ще се разсейват по циците ти, колкото и да са готини. Ако си там, разбира се. Обаче! – той вдигна пръст пред лицето ѝ. – Ти няма да бъдеш там. Обещавам ти! Ние ще се погрижим за това. Няма да те намерят никога!

– Ще ми видиш сметката, а? – злобно изсъска тя като приклещена в ъгъла невестулка.

– Предлагам ти изход – отблясъците на брилянтите искряха в очите му. – Не искам да казват, че съм прегазил едно угнетено човешко същество, без да му дам възможност да се включи в борбата. Революцията продължава, Кейт. Няма да се откажем от купона само защото шайка ренегати си избърсаха задника със знамето ни. Идеята, Кейт – нея не могат да я докоснат. Виж, огледай се какво става! Империалистите се опитват да задушат всеки остатък от свобода в света. Народите се превръщат в стада. Индивидите – в гърла и задници. Тълпи от офисни роби наводняват градовете като плъхове. Банките трупат планини от досиета... Обаче революцията продължава. И се нуждае от гориво. А ние имаме предостатъчно! Утре заминаваме за Колумбия. Оттам ще се прехвърлим в Перу, където ще се влеем в редиците на нашите братя по оръжие. Идваш ли с нас?

– Имам ли избор? – попита язвително тя.

– Само изход, съжалявам... – поклати глава той. – Малка, тясна пътечка, която ще те отведе до сияйните върхове на борбата. Аз ще бъда до теб. Ще бъдем другари.

– А ще ме чукаш ли понякога? – попита Катя, облизвайки устни.

Ръката му звънко се залепи за бузата ѝ. Обецата ѝ се търкулна на земята и се завъртя като пумпал, сипейки ослепителни искри.

– Цинична кучка – процеди той и тъжно заключи: – Източноевропейци!...

Финални надписи

Варадин Димитров доизкара мандата си без особени произшествия. След известно прекъсване той започна отново да практикува цифровата терапия на доктор Пеполен. За душевното му равновесие допринесе и редовният секс с Доротея Тотоманова. Когато след четири години му предложиха овакантения посланически пост в слънчева Нигерия, той го прие без излишен драматизъм.

Робърт Зиблинг продължава успешно да ръководи „Феймъс Кънекшънс" с повишена бдителност. Три месеца след изчезването на Катерина той беше посетен от непознат мъж, който държеше да се увери, че част от брилянтите не са у него. В хода на разследването вратът на Зиблинг беше счупен и той дълго време се разхождаше с гипсова яка. Оттогава агенцията старателно избягва да наема момичета от Източна Европа.

Баничаров беше отзован неочаквано четири месеца след паметната вечеря. В момента е главен готвач на четиризвездния хотел „Астория" в подножието на Витоша. Специалитетът му се нарича „келтска пача". Много изтъкнати представители на елита се отбиват в ресторанта, за да я опитат.

Малко след завръщането си в София по щастливо стечение на обстоятелствата Рачо Радиста беше изпратен в Китайската народна република. Той продължава да живее в секретния сектор и да спестява почти цялата си заплата.

Чаво Толоманов преживя тежка финансова криза, в резултат на което фигурата му си възвърна предишната елегантност. Той остана в Лондон и в момента изкарва прехраната си като уличен актьор. Може да бъде забелязан в района на Ковънт Гардън Маркет, където играе Зеления човек. Спектакълът е спонсориран частично от компанията Crannny Apple Juice.

Танцуващия с огъня направи силно впечатление на група високопоставени лица по време на демонстрация в Кю Гардънс. В момента той работи за Султана на Бруней и отговаря за илюминациите на двора. Печели чисто $ 100 000 на година и обмисля възможността да приеме мохамеданската религия, което би му спестило някои данъци.

Деворина Селянова продължава да работи усилено върху светския си имидж и жъне успехи навред из Обединена Европа. В момента организира Асамблея на българските таланти, за която се очаква да пристигнат гости от цял свят.

Емералд Спарк никога не се оплака в полицията. От известно време той се намира в деликатни преговори с гражданина на Държавата Израел Вячеслав Левин, който обещава да му върне отнетото срещу комисиона от 30%. Онова, което Емералд не подозира, е, че гражданинът Левин никога не работи за по-малко от 70%. Останалите 30% обикновено дарява анонимно на вдовицата на клиента си, а когато няма такава – на Източноевропейския детски тръст.

Из полевия дневник на Есмералда Корасон: 12.12.200... Кота 1200. Клисурата на р. Унгая. Днес по обяд застреляха Окото на ястреба. Преди няколко месеца може би щях да се радвам, но истината е, че бойната дружба сближава хората дори повече от секса... Погребахме го в калта и маскирахме гроба му с папрати. Един ден, когато Революцията победи, сигурно ще му издигнат паметник, но засега ще чака Второто пришествие. Мамка му, още имам кръв по куртката! Фашистите са завардили двата края на клисурата и на всеки кръгъл час ни обстрелват с касетъчни мини, чешко производство. От три дена вали. Всичко се разпада, с изключение на ламинираната биография на Че – подарък от Фидел за годишнината от Революцията. Оценявам високо жеста, но снимката с отрязаните китки на последната страница някак си ме изнервя... Храним се с буболечки. Аз обаче съм си хванала една жаба и смятам да си я хапна, когато не ме гледат. Ще се измъкна от тия лайна, каквото ще да става! Всичко, което не ни убива, ни прави по-силни. Който го е казал, да се гръмне!

Алек Попов

МИСИЯ ЛОНДОН

Българска

Отговорен редактор *Красимир Гетов*
Коректор *Мариана Христова*
Технически редактор *Божидар Стоянов*
Предпечатна подготовка *Петър Дамянов*

Формат 84/108/32 Печатни коли 18,75

Сиела софт енд паблишинг АД
1463 София, бул. „Патриарх Евтимий“ № 80 А
тел./ факс (02) 954 10 30
www.ciela.bg e-mail: booksales@ciela.net

Книгите на СИЕЛА могат да бъдат купени
от интернет-книжарница: www.mobilis.bg
от книжарница СИЕЛА Книгомания,
Mall of Sofia, бул. „Ал. Стамболийски“ № 101 София, Pfohe Mall, бул. „Сливница“ № 201 Варна, Mall Стара Загора, Mall Plovdiv, както и от всички добри книжарници в страната